クリストファーとサムに

パチンコ　上　目次

文春文庫

パチンコ

上

ミン・ジン・リー
池田真紀子訳

文藝春秋

パチンコ　上

主な登場人物

キム・ソンジャ……朝鮮、影島に生まれた女性
キム・ヤンジン……ソンジャの母　下宿屋の主人
キム・フニ……ソンジャの父
パク・イサク……平壌生まれの牧師　大阪に渡り、副牧師に
パク・ノア……ソンジャの長男
パク・モーザス……ソンジャの次男
パク・ヨセプ……イサクの次兄　大阪のビスケット工場の職工長
チェ・キョンヒ……ヨセプの妻
パク・サモエル……イサクの長兄　牧師　故人
コ・ハンス……ソンジャを身ごもらせた男　大阪に住む海産物仲買人
ボクヒ……ヤンジンの下宿屋で働く娘
ドクヒ……同右　ボクヒの妹
ユ……大阪の韓国長老教会の牧師
フー……同教会の用務員　中国人
キム・チャンホ……鶴橋駅前の焼肉屋の店長

第一部　故郷《コヒャン》

一九一〇－一九三三年

故郷《ふるさと》とは、ものの名前、一つの語にすぎないが、強い引力を持つ。
その力は、かつて降霊術師が唱えた呪文、霊魂を呼び寄せるまじないの比ではない。

——チャールズ・ディケンズ

朝鮮　釜山《プサン》　影島《ヨンド》

1

歴史が私たちを見捨てようと、関係ない。

新世紀が幕を開けるころ、老年期を迎えた漁師夫婦は、家に下宿人を置いて稼ぎの足しにすることにした。夫婦とも、港町釜山のすぐ南に位置する幅八キロほどの小さな島、影島の漁村で生まれ育った。長い結婚生活で三人の子が生まれたが、成人したのは一番体が弱かった長男のフニ一人だった。フニは口唇裂と内反足を持って生まれたが、たくましい肩とがっちりした体つき、黄金色の肌に恵まれていた。優しく思慮深い性質は、おとなになっても変わらなかった。初対面の人の前で不格好な口を手で隠す癖があって、そうすると、父親譲りのいつも微笑んでいるような大きな目が際立ち、好男子の父親と瓜二つに見えた。野外で働いているため広い額は季節を問わず日に焼けており、黒々とした眉がそこに凛々《りり》しさを加えていた。フニも父母に似て口下手なたちで、話し方がのろいのは頭の回転が鈍いせいだと思う人もいたが、それは誤解だった。

フニが二十七歳になった一九一〇年、日本が大韓帝国を併合した。無能な特権階級、無責任な支配者層が盗人《ぬすっと》に祖国を譲り渡したところで、倹約家で辛抱《しんぼう》強い働き者の漁師夫婦にそれを憂《うれ》えるゆとりはなかった。借家の家賃がまたも引き上げられると、自分たちは台所のすぐ奥にある小さな部屋で寝起きすることにし、それまでの寝室を空けて、下宿人の数をさらに増やした。

夫婦が三十年以上暮らしている木造の借家は、面積四十五平方メートルほどと決して広くなかった。屋内はふすまで三つの空間に仕切られていた。草葺《くさぶ》きの屋根は雨漏りがひどく、釜山の屋敷で豪勢な暮らしをしている大家に代わって老漁師が自分で赤い粘土瓦に葺き替えた。大きな深鍋や、壁のかけ釘に並んだ、数が増える一方の足つきのお膳の置き場がなくなると、家庭菜園に張り出すように台所を増築した。

父親の強い勧めで、フニは村の書堂《ソダン》に通って朝鮮語と日本語を勉強した。下宿屋の帳簿をつけられるだけの読み書きと、市場で勘定をごまかされずにすむだけの暗算を身につけたところで、父母は書堂をやめさせた。十代のフニは健康な足を持った倍の年齢のたくましい男性にも負けない働き手に成長していた。手先が器用で、重い荷物も人並みに運べたが、走ったり早足で歩いたりすることはできなかった。フニと父親が一滴たりとも酒を飲まないことは近所の誰もが知っていた。漁師夫婦は、一人だけ生き延びた息子、〝村の半端者〟を聡明な働き者に育てた。自分たちが死んだあと息子の面倒を見てくれそうな人は誰もいないからだ。

男とその妻が一つの心臓を分かち合えるなら、フニは鼓動を続ける力強いそれだった。夫婦はほかに生まれた子供を二人とも亡くしていた。一番下の子ははしかで。怠け者だった真ん中の子は雄牛に角で突き殺されるというつまらない事故で。年老いた夫婦は、書堂と市場に行くときを除いてフニから目を離さないように心がけた。青年期を迎えると、フニは父母の世話のために家を離れられなくなった。親として何であれ望みをかなえてやりたいのは山々だったが、息子を心から愛していた老夫婦は、決して甘やかさなかった。甘やかされて育った息子は死んだ息子より始末が悪いと知っていたから、わがままは許さなかった。

あいにく、国中のあらゆる家族がこれほど分別のある父母に恵まれたわけではなく、また敵国や自然によって蹂躙《じゅうりん》された国でありがちな話として、植民地時代の半島では立場の弱い者たち――高齢者、夫に先立たれた女性、親のない子供――は貧苦にあえいでいた。もう一人増えても食べていける家が一軒あれば、一杯の麦飯のために朝から晩まで働き通すくらいなんでもないと思う者はその何倍もいた。

一九一一年の春、フニの二十八歳の誕生日から二週間が過ぎたころ、赤いほっぺたをした縁結び好きの婦人が町から訪ねてきた。

フニの母親は婦人を台所に通した。ちょうど家の表に面した居間で下宿人が眠っている時間帯で、大きな声では話せない。そろそろ正午になるころあいだったが、夜を徹して漁に精を出した下宿人は、温かい食事を終え、一日の汚れを洗い流して、ようやく床についたばかりだった。フニの母親は冷たい麦茶を婦人に出し、やりかけの台所仕事を再開した。

婦人の用件は考えるまでもなく察しがついたが、何と言っていいものか、まるで思い浮かばなかった。フニが結婚したいと言ったことは一度もなかった。ちゃんとした家の親なら、娘を先天性の障害のある男にやろうとは考えないだろう。子供も同じ障害を持って生まれてくるかもしれないのだから。それに、フニが若い娘と話しているところも一度も見たことがなかった。村の年ごろの娘たちはフニに目もくれなかったし、フニにしても、手に入らないものを望んでもしかたがないとわきまえていた。社会の底辺に属する者は誰であれ、人生について、何をどこまで望んで許されるかについて、我慢することに慣れている。

婦人のちんまりとした愛嬌のある顔は、腫れぼったいピンク色をしていた。黒く鋭い目は勘定高い視線をあちこちに投げている。口は用心深く、聞こえのよいことしか言わない。喉が渇いたときのように何度も唇をなめていた。あの何一つ見逃さない目はきっと台所の広さを測り、自分やこの家を隅から隅まで値踏みしているのだろう。

しかしさすがの婦人にも、母親の内心は読み切れなかったはずだ。母親は、今日明日のうちにすませておかなくてはならない用事を山ほど抱え、朝から晩まで働き通しの無口な女だ。つまらない世間話に費やす暇などなく、市場にもめったに出かけていかない。買い物はいつも息子にまかせていた。婦人が他愛のないおしゃべりを続けているあいだ、フニの母親の口は、大根を切っているマツ材のどっしりした調理台のように微動だにしなかった。

本題を切り出したのは婦人のほうだった。たしかに、足が不自由で唇が裂けているという欠点はあるが、フニが好ましい若者であることは変わらない。読み書きができるうえに、くびきにつないだ一対の雄牛のように力持ちときているのだから。すばらしい息子さんに恵まれて、おたくは幸せねと婦人は言った。それから自分の子供たちの愚痴を連ねた。二人いる息子は、手に負えない若造というわけではないが、勉強や商売に熱心ではない。娘はずいぶん早くに結婚して遠くへ行ってしまった。どの子もよい配偶者に恵まれはしたが、それにしたって息子たちは怠け者だ。そこへいくと、フニは働き者でうらやましい。婦人はそう一方的に話し終えると、手応えを確かめるような目を母親に向け、灰色がかった褐色をした無表情な顔を見つめた。

フニの母親は下を向いたまま、迷いのない手つきで切れ味鋭い包丁を動かし、大根を大きさのそろったさいの目切りにした。まな板の上にできた白い立方体の山を、包丁でさっと払って混ぜ鉢に移す。それでも婦人の話を一言も聞き漏らすまいとしていたから、緊張のせいで手が震え出してしまうのではないかと心配だった。

婦人は、一家の経済状況をまずは外観から探ろうと、玄関に入る前に家のまわりを一周していた。そうやって観察したかぎりでは、経済的に安定しているとの噂は事実のようだった。家庭菜園では、初春の雨を恵みとして丸く大きく育ったチョンガ大根が、黒々とした大地から掘り返されるのをいまかいまかと待っていた。長い洗濯ひもにはタラやイカが整然と吊されて春の淡い日差しを浴びていた。屋外便所のとなりにその地方特有の石とモルタルで作った囲いがあり、黒豚が三頭、清潔な環境で飼育されていた。裏庭には雌鶏《めんどり》が七羽と雄鶏《おんどり》が一羽。家のなかの様子を見れば、生活にゆとりがあることはもはや疑いようがなかった。

台所の頑丈な棚に飯椀や汁椀が積み上げられ、低い梁《はり》からは三つ編みにしたにんにくや赤唐辛子が下がっている。流し台が設けられた側の隅には、収穫したてのじゃがいもがいっぱいに入ったかご。黒い釜から大麦ときびが炊ける温かな香りが立ち上って小さな家を隅々まで満たしていた。

国はいよいよ貧しくなるばかりなのに、この下宿屋の暮らしは豊かなようだと納得し、フニに健康な花嫁を迎える資格は充分にあると認めた婦人は、母親の反応を待たずに話を先へ進めた。

花嫁候補の娘は、島の反対側、鬱蒼《うっそう》とした森の向こうに住んでいる。父親は、先だって総督府が実施した土地調査の結果として小作権《こさくけん》を失った農民の一人だった。母親を亡くし、女の子ばかりが四人いて息子のいない一家は、森で集めた食料、売り物にならない魚、そして同じように貧しい近所の家からの施し物で日々をしのいでいた。子供思いの父親は、未婚の娘たちの嫁ぎ先を探してくれないかと婦人に泣きついた。誰もが腹を空《す》かせ、しかも貞操は贅沢品という時代だ。生娘《きむすめ》なら、食べ物を探し回るより、誰であれ相手を見つけて結婚したほうが幸せに決まっている。花嫁候補のヤンジンは四人姉妹の末っ子で、まだ幼いから不満は口にしないし、食べる量も少ないから、嫁ぎ先は簡単に見つかるだろう。

十五歳のヤンジンは、幼子のように純真で気立てのいい子だと婦人は話した。「そりゃね、結納金《ゆいのう》なんて出せないでしょうけど、あちらさんも大げさな贈り物は期待していないはずですよ。卵を産める雌鶏を何羽かと、ヤンジンの姉妹に綿の布、冬を越すためのきびを六袋か七袋といった程度でよろしいのではないかしら」贈り物の提案に異議が出なかったのをいいことに、婦人はいっそう大胆になって続けた。「あとは、そうね、山羊《やぎ》を一頭。子豚一頭でもいいかしら。先方は本当に貧しいおうちですし、花婿側からの贈り物の相場もずいぶん下がっていますからね。装飾品なんて、あっても使い道がないでしょうし」婦人はそう言って小さな笑い声を漏らした。

フニの母親は太い手首をさっと返して大根に塩を振った。内心ではいま聞いた話を真剣に吟味していたが、傍目《はため》にはそうとわからなかっただろう。どれほどの贈り物を要求されようと、なんとしてもそれに応えたいと思った。夢物語や希望が自分の中で広がっていこうとしていることに驚きながらも、無表情を保って本心を押し隠した。しかし、婦人の目はごまかされなかった。

「いつか孫息子を持つのがわたしの夢でしてね」フニの母親のよく日に焼けた皺《しわ》だらけの顔を穴の開くほど見つめ、交渉を締めくくりにかかった。「孫娘はいますけど、孫息子はまだなんですよ。女の子はほら、泣いてばかりでしょう」

婦人は続けた。「長男がまだ赤ん坊だったころのこと、いまでも忘れられませんよ。抱っこするたびに胸がいっぱいになってね。かごいっぱいに盛った新年のお餅みたいに真っ白で──つきたてのお餅みたいに柔らかくて、ぽちゃぽちゃして。いかにもおいしそうだったから、一口かじってみたくなったりして。いまじゃ体ばかり大きな甲斐性《かいしょう》なしですけど」自慢話と受け取られないよう、最後に愚痴を一つ付け加えた。

ここで初めてフニの母親の口もとに笑みが浮かんだ。鮮明すぎるほど鮮明な映像が脳裏に描き出されたからだ。孫を抱ける日など夢のまた夢にすぎなかったのに、この縁結び好きの婦人の訪問がきっかけでふいに現実味を帯びた。老いた母親なら誰だって期待をふくらませるに決まっている。母親は歯を食いしばって気持ちを落ち着かせ、混ぜ鉢を持ち上げると、揺すって塩をなじませた。

「とてもかわいい子よ。にきび痕一つなくて。お行儀はいいし、お父さんやお姉さんたちの言うことを素直に聞くの。色も白いほうね。体は小さいけれど、手や腕は力がありそうよ。少し痩せすぎかもしれませんけどね、それはしかたがないわ。あの一家は食うや食わずの苦労をしてきていますから」婦人は台所の隅のかごいっぱいのじゃがいもを見やり、この家ならその子もおなかいっぱい食べられそうねというように微笑んだ。

フニの母親は鉢を調理台に置き、客人に向き直った。

「主人や息子に相談してみます。山羊や豚を買うお金はありません。冬に備えて、詰め綿や何かくらいは差し上げられるかもしれませんけど。まずは主人や息子に訊いてみないことには」

花嫁と花婿は、婚礼の当日に初めて対面した。ヤンジンはフニの顔を怖がらなかった。自分が生まれた村にも三人、同じ唇をした人がいる。牛や豚でも見たことがあった。近所に住む女の子は、裂けた唇と鼻のあいだにイチゴのようなできものがあり、村の子供たちからイチゴちゃんと呼ばれていた。本人もまんざらいやではなさそうだった。夫になる人がイチゴちゃんのような顔をしていて、足が不自由であることを父親から聞かされても、ヤンジンは泣かなかった。するとと、おまえはいい子だと父親は言った。

フニとヤンジンの婚礼はひっそりと行われた。近所の家に草餅を配っていなかったら、ケチな一家だとあとになって悪口を言われていただろう。下宿人たちも、翌日、朝食の膳を運んできた花嫁を見て初めて知ったくらいだった。

まもなく身ごもったヤンジンは、赤ん坊もフニと同じ異常を持って生まれてくるのではないかと心配した。最初の子は口唇裂だったが、足には障害がなかった。産婆から赤ん坊を見せられたとき、フニも義父母も動じなかった。「きみは気になるかい」フニに尋ねられて、ヤンジンは首を振った。本当に気にならなかった。赤ん坊と二人きりになると、ヤンジンは小さな唇を人差し指でなぞり、そこに口づけをした。誰かをそれほど愛《いと》おしく感じたのは生まれて初めてだった。その子は生後七週で高熱のために死んだ。二番目の子供は、口にも足にも異常がなかったが、百日《ベギル》のお祝いを迎える前に下痢と高熱で死んだ。まだ未婚だったヤンジンの姉たちは、お乳の出が悪いせいねと言い、祈禱師に相談したらと助言した。フニや義父母はそれにいい顔をしなかったため、三人目を身ごもったとき、ヤンジンは隠れて祈禱師に会いに出かけた。しかし妊娠中からいやな予感につきまとわれて、この子もやはり死んでしまうのかもしれないとなかば覚悟した。生まれた三番目の子は天然痘《てんねんとう》で死んだ。

義母は漢方医に相談し、薬草を煎じてヤンジンに飲ませた。ヤンジンは茶色い液体を一滴残らず飲み干し、大金を遣わせてしまったことを詫びた。フニは子供が生まれるごとに、産後の子宮を癒やすスープにと市場で上等な海藻を買ってきた。そして子供を失うたび、甘い団子を買ってきて、「栄養を取りなさい。体力をつけなくてはいけないよ」と言ってヤンジンに食べさせた。

結婚から三年後、フニの父親が亡くなり、その後を追うように母親も他界した。嫁に与える食事や衣服を惜しんだりなど決してしない義父母だった。無事に育つ跡取りを産めない嫁に、暴力を振るったり非難を向けたりしたことも一度もなかった。

その後、ヤンジンは四人目の子供にして初めての女の子、ソンジャを産んだ。ソンジャは元気いっぱいに成長した。ソンジャが三歳になると、フニとヤンジンはようやく、かたわらの小さな輪郭が息づかいに合わせて上下していることを夜中に何度も確かめることなく眠れるようになった。フニはトウモロコシの皮で人形を作って娘に与え、お菓子を買ってやりたくてたばこをやめた。下宿人から一緒に食事をしようと誘われても、いつも家族だけで食卓を囲んだ。フニは両親から注がれたのと同じ愛情を娘に注ぎ、いけないと思いながら、ついつい甘やかしもした。ソンジャはよく笑う快活な子供で、顔立ちは平凡だったが、父親の目には輝くように美しく見えた。フニは娘の完璧さを見てはそのたびに感嘆した。世界中のどんな親にも負けないくらい娘を宝物のように大切にし、子供の笑顔のために日々を生きているかのような父親だった。

ソンジャが十三歳になった年の冬、フニは結核で静かに息を引き取った。ヤンジンとソンジャは悲しみの底で遺体を埋葬した。翌朝、若き未亡人はいつもどおり起床して仕事を始めた。

2

一九三二年十一月

日本が満州を占領した年の冬は厳しかった。身を切るような風が小さな下宿屋を吹き抜け、女たちは何枚も重ね着した服のあいだに綿を詰めてしのいだ。大恐慌とかいうものが世界中に広がっているらしい——下宿屋の住人たちは、新聞を読める人々が市場でしていた話を聞いてきては、食卓でそのまま繰り返した。貧しいアメリカ人は、貧しいロシア人や貧しい中国人と同じように腹を空《す》かせているという。天皇の名のもとで、日本の市民さえ飢えかけていた。もちろん、抜け目ない者、体力のある者たちはその冬を乗り切ったが、痛ましい話はいくらでも聞こえてきた。夜、布団に入ったきり朝が来ても目を覚まさなかった子供たち。一杯のうどんと引き換えに純潔を売った少女たち。若い者に食べ物を譲るためにひっそりと姿を消した老人たち。

それでも、下宿人はふだんどおりの食事が出てくるものと疑わなかったし、古びた借家には修繕《しゅうぜん》が必要だった。毎月きっちりと取り立てにやってくる大家の使いに家賃も払わなくてはならない。やがてヤンジンはやりくりを覚え、出入りの商人との交渉術を学び、納得できない条件を拒むすべを身につけた。親を亡くした姉妹を下働きに雇って使う立場にもなった。ヤンジンは下宿屋を営む三十七歳の寡婦《かふ》であり、もはや洗い立ての下着をくるんだ布包みを抱いてこの家に嫁いできた十代の裸足《はだし》の少女ではなかった。

ソンジャを育て、生活費を稼がなくてはならない。持ち家ではなくても、そこで賄《まかな》いつきの下宿屋を営める母子はまだ恵まれていた。毎月一日、食費込みの下宿代として一人二十三円ずつ徴収していたが、市場で穀類を買い、暖房用の石炭を配達してもらうと、それだけでは間《ま》に合わなくなった。下宿人の稼ぎはそれまでと変わっていなかったから、下宿代を値上げするのははばかられ、かといって食事の量を減らすわけにもいかなかった。そこで、牛のすねの骨で出汁を取ってこくのある白濁スープを作り、家庭菜園で採れた野菜を煮こんで食欲をそそる副菜とした。月末が近づいて食費が心細くなると、きびや大麦、食料庫にわずかばかり残った食品で間に合わせの料理を作った。穀物袋が空っぽになりかけていれば、豆粉を水で溶いておいしいお焼きを作った。下宿人の男性たちが持ち帰った売れ残りの魚は香辛料をまぶし、食品が手に入らないときのために保存した。

この二年、漁期には、居間一室に六人の男性たちが二交代で眠っていた。全羅道《チョルラド》出身のチョン三兄弟は夜間に漁に出て、日中は眠る。大邱《テグ》出身の若者二人と釜山《プサン》出身の男やもめ一人は海辺の市場で働いていて、夜は早めに床についた。居間には三人が並んで横になるだけの広さしかなかったが、誰一人文句を言わなかった。それぞれの出身地での生活ぶりを考えると、この下宿屋のほうがずっとましだったからだ。寝具は清潔で、食事は腹いっぱい食べられる。下宿屋の娘たちが念入りに洗濯をし、女主人が端布《はぎれ》で繕《つくろ》ってくれるおかげで、仕事着は翌年もまた着られた。妻をもらって養う稼ぎのない男性たちにとって、この条件は決して悪くなかった。肉体労働の男に妻がいれば、生活の上での不便は減るだろうが、子供が生まれれば衣食住を与えてやらなくてはならない。貧しい夫を持った妻は何かと小言を並べて泣くものであり、男性たちはみな自分の限界をわきまえていた。

物価が上がれば誰の生活だって苦しくなるが、下宿人の家賃の支払いが遅れることはほとんどなかった。それでも市場で働いている三人が売れ残りの品物を家賃代わりにすることはあって、ヤンジンは料理油ひと瓶を家賃数円分に勘定して受け取った。下宿人に思いやりを惜しんではいけないと義母から教えられていた。下宿屋はほかにいくらでもあるのだから。「男性にはね、女にはない自由があるのよ」義母はよくそんな風に言っていた。漁の季節の終わりにわずかでもお金が手もとに残ると、ヤンジンは黒い土器の瓶《かめ》に入れて、夫が大事にしまっていた義母の金の指輪二つと一緒に物置部屋の壁板の奥に隠した。

食事時、ヤンジンと娘のソンジャが物音一つ立てずに給仕をする一方、男性たちは遠慮のない声で政治談議に花を咲かせた。チョン三兄弟は読み書きができなかったが、波止場で耳をそばだてて仕入れた最新ニュースをもとに、下宿屋の食卓で国の将来を分析するのが好きだった。

十一月のなかばのこと。この月は例年に比べて漁が順調だった。チョン三兄弟は起き出してきたばかりで、交代で夜眠るほかの三人がそろそろ帰宅するかという時刻だった。三兄弟は漁に出る前に夕食をとる。たっぷり眠って意気盛んな三人は、日本には中国を征服できないと言い切った。

「まあ、はしっこをかじる程度ならできるかもしれないが、中国を丸ごと食うってのはさすがに無理だろうな。ありえないよ」三兄弟の真ん中が言った。

「そうだよな、相手は偉大な王国だ。あんなちっぽけな国には乗っ取れっこないさ。中国は俺たちの兄貴だぜ。日本はただの鼻つまみ者だ」一番下のファッツォは大きな声で言い、熱いお茶の入った椀を叩きつけるように置いた。「あんなやつら、そのうち中国がぶっつぶすだろうよ。まあ見てなって」

貧しい男たちは下宿屋の薄っぺらな壁に守られているのをいいことに、強大な統治者を愚弄した。ここなら総督府警察に聞きとがめられる気遣いはないと安心しているからだが、いくら大それたことを抜かそうと、警察はそもそも漁師風情《ふぜい》など意に介さないだろう。三兄弟は中国の強さについてとくとくと語った。現に自分の国を統治している国に幻滅した結果、強くあってほしいとの望みを第三の国に向けていたのだ。大韓帝国が植民地化されてすでに二十二年がたっていた。三兄弟のうち下の二人は、日本に統治される前の祖国を知らない。

「おかみさん《アジュモニ》」ファッツォは上機嫌で呼ばわった。「アジュモニ」

「はいはい」きっと食べ足りないのだろうとヤンジンは思った。ファッツォは背は高くないが太っちょ《ファッツォ》で、兄二人を合わせた分よりもっと食べる。

「このうまいスープ、もう一杯ほしいな」

「もちろんお持ちしましょう」

ヤンジンは台所からおかわりを持って戻った。ファッツォは音を立てて飲み干し、三兄弟は仕事に出かけていった。

入れ違いに夜の下宿人が帰宅し、汗や汚れを流してから夕飯をかきこみ、一服つけたあと、床についた。女たちはお膳を片づけ、眠っている下宿人を気遣って無言で質素な食事をすませた。下働きの姉妹とソンジャは台所を片づけ、汚れたたらいを洗った。ヤンジンは石炭の様子を確かめてから寝支度《ねじたく》をした。三兄弟がしていた中国の話がまだ心に引っかかっていた。フニはよく、ニュースを持ち帰ってくる下宿人の話に注意深く耳を澄ましたあと、意を決したように一つ息を吐き、立ち上がって雑用に戻った。そして「だからって何も変わらないさ」と言った。「何も変わらないさ」と。中国が降伏しようと報復しようと、菜園の雑草は抜かなくてはならないし、履物がほしければ草履《ぞうり》を編まなくてはならず、たびたびやってくる泥棒どもからわずかな鶏を守らなくてはならないのだから。

パク・イサクのウールコートの水を吸った裾が凍りついたころ、目指す下宿屋がやっと見つかった。平壌《ピョンヤン》からの長旅で、疲労は極限に達していた。雪に覆われた北部とは違い、釜山の寒さは陰険だ。さほど厳しくなさそうに見えて、海からの凍てつく風はイサクの弱りきった肺にいつのまにか忍びこみ、骨の髄まで冷えきらせた。家を出発したときは体力に自信があり、列車の旅くらい何でもないつもりでいたが、いまはまた疲労困《こん》憊《ぱい》し、とにかく休まなくては危ないぞと思い始めていた。釜山駅を出て、影島《ヨンド》行きの連絡船の乗り場をどうにかこうにか探し当てた。島に渡ってからは、影島在住だという石炭売りに頼って、ようやく下宿屋を探し当てた。イサクはほっと息をついて玄関をノックした。いまにもへたりこみそうだったが、今夜一晩ゆっくり休めば朝にはよくなるだろう。

女たちが寝室にしている玄関の次の間に入り、綿布でくるんだ藁《わら》布団を敷いてヤンジンが寝ようとしたところに、下働きの姉妹の妹のほうが来て、入口の枠をこつこつと叩いた。

「おかみさん、男の人が来てます。この家のご主人はいらっしゃいますかって。何年も前にお兄さんがここに下宿してたことがあるって言ってます。泊まりたいそうです、今夜」下働きの少女は小さな声で早口に言った。

ヤンジンは眉根を寄せた。フニを知っている？　いったい誰だろう。フニが死んで、来月でもう三年になるのに。

オンドルで暖めた床の上で、娘のソンジャは先に眠っていた。軽くいびきをかいている。日中の三つ編みの跡がついた髪は、黒い絹の布のようにほのかに輝いていた。そのすぐとなりに、夜の仕事を終えた下働きの姉妹がかろうじて並んで横たわれるだけのスペースが空いていた。

「主人が亡くなったことは話したのよね」

「はい。びっくりしてました。なんでも、お兄さんからご主人に手紙を書いたのに、返事がなかったとかで」

ヤンジンは布団の上で起き上がり、脱いだあと几帳面にたたんで枕の横に置いていた綿モスリンの韓服《ハンボク》を引き寄せた。スカートと上衣に綿入れの背子《ペジャ》を重ねた。最後に手際よく髪をまとめてお団子に結った。

来客を一目見るなり、下働きの少女が追い返さなかったわけがわかった。背筋が伸びた優雅な姿は、松の若木を連想させた。飛び抜けた美男子だ。いつも微笑んでいるような切れ長の目、すっと通った鼻筋、ほっそりとした首。真っ白な額には皺一つなかった。食べるものをくれとわめき、まだ結婚しないのかと下働きの女の子をからかう白髪《しらが》混じりの下宿人とは天と地ほども違う。目の前の青年は、西洋風のスーツの上に厚手の冬のコートを着ていた。舶来の革靴に革のトランク、フェルトの中折れ帽は、手ぜまな玄関とひどく不釣り合いに見えた。身なりから察するに、街中にある貿易商や小売商人向けの大きな宿にだって泊まれるだろう。朝鮮人が宿泊できる釜山の宿はどこもだいたい満室だが、お金さえ出せば部屋が取れないことはないはずだ。この風采《ふうさい》なら、裕福な日本人といっても充分に通用しそうだった。下働きの少女は、口をわずかに開いて紳士に見とれていた。この人にはぜひ泊まってもらいたいと思っているのがわかる。

ヤンジンはお辞儀をしたものの、何と言っていいかわからなかった。お兄さんが手紙を書いたという話はきっと本当なのだろうが、ヤンジンは読み書きができない。何カ月かに一度、届いた郵便物をまとめて書堂に持っていき、先生に音読してもらっている。しかしこの冬はその時間を取れずにいた。

「おかみさん《アジュモニ》」――青年はお辞儀を返した――「夜分遅くに申し訳ありません。連絡船で着いたときにはもう暗くなっていたものですから。ご主人のことは今日まで存じませんでした。お悔やみを申し上げます。パク・イサクといいます。平壌から来ました。何年も前のことですが、兄のパク・ヨセプがこちらでお世話になりました」

北部の訛《なまり》はほとんど感じられず、言葉の運び方は理知的だった。

「大阪に行く予定なのですが、それまでの何週間か、こちらに泊めていただけないかと思っていたのですが」

ヤンジンは靴を履いていない自分の足もとを見つめた。客室はすでに満員だし、この青年のような紳士は一人で眠れる個室を望むだろう。かといって本土に戻ろうにも、夜のこんな時間に連絡船があるとは思えない。

イサクはズボンから白いハンカチを出し、口もとに当てて咳をした。

「兄がお世話になったのは十年近く前です。覚えていらっしゃらないかもしれませんね。兄はご主人のことをとても素晴らしい人だと話していました」

ヤンジンはうなずいた。兄のパク青年ならよく覚えている。漁師でも、市場で働く労働者でもなかったからだ。下の名はヨセプ。聖書の人物にちなんだ名前だと言っていた。両親はキリスト教徒で、北部に教会を創設したと聞いた。

「お兄さんと——あの方とあなたはあまり似ていませんね。お兄さんは背が低くて、銀縁の眼鏡をかけていました。日本に行くとおっしゃってましたよ。その前にうちに何週間か滞在されて」

「ええ、それが兄です」イサクは顔を輝かせた。ヨセプとは十年来、会っていない。

「いまは義姉と一緒に大阪に住んでいます。ご主人に手紙を差し上げたのは兄でした。こちらにお世話になるといいと勧めてくれて。おかみさんの作るタラの煮込みが最高にうまいんだと手紙に書いてきました。〝おふくろの料理よりずっとうまいぞ〟と」

ヤンジンは笑みを漏らした。こらえきれなかった。

「ご主人はとても働き者だったと兄から聞いています」口唇裂と内反足にはあえて触れなかったが、ヨセプからの手紙にはもちろん書いてあった。イサクはそのような困難を乗り越えた人物にぜひ会ってみたいと思っていた。

「夕飯は召し上がりましたか」ヤンジンは尋ねた。

「ええ、お気遣いなく」

「何かご用意しますけど」

「少し休ませていただくわけにはいかないでしょうか。突然押しかけて申し訳ありませんが、昨日からずっと乗り物に揺られていたので」

「あいにく空室がないんですよ。ごらんのとおり、あまり大きな家ではないので……」

イサクはため息をついたが、すぐに笑みを見せた。疲れているのはあくまでもイサクの都合であって、おかみさんには関係のないことだ。申し訳ないと思わせたくない。イサクは持ってきたトランクを探して周囲を見回した。トランクは戸口のすぐ脇にあった。

「そうですよね。釜山に戻って泊まるところを探します。ただその前に、このあたりで空室のありそうな下宿屋をご存じではないですか」イサクは背筋を伸ばして内心の落胆を隠した。

「この近くには一軒も。うちには空室がありませんし」ヤンジンは言った。この青年を一緒に押しこめたら、下宿人たちの臭いを不快に思うかもしれない。どんなに洗濯しても、衣類に染みついた魚の臭いは取れなかった。

イサクは目を閉じてうなずき、向きを変えて立ち去ろうとした。

「ほかのお客さんが眠っている部屋に、あと一人分ならスペースがあります。あいにく客室は一つだけなんです。働いている時間によって、昼間はそこで三人寝て、夜は別の三人が寝ます。あと一人くらいならどうにか休めますけど、快適とは言えません。でも、よかったらご自分で確かめてみますか」

「せまくてもかまいません」イサクは安堵して応じた。「泊めていただけるだけでありがたいことです。一月《ひとつき》分をお支払いします」

「慣れていらっしゃる部屋よりずっと窮屈かもしれませんよ。お兄さんがいらしたころはまだ、お客さんの数が少なくて。あのころはまださほど混んでいなかったんです。だから――」

「いえいえ、横になれるスペースがあれば充分ですから」

「もう夜中だし、今夜は風が強いですしね」ヤンジンは自分の下宿屋のみすぼらしさが急に恥ずかしくなった。そんな風に感じるのは初めてだった。明日の朝、この青年が出ていくと言い出したら、受け取ったお金は返そうと思った。

月ぎめの料金を告げ、前金でもらわなくてはならないと説明した。ひと月を待たずに引き払う場合、残金は日割りで返す。下宿代は、漁師の場合と同じ二十三円。イサクはお金を数え、両手でヤンジンに渡した。

下働きの少女がイサクの荷物を客室の前に置き、清潔な布団を物置部屋に取りにいった。旅の汚れを落とすのに、台所からお湯も持ってこなくてはならない。少女は目を伏せていたが、イサクに興味津々《しんしん》なのは明らかだった。

ヤンジンは布団を敷くのを手伝った。イサクはその様子を黙って見守った。床の用意ができると、少女はお湯と洗いたての手ぬぐいを持ってきた。大邱出身の若者二人は行儀よく並び、男やもめは両腕を頭上に伸ばして眠っていた。イサクの布団は男やもめの布団のとなりに敷かれた。

明日の朝になれば、先住の三人はせまい空間に客が一人増えていることに不満を漏らすだろう。だからといって、この青年に門前払いを食わせたりなどできようはずがない。

3

夜明けにチョン兄弟が漁から戻ってきた。ファッツォはすぐに新入りの下宿人に気づいた。イサクは居間でまだ眠っていた。

ファッツォはにやりと笑ってヤンジンに言った。「おかみさんみたいな働き者の下宿が繁盛するのはうれしいね。ここの料理は抜群にうまいって噂が金持ち連中まで届いたんだろう。そのうち日本人まで客になるんじゃないかな。ところで、あの新入りから俺たち貧乏人の三倍くらいの料金を取っただろうね」

ソンジャは首を振ったが、ファッツォはそれに気づかず、イサクのスーツと一緒にかけてあったネクタイをもてあそんだ。

「両班《ヤンバン》の連中はこういうのを首からぶら下げて、偉そうに見せるってわけだな。なんだか首吊り縄みたいだ。実物を見たのは初めてだよ。うわあぁぁぁ——すべすべだぞ」末っ子のファッツォは、ネクタイに頬ひげをこすりつけた。「絹かもしれないな。本物の絹でできた首吊り縄」そう言って大きな声で笑ったが、イサクが目を覚ます気配はなかった。

「おいファッツォ、他人《ひと》のものに勝手に触るんじゃない」コンボがいかめしい声でたしなめた。三兄弟の一番上のコンボの顔はあばた《コンボ》だらけで、怒るとそのでこぼこした肌が赤に染まった。父親が死んで以来、コンボが弟たちの親代わりを務めてきた。

ファッツォはネクタイから手を離し、ばつの悪そうな顔をした。コンボを怒らせたくなかった。三兄弟は汗を流し、食事をすませると、そろって眠りについた。来たばかりの客はその隣で眠り続けていたが、ときおり低く咳きこんで目を覚ましているようだった。

ヤンジンは台所に行き、新しく来た客が起きていないか、ときおり様子を確かめてちょうだいと下働きの姉妹に頼んだ。目を覚ましたらすぐに温かい食事を出すこと。ソンジャは台所の片隅に座ってさつまいもの皮をこすり落としていて、ヤンジンが台所を出入りしても顔を上げなかった。この一週間ほど、母子は必要最小限の会話しかしていない。ソンジャがやけに無口でいるのはなぜなのか、下働きの二人には見当もつかなかった。

夕方、チョン兄弟が起きてきて食事をすませ、村でたばこを買ってから漁に出ると言って出かけていった。夜の下宿人はまだ仕事から帰っておらず、二時間ほどのあいだ、下宿屋は静寂に包まれた。穴だらけの壁や窓の隙間《すきま》から海風が忍びこみ、部屋と部屋を結ぶあるかなきかの廊下を隙間風が通り抜けた。

ヤンジンは女たちの寝室にしている次の間《ま》の、床のとりわけ暖かい一角に脚を組んで座り、六着ほどある下宿人のくたびれた服の山からズボンを選び出してほころびを繕っていた。どの服も洗濯が足りていなかった。もともと手持ちの服が少ないうえに、男性たちは着るものにかまわないからだ。

「どうせすぐにまた汚れるのに」ファッツォはよくそう不平を漏らしたが、兄二人は清潔な服を喜んだ。ヤンジンは洗濯のすんだ服を点検して、繕えるものは繕い、修繕や洗濯ではどうにもならなくなったシャツや上着の襟を少なくとも年に一度は付け替えた。前の晩に到着したばかりの下宿人の咳が聞こえるたびに、ヤンジンは顔を上げた。それ以外は几帳面な縫い目を作ることに集中し、家の床掃除をしている娘のソンジャのことを意識から追い出そうとした。黄色い防水紙を敷いた床は、一日に二度、手箒《てぼうき》で掃いたあと、きれいな雑巾《ぞうきん》で拭き掃除する。

家の玄関がそろそろと開く気配がして、母と娘は仕事の手を止めて顔を上げた。集金に訪れた石炭売りのチュンだった。

ヤンジンは立ち上がってチュンを出迎えた。ソンジャは形だけ頭を下げると、すぐにまた拭き掃除に戻った。

「奥さんのおかげんはいかがですか」ヤンジンは尋ねた。チュンの妻は胃腸が弱く、ときおり寝こむことがある。

「今朝は早くから起きて、市場に出かけていったよ。金を稼ぐのが生き甲斐みたいなもんだからね、あんたも知ってのとおり」チュンは誇らしげに言った。

「いい奥さんで、幸せなご主人ですね」ヤンジンは財布を取り出して今週の石炭代を支払った。

「客がみんなあんたみたいな人だったら、俺も食い扶持《ぶち》に困らなくてすむだろうに。あんたはほら、いつも約束の日に払ってくれてありがたい」チュンは愉快そうに含み笑いをした。

ヤンジンはチュンに笑みを向けた。期日どおりに払ってくれない客ばかりだとぶつぶつ言うのは毎週のことだが、チュンの客のほとんどは、食費を切り詰めてでも石炭代をきちんと支払っていた。この冬の寒さは厳しくて、石炭がなければ暮らしていけないからだ。恰幅《かっぷく》のいいチュンは、集金に回った先でお茶や軽食を出されれば決して遠慮しない。凶作の年が続くことがあっても、彼だけはひもじい思いをすることはないだろう。それに市場の屋台で乾物《かんぶつ》を売っている妻は商売上手で、相当な金額を稼いでいた。

「この先のイのやつなんか、金を出し渋って――」

「この不景気ですから。どこの家もそれぞれたいへんなんでしょう」

「たしかに不景気だが、この下宿屋はきっちり金を払う客ばかりで満員だ。あんたの料理は慶尚道《キョンサンド》のどこよりうまいからだろうね。そうだ、あの信心深い若者は泊まってるのかな。布団は空いてたのかい。あんたの鯛料理は釜山《プサン》で一番うまいよって宣伝しておいたんだがね」チュンは鼻を持ち上げ、次の集金先へ向かう前に何かにありつけるだろうかとにおいを確かめたが、うまそうな香りはしていなかった。

ヤンジンはソンジャに目で合図した。ソンジャは床掃除の雑巾を置き、チュンに出す軽食の支度をしに台所に立った。

「だが宣伝するまでもなく、あの若者は、十年前にここで世話になったっていう兄貴から、あんたの料理のことを聞いてたそうだよ。頭より胃袋のほうが覚えがいいってのはほんとだな」

「信心深いって?」ヤンジンは困惑顔で聞き返した。

「ほら、北部から来たって若者のことだよ。ゆうべ会ったんだ。この下宿屋を探してうろうろしててさ。パク・イサク。何やらしゃれたなりをした若者だよ。ここまで連れてきてやったついでに俺もちょっと寄っていこうかと思ったが、そのあとチョのところに配達にいく約束になってたもんでね。チョのやつ、ひと月もなんだかんだはぐらかしてたが、ようやく払う気になって――」

「あら、来たなら寄ってくれれば――」

「チョの話はまあいいか。で、あの若いのに話したんだよ。うちの女房は胃腸が弱いとか、市場で屋台を出してるとかさ。そうしたら、いますぐ奥さんのために祈りましょうって言うんだ。その場で頭を垂れて、目をつむって。ああやってぶつぶつ言ってるやつはよく見かけるが、それが何の役に立つんだよって思いたくなる。けど、何か害があるってわけでもないだろ。それにしても、なかなかの美男子だったな。今日はもう出かけたのか。いるなら挨拶《あいさつ》くらいはしておきたい」

ソンジャが温かい麦茶と急須、蒸したさつまいもを盛った器を載せた木の盆を運んできて、チュンの前に置いた。チュンは座布団にどっかとあぐらをかくと、さつまいもをがつがつと口に押しこみ、時間をかけて咀嚼《そしゃく》してから話を続けた。

「今朝、具合はどうだって女房に聞いたんだ。そうしたら、ずいぶんよくなったって言って、仕事に出かけていくじゃないか。もしかしたら、あの祈りってやつにも効果があるのかもしれないね。驚いたよ――」

「あの方はカトリックなのかしら」そうやってたびたび話のじゃまをするのは気が引け

たが、放っておくと何時間でもしゃべり続けるチュンが相手では、そうでもしないとこちらの話を聞いてもらえない。あいつは男のくせにおしゃべりだなとフニはよく言っていた。「神父さん？」

「いやいや、違うよ。神父じゃない。宗派がいろいろあるんだ。パクはプロテスタントだよ。結婚できるほうの聖職者だ。大阪に行くんだって話してたな。兄貴が住んでるとかで。兄貴のほうに会った覚えは俺にはないがね」チュンはしばし黙ってあごを動かし、茶碗からちびちびと麦茶を飲んだ。

ヤンジンに言葉を継ぐ暇を与えず、チュンは続けた。「ヒロヒトって輩《やから》はこの国を乗っ取った。一番いい土地、米、魚を盗んだ。そのうえ今度は若い連中まで盗んでいこうとしてる」チュンはため息をつき、さつまいもをまた一口食べた。「まあ、若い連中が日本に行きたがるのはわからないでもないよ。ここにいたって生活が苦しいだけだからね。俺はもうこんな年だからいまさら行かないが、もしうちに息子がいたら」チュンはここでいったん言葉を切った。彼には子供がおらず、そのことを思い出すと悲しくなるのだ。「ハワイに行かせるかな。女房の甥《おい》っ子は頭がよくてね、ハワイのさとうきび農園で働いてるんだよ。きつい仕事だが、だから何だ？　少なくともあの連中に雇われて働いてるわけじゃないもんな。このあいだ、港に行ったら、あそこで働いてるクソ野郎どもに言われたよ——」

ヤンジンはチュンの乱暴な言葉遣いに眉をひそめた。この家はせまい。玄関先でのやりとりは、台所にいる少女たちや、いまは玄関奥の小部屋の床を拭き掃除しているソンジャに筒抜けだし、三人のほうも聞き耳を立てていることだろう。

「お茶のおかわりは」

チュンは笑みを浮かべ、空になった茶碗を両手でヤンジンのほうに押しやった。

「国を失った落ち度は俺たちにあるよな。それはわかってる」チュンは先を続けた。「いまいましい貴族のぼんくらどもが俺たちを売ったんだ。両班の野郎どものなかに、タマがちゃんと二つそろったやつなんか一人だっていやしねえ」

ヤンジンとソンジャはそれぞれ思った。台所にいる下働きの姉妹は、チュンの毎週おなじみの口汚い罵倒を聞いて、いまごろ声を立てないようにしながら笑っていることだろう。

「俺はただの田舎者かもしれないが、まっとうに働いてるわけだし、俺なら日本人に国を乗っ取らせたりはしない」チュンは石炭の粉で汚れた上着から洗い立ての真っ白なハンカチを取り出して鼻水を拭った。「くそったれどもめが。さて、そろそろ次の集金に行くか」

ヤンジンはちょっと待ってくださいと言い置いて台所に行った。掘ったばかりのじゃがいもを布でくるみ、玄関に戻ってチュンに渡した。一つが落ちて床に転がった。チュンは目にもとまらぬ速さでそれを拾うと、上着のポケットの奥底にしまいこんだ。「大事なもんだ、なくしちゃいけない」

「奥さんに差し上げてください」ヤンジンは言った。「よろしくお伝えくださいね」

「ありがとう」チュンは急いで靴を履くと、出ていった。

ヤンジンは戸口に立ち、チュンの後ろ姿が隣家に消えるのを見届けてから室内に戻った。

蛮声を張り上げて長広舌《ちょうこうぜつ》を振るうチュンが帰ったとたん、家は空っぽになったように感じられた。ソンジャは床に膝をつき、玄関と奥の部屋をつなぐ廊下の拭き掃除を終えようとしていた。ソンジャの体は、ヤンジンに似て白木の角材のようにみっちりとしている。器用に動く力強い手、しっかりと筋肉のついた腕、たくましい脚。背が低くて肩幅のある体つきは頑丈で、きつい労働にも耐えられるようにできていた。顔立ちや手足は繊細さとは無縁だが、人を惹《ひ》きつける容姿ではあった。女らしいというより、凜《りん》とした印象だ。はつらつとして明るいソンジャは、どんな場面でもひときわ目を引く。下宿人たちから絶えず求婚されていたが、ソンジャが首を縦に振ることはなかった。黒い目は、よく磨かれた白い表面に埋めこまれた川の小石のようにきらめき、ソンジャが笑うと、その場の誰もがつられて一緒に笑った。父親のフニはソンジャが生まれた日から溺愛していたし、ソンジャのほうも、物心つく前から父親を喜ばせることが何よりの親孝行と考えていた。歩けるようになると、まるで忠実なペットのように父親のあとをついて回ったものだ。母親のことも尊敬してはいるが、父親の死を境に、ソンジャは朗らかな少女から落ち着いた若い女性に変わっていた。

チョン三兄弟には妻を養えるほどの稼ぎはなかったが、長兄のコンボはよくこんなことを言った。ソンジャなら、立身出世をめざす類の男を支える妻にぴったりだろう。フアッツォはソンジャに恋心を抱きながらも——まだ十六歳と若いソンジャと自分も同い年ではあったが——血のつながらない姉として彼女を慕うだけでよしとするつもりでいた。いつか三兄弟の誰かが結婚する日が来るとすれば、最初に妻をめとるのは一番年上のコンボだろう。だが、そんなことはもはや関係なかった。ソンジャは未来への希望をすべて失っていたからだ。ソンジャのおなかには赤ん坊がいた。しかしその子の父親はソンジャと結婚できない。一週間前、ソンジャはそのことを母親に打ち明けたが、もちろんほかには誰も知らなかった。

「おかみさん。アジュモニ」家の奥から下働きの姉妹の一人の甲高い声が聞こえた。下宿人が眠っている部屋のほうからだ。ヤンジンは大急ぎで奥に向かった。ソンジャも雑巾を置いてその後を追った。

「血が。枕に。それにほら、汗びっしょりです」

姉妹の姉のほう、ボクヒは、気持ちを落ち着けようと大きく息を吸いこんだ。ボクヒが大きな声を出すことはめったになく、周囲を怯えさせようというつもりもなかったが、新しい下宿人は死んでいるのかもしれないし、死にかけているのかもしれないと思うと、近づくのは怖かった。

一瞬の沈黙が流れた。まもなくヤンジンは、部屋を出て玄関で待っているようにとボクヒに言った。

「結核《けっかく》じゃないかしら」ソンジャが言った。

ヤンジンはうなずいた。下宿人の様子は、フニの最期の数週間を思い起こさせた。

「お医者さんを呼んできてちょうだい」ヤンジンはボクヒに言ったが、すぐに考えを変えた。「待って。あなたもいてもらったほうがいいかもしれない」

イサクは、女性たちに見られているとも知らず、枕に頭を預けて眠っていた。赤い顔をして汗をかいている。姉妹の妹のほう、ドクヒも台所から来て部屋をのぞくなり、ひっと声を上げた。静かに、とボクヒが黙らせた。前の晩に現れたとき、イサクの顔色が見るからに青白かったのは確かだが、いまこうして日の光の下で見ると、目鼻立ちの整った顔は灰色がかっていた。瓶にたまった濁った雨水のような色だ。咳をしたときのものだろう、枕に血の染みが点々とついていた。

「どうしましょう――」ヤンジンは驚きと不安を感じた。「いますぐどこかに移さないと。ほかの人にもうつってしまうわ。ねえドクヒ、物置部屋にあるものをみんな出してちょうだい。急いでね」イサクをあの部屋に移そう。病気で倒れたとき、フニもそこで病《やまい》と闘った。大の男をヤンジン一人で運んでいくとなると大仕事だが、イサクが自分で歩いて物置部屋まで行ってくれればずっと楽だろう。

ヤンジンはイサクを起こそうと、布団の角を引っ張った。

「パク牧師。牧師さん」ヤンジンはイサクの腕に触れた。「牧師さん」

イサクはようやくまぶたを持ち上げた。ここはどこだろう。夢のなかでは実家にいて、満開の花を咲かせたリンゴ園のそばで休んでいた。意識がはっきりしてきたところで、目の前にいるのは、そうか、下宿屋の女主人だと思い出した。

「何かありましたか」

「結核にかかっていますか」ヤンジンはイサクに尋ねた。もしそうなら、本人は知っているはずだ。

イサクは首を振った。

「いいえ、二年前にかかりましたが、すっかり治りました」イサクは額に手をやった。生《は》え際《ぎわ》が汗で濡れていた。首を起こそうとしたが、頭が重い。

「ああ、これですね」イサクは枕に散った赤い染みに気づいて言った。「申し訳ありません。ご迷惑になるかもしれないと知っていたら、こちらには来なかったのに。すぐに出ていきますから。みなさんにうつしてしまってはたいへんです」ひどい疲れを感じて目を閉じた。幼いころからずっと病気がちだった。しばらく前に結核を発症したが、それは数えきれないほどかかってきた病気のうちの一つにすぎなかった。両親や主治医は大阪行きに反対した。転地はイサクのためになるだろうと考えたのは、兄のヨセプ一人だった。大阪は平壌《ピョンヤン》より温暖だし、昔から病弱な人間と思われてきたイサクがそれにうんざりしていることをヨセプは知っていた。

「私は家に帰ったほうがよさそうだ」イサクは目を閉じたまま言った。

「列車で死んでしまいますよ。よくなるどころか、悪化してしまいます。起き上がれそうですか」ヤンジンは聞いた。

イサクはどうにか体を起こすと、冷えきった壁にもたれた。ここまで来る旅のあいだにも疲れを感じたが、いまは熊に上からのしかかられているかのようだった。一息ついたあと、壁のほうを向いて咳をした。血が点々と散って壁を汚した。

「ここにいてください。よくなるまで」ヤンジンは言った。

ヤンジンとソンジャは互いの目を見交わした。フニは結核だったが、二人にはうつらなかった。しかし、いまは下働きの姉妹が増えているし、ほかの下宿人にうつらないよう何らかの手立てを講じなくてはならないだろう。

ヤンジンはイサクの顔を見つめた。「少しだけ歩けそうですか。奥の部屋まで。ほかの人からあなたを隔離しなくては」

イサクは立ち上がろうとしたが、無理そうだった。ヤンジンはうなずいた。ドクヒを医院に走らせ、ボクヒには台所に戻ってほかの下宿人の食事を用意するよう頼んだ。

ヤンジンはイサクを布団に横たわらせると、物置部屋に向かって布団ごとゆっくりと引きずっていった。三年前、夫も同じようにして移した。

イサクがつぶやいた。「ご迷惑をかけるつもりなんてなかったのに」

生まれ故郷を出て世界を見たいなどという望みを抱いた自分をイサクは罵《のの》った。そして、あれだけの大病から完全に回復するなどありえないとちゃんと知っていたくせに、もう大丈夫だ、大阪に行くくらい何でもないさと自分に嘘をついたことを悔やんだ。もしこの下宿屋の誰かに病気をうつして死なせてしまったら、それは自分の責任だ。もしも自分が死ぬ運命にあるのなら、無関係の人を巻きこむ前に逝《い》きたかった。

4

一九三二年六月

　若き牧師が下宿屋に現れて病に倒れる半年ほど前、夏が始まろうとするころ、ソンジャは市場に新しく来た海産物の仲買人《なかがいにん》、コ・ハンスと出会った。

　ソンジャが下宿屋の買い出しのために市場に出かけたその朝、海沿いの風は少し冷たかった。釜山《プサン》の南浦洞《ナムポドン》の青空市場にはおんぶひもで母親に背負われていたころから来ていた。少し大きくなると、父親と手をつないで来た。父親は悪いほうの足を引きずっていたから、市場に行くには片道一時間近くかかったが、母親と来るときよりも楽しかった。父親と歩いていると、行き合う村人が親しみのこもった挨拶の声をかけてきたからだ。家族は元気か、下宿屋は繁盛しているか、下宿人はどんな様子かと気遣う村の人々にとって、フニのいびつな唇やぎこちない歩き方は存在しないかのようだった。フニの返事はどれも短いものだったが、村の人たちがフニの正直で思慮深いまなざし——暗黙の承認——を期待していることは、幼い娘の目にも明らかだった。

　フニの死後、市場への買い出しはソンジャの仕事になった。いつもかならず母親や父親から教えられたとおりの道順をたどった。まず生鮮食品を、次に肉屋で出汁《だし》用の骨を買ったあと、地面に空色や赤の蠟引きの布を広げて店番をしているおばさん《アジュンマ》たちからそのほかの細々《こまごま》としたものを買う。鉢に盛られた香辛料、銀色に光る太刀魚《たちうお》、数時間前に揚がったばかりの脂の乗った鯛。朝鮮で最大の海産物市場の一つ、南浦洞の市場は広大だった。砂利や砕けた小石だらけの磯のこちらの端からあちらの端まで露店が並び、それぞれに四角い蠟引きの布を広げたおかみさんたちが声を張り上げて呼び売りしていた。

石炭売りのチュンの奥さんはこの市場で一番品質が確かな乾物を売っていた。ソンジャがそこで買い物をしていると、来たばかりの仲買人がソンジャをじっと見ていることにおばさん《アジュンマ》が気づいて言った。

「破廉恥《はれんち》な男だね。人のことじろじろ見てさ。あんたのお父さんでもおかしくない年齢だろうに」乾物売りのおばさんはあきれ顔で言った。「金持ちだからって許されるもんじゃないよ。ちゃんとした家のちゃんとした娘をあんな目で見るなんて」

ソンジャが顔を上げると、初めて見る仲買人がいた。明るい色の西洋風のスーツに白い革靴という出で立ちのその男は、トタンを張った木造の事務所の前でほかの仲買人と話をしていた。映画のポスターで見る俳優のようにオフホワイトのパナマ帽を頭に乗せたコ・ハンスは、そろって暗い色合いの服を着た男たちのなかで、まるで乳白色の羽毛をつけた優雅な鳥のように異彩を放っていた。ほかの仲買人たちが何を言っても知らぬ顔でソンジャを見つめている。この海産物市場で売買される商品のいっさいを仕切っているのは仲買人だ。値付けの権限を持つことはもちろん、漁獲の買い取りを拒んで漁船の船長や漁師を懲らしめることもできる。港を管理している日本の役人との交渉も仲買人の仕事だった。仲買人に逆らったり、打ち解けて話をしたりする者は市場の関係者にはいない。仲買人はたいがい仲買人同士で行動していた。白くつるりとした手を魚の臭いで汚すことはせず、しかし漁の利益はそっくりさらっていく、盗っ人猛々《たけだけ》しい連中――下宿屋の漁師たちは仲買人のことをそうあしざまに言った。それでも、漁獲を買い上げる現金を握り、不漁にあえぐ漁師に金を融通してくれることもある相手だ。懇意にしておかなくてはならない。

「あんたはいかにも羽振りのいい男が目をつけそうな子だけどさ、それにしたってあれは油断ならない人物だって気がするよ。生まれは済州島《チエジユド》だけど、住んでるのは大阪だって。日本語も完璧だって聞いた。うちの旦那が言ってたけど、そこらの男全員を足したより頭がいいし、しかも人の足下を見るような人らしいね。あらやだ、まだあんたを見てるよ」乾物売りのおばさんは、首筋まで真っ赤になっていた。

ソンジャは首を振り、仲買人のほうは見ないようにした。下宿屋の男性たちにからかわれることはあったが、いつも無視して仕事を続けた。いまも同じようにするまでだ。それに、市場のおばさんたちのおしゃべりはだいたい大げさだ。

「母がいつも買うのと同じものをください」ソンジャは干した昆布の細長い山に気を取られているふりをした。昆布は布のように折りたたまれ、品質や価格ごとに分けて並べられていた。

おばさんは我に返ったようにまばたきをし、大きな昆布を一枚選んで包んだ。ソンジャは小銭を数えて支払い、品物を両手で受け取った。

「お母さんの下宿人はいま何人いるの」

「六人です」ソンジャの視界の隅に新しい仲買人が映っていた。別の仲買人と話しながら、まだソンジャのほうを見ていた。「とても忙しそうです」

「そりゃそうでしょうよ。ねえソンジャ、女の一生なんてね、ひたすら働いて辛抱するだけなんだよ。一つ辛抱して、また次も辛抱して。苦労に終わりはないって覚悟しておくといい。あんたもそろそろ一人前の女だからと思ってこんな話をするんだけどね。女の人生はどんな男と結婚するかで決まる。ちゃんとした相手ならいい人生になるし、悪い男なら、苦労ばかりの人生になる。でもね、相手がどうあれ、辛抱はつきもの。ともかく一生懸命働くこと。貧乏な女の面倒なんて誰も見てくれないからね。自分だけが頼りなの」

チュンの奥さんはあいかわらずぽっこり太った自分のおなかをそっとさすると、次の客に顔を向けた。ソンジャは帰途についた。

夕飯のとき、チョン三兄弟からコ・ハンスの話題が出た。今日、兄弟の船が獲った魚をそっくり買い上げたらしい。

「仲買人としちゃ悪くないよ」コンボが言った。「ああいう抜け目ないやつのほうが俺は好きだね、馬鹿は相手にしてられないみたいなさ。コはしつこく値切らないし。納得できる値段を一発で出してくる。ほかの仲買人と違って、うまいことといって丸めこもうとしてる感じがない。あの人に言われたら、断れないよ」

ファッツォが続けて言った。

氷の配達人によれば、コ・ハンスは超のつく大金持ちなのだという。釜山に来るのは週に三日ほどで、ふだんは大阪やソウルで暮らしている誰もが彼を〝兄貴〟と呼ぶ。

コ・ハンスはどこにでもいるように思えた。ソンジャがいつ市場に出かけても、彼はやはり現れて無遠慮な視線を向けた。ソンジャはそれに気づかないふりをして買い物をすませようとしたが、彼がいるとわかると頰が熱くなった。

一週間後、彼から話しかけられた。ソンジャが買い物を終えて船着き場へ歩き出したときのことだった。

「お嬢さん。今夜の下宿屋の献立は何だね」

周囲に人はいなかったが、市場の喧噪はまだすぐそこに聞こえていた。

ソンジャは顔を上げたものの、返事をせずに急ぎ足で歩き続けた。怖くて胸がどきどきした。彼がつきまとってきませんようにと祈った。連絡船に乗ってから、ハンスの声を思い出そうとした。本当はとても強い人が、努めて優しい声で話しかけたといった風に聞こえた。済州島の人々特有の話し方、特定の母音を伸ばす癖は、釜山の人のそれとは違う。〝献立〟の発音が独特で、ソンジャはとっさに聞き取れなかった。

翌日、帰宅の途についたソンジャにハンスが追いついてきた。

「きみはどうしてまだ結婚していないの。結婚していてもおかしくない年齢だろうに」

ソンジャは歩くペースを速め、このときもまた逃げるように立ち去った。ハンスはそれ以上追いかけてこなかった。

まだ一度も返事をしていないのに、その後もハンスは話しかけてきた。いつも質問を一つだけ。二つ以上尋ねることはなく、前と同じ質問を繰り返すこともなかった。ソンジャを見かけるたび、そして声が届きそうだと見ればかならず声をかけてきたが、ソンジャは黙ったまま急ぎ足で立ち去った。

ソンジャに何度無視されようと、ハンスはあきらめなかった。もしもソンジャが軽口に応じていたら、どこにでもいる女の一人だ、つまらない女だと思っていただろう。ハンスはソンジャの外見が気に入っていた。三つ編みにしたつややかな髪、糊のきいた白い上衣の下に押しこめられた豊かな胸、几帳面に結ばれた上衣の長い紐、きびきびとして確かな足の運び。若々しい両手は働き者のそれだった。茶房の女給の駆け引きに長《た》けたなめらかな手ではなく、高貴な生まれの女のほっそりとした青白い手でもない。健康そうな体は引き締まって丸みを帯びていた。白い長袖に隠された腕は、枕のように柔らかくて心地よさそうだ。服に隠された部分を想像すると、欲望をかき立てられた。素肌を見てみたいと思った。裕福な男の娘でも貧乏人の娘でもない彼女の物腰は何か独特のもの、毅然としたものを感じさせた。ハンスは彼女が何者なのか、どこに住んでいるのかを調べた。ソンジャが買い物に来る時間は毎日同じだった。朝のうちに市場に来て、用事をすませるなり帰っていく。近づきになるきっかけは、遅かれ早かれ訪れるだろう。

六月の第二週のことだった。ソンジャはその日の買い物を終え、満杯になったかごを二つ抱えて家路についた。途中で、制服の上着の前ボタンを外した日本人の男子高校生三人組と行き合った。三人は港へ釣りをしに行くところだった。その日は暑く、教室でじっと座っていられなくなって学校を抜け出してきたのだ。影島《ヨンド》行きの連絡船の乗り場に向かっていたソンジャに目をとめた三人は、にやにや笑いながらソンジャを取り囲んだ。一番のっぽで生白い顔をした痩せっぽちの一人が、ソンジャのかごから細長いマクワウリを一つ取り、ソンジャの頭を越えて仲間に放り投げた。

「返してください」ソンジャは朝鮮語で静かに言った。連絡船でこの三人と一緒になりませんようにと思った。こういったできごとは本土側ではたびたび起きていたが、影島に渡れば日本人は珍しい。トラブルの種からはできるだけ早く遠ざかることが大切であるとソンジャは知っていた。日本の学生は朝鮮人の若者にいやがらせをする。その逆もたまにあった。朝鮮の子供たちは一人で出歩いてはいけないと教えられるが、ソンジャはもう十六歳だし、弱虫ではない。この日本人の少年たちは、もっと幼い子をからかっているつもりでいるのだろう。だから少しでもおとなっぽい態度で話そうとした。

「え？　何だって？」三人は日本語で嘲《あざけ》った。「何言ってんのかわかんねえよ。それにこの女、くせえぞ」

ソンジャはあたりを見回したが、四人の様子を気にしている人はいなかった。連絡船の船頭は別の男性二人とのやりとりに気を取られている。市場の周囲に店を広げているおばさん《アジュンマ》たちは商売に忙しい。

「早く返してください」ソンジャは落ち着いた声で言い、右手を差し出した。小脇に抱えたままのかごがひっくり返りそうになった。ソンジャは自分より頭ひとつ分は背が高い痩せっぽちの少年をまっすぐに見つめた。

三人は笑いながら日本語で何ごとかしゃべり続けていたが、ソンジャには理解できなかった。三人のうち二人はマクワウリを投げ合い、もう一人はソンジャが左腕で抱えているかごのなかをあさり始めた。かごを地面に下ろそうものなら、何をされるかわからない。

三人ともソンジャと同い年か少し年下と見えたが、健康そうで、見かけによらず力がありそうだ。

一番背の低い少年が、かごの底から牛の尾《オックステール》を引っ張り出した。

「こいつら《ヨボ》、犬を食うんだってな。見ろよ、今度は犬のエサまでくすねるつもりらしいぜ。お前みたいな女は骨を食うのか？　ほんと、ろくなことしねえ連中だ」

ソンジャは手を伸ばして出汁用の牛骨を取り返そうとしたが、少年が引っこめるほうが早かった。いま少年が言ったことのうち、ソンジャに確かに理解できたのは〝ヨボ〟一言だけだった。本来は親しみをこめた呼びかけの言葉だが、日本人は朝鮮人の蔑称として使っていた。

背の低い少年は牛骨を高く持ち上げたあと、鼻先に近づけて顔をしかめた。

「くっせえ。こいつら《ヨボ》、よくこんなもん食えるよな」

「やめて、それ高かったのよ。返して」ソンジャは叫んだ。もう涙をこらえきれなかった。

「あ？　何言ってんのかさっぱりわかんねえよ、朝鮮語なんかしゃべんじゃねえよ。日本語で言いな。天皇陛下の臣民《しんみん》なら日本語を話せるはずだろ。おまえは臣民じゃないってことか」

のっぽの少年はほかの二人を無視し、大きさを測るような目でソンジャの胸を見ていた。

「こいつ《ヨボ》のおっぱい、すげえでかいぞ。日本の女は線が細いよな。ぼんぼん子供を産むだけのこういう女とは違ってさ」

すっかり怖くなったソンジャは食材をあきらめて歩き出そうとしたが、少年たちはソンジャを取り囲んで行かせまいとした。

「こっちのマクワウリをいただこうぜ」のっぽの少年が右手を伸ばしてソンジャの左乳房をつかんだ。「よく熟れて汁気たっぷりだ。一口かじってみようかな」少年は口を大きく開けてソンジャの乳房に近づけた。

背の低い少年は軽くなったかごをしっかりと押さえつけ、ソンジャが動けないようにしてから、人差し指と親指でソンジャの右の乳首をつまんでひねった。

三人目の少年が言った。「どっかに連れてって、スカートの下に何を隠してるのか確かめようぜ。釣りなんか中止だ、中止。この女を今日の獲物ってことにしよう」

背の高い少年が股間をソンジャのほうに突き出した。「俺のウナギ、味わってみたいだろ」

「放して。大きな声を出すわよ」ソンジャは言ったが、喉を締め上げられているようなしわがれ声しか出なかった。そのとき気づいた。のっぽの少年の背後に、いつのまにかあの男性が立っていた。

コ・ハンスは片手で少年の後頭部の短い髪をつかみ、もう一方の手で少年の口を押さえた。「おまえらも来い」ハンスは低い声でほかの二人に言った。あっぱれなことに、二人は仲間を見殺しにせずに従った。のっぽの少年の目は恐怖に見開かれていた。

「おまえらみたいな悪ガキを生かしておくわけにはいかんな」ハンスは俗語を使った完璧な日本語で言った。「今度またこのお嬢さんを困らせてみろ、誰かをやっておまえらを殺させるぞ。次にその醜いツラをこの界隈で見せても同じことだ。腕利きの殺し屋を日本から呼んで、おまえらと家族全員を殺させる。おまえらがいなくなったことにさえ誰も気づかないだろう。おまえらの親は日本じゃ負け犬だった。いまおまえらがここで暮らしているのはそのせいだ。この国の住人より自分らのほうが上等だなんて思い上がりは捨てることだな」ハンスは顔に笑みを浮かべてそう脅した。「いまここで殺したっていいんだぞ。誰も助けになど来ないだろう。だが、それじゃ簡単すぎておもしろくない。いよいよとなったらおまえらを捕まえて、殺す前に拷問にかけてやる。だが、今日のところは警告するだけにしておいてやろう。俺は情け深い人間でね。それに、若いお嬢さんの前だからな」

少年二人は黙りこんだまま、いまにも眼球が転げ落ちそうに見開かれたのっぽの仲間の目を見つめていた。象牙《ぞうげ》色のスーツと白い革靴の男は、少年の髪を力まかせに引っ張った。少年は男の体が発する圧倒的な力に怯《おび》え、悲鳴をあげようとさえしなかった。

男は日本人とまったく同じように日本語を話したが、その行動を見れば朝鮮人に違いないと三人組は思った。男の正体はわからない。だが、脅しが口先だけのものでないことは確かだ。

「謝れ、小僧ども」ハンスは三人組に命じた。

「ごめんなさい」少年たちは深々と腰を折って謝罪した。

ソンジャはどうしていいかわからず、ただ三人を見つめた。

少年たちがまた頭を下げた。ハンスはのっぽの少年の髪をつかんでいた手をほんのわずかにゆるめた。

それからソンジャに顔を向けて笑みをのぞかせた。

「悪かったと謝っている。もちろん、日本語で。朝鮮語でも謝らせようか。私が言えばやるはずだよ。なんなら反省文を書かせてもいい」

ソンジャは首を振った。のっぽの少年は泣き出していた。

「三人まとめて海に放りこんでもいいが、さあ、どうする?」

これは冗談だとソンジャにもわかったが、笑うゆとりなどなかった。また首を振るのが精一杯だった。あやうくこの少年たちにどこかへ引きずりこまれるところだったのだ。しかもそのことに誰も気づかなかっただろう。コ・ハンスはなぜ、少年たちの親を恐れないのか。相手が日本人なら、高校生であろうと、トラブルを起こせば罰せられるのはおとなの朝鮮人のほうと決まっている。なのに心配ではないのだろうか。ソンジャは泣き出した。

「泣くことはないさ」ハンスは声を落としてソンジャに言い、のっぽの少年から手を離した。

少年たちはマクワウリと牛骨をかごに戻した。

「本当にごめんなさい」三人は深々と頭を下げた。

「二度とこのお嬢さんに近づくなよ。わかったな、できそこないども」ハンスは、何を言っているかソンジャにはわからないよう温和な笑みを顔に張りつけ、日本語でそう言った。

三人はまた頭を下げた。背の高い一人の制服のズボンに小便の染みができていた。三人は町の方角に歩み去った。

ソンジャはかごを地面に下ろして泣いた。肘から先がもげ落ちてしまいそうだった。ハンスが慰めるようにソンジャの肩をそっと叩いた。

「影島に住んでいるんだろう」

ソンジャはうなずいた。

「お母さんは下宿屋をやっているんだね」

「そうです」

「家まで送っていこう」

ソンジャは首を振った。

「これ以上ご迷惑はかけられません。一人で帰れますから」ソンジャは顔を上げられなかった。

「いいかい、町を歩くときは一人きりにならないように気をつけることだ。とくに日が暮れたあとは絶対に外に出てはいけないよ。一人で市場に行くときは、大通りから離れないように。いつも人の目のあるところにいなさい。近ごろ彼らは若い娘を探しているようだから」

ソンジャには意味がわからなかった。

「総督府の話だよ。若い女性を中国に連れて行って兵士の相手をさせるんだ。誰かに誘われても、絶対についていってはいけない。声をかけてくるのはおそらく朝鮮人だ。男のこともあれば、女のこともある。中国や日本でいい仕事を紹介すると言ってくる。きみの知り合いのこともあるかもしれない。用心しなさい。さっきみたいな愚かな小僧どもならまだいい。ただの不良だからね。それでも、ああいった子供であろうと油断は禁物だ。わかったね」

ソンジャは仕事を探してはいないし、そんな話をされる理由もわからなかった。家を出て働かないかと誘われたことはこれまで一度もなかった。何があっても母のそばを離れるつもりはないが、いま言われたことは間違ってはいない。女はつねに陵辱《りょうじょく》の危険にさらされている。身分の高い女性は、身を守るため、あるいは辱《はずかし》められたとき自ら命を絶つために、上衣の下に銀のナイフを忍ばせていると聞いた。

ハンスはハンカチを差し出し、ソンジャはそれで涙を拭った。

「帰りなさい。お母さんが心配しているだろう」

ハンスは船着き場まで付き添った。ソンジャは連絡船の底にかごを置いて座席に腰を下ろした。ほかの乗客は二人だけだった。

ソンジャは会釈をした。コ・ハンスはまたこちらを見つめていたが、これまでとは表情が違っていた。心配そうだった。船が岸壁を離れてからソンジャは思い出した。彼にお礼を言っていなかった。

5

連絡船に乗せてもらったとき、ソンジャは初めてコ・ハンスを何にも邪魔されずに間近で観察する機会を得た。きっちりと梳《と》かしつけた髪を固めたポマードの薄荷《はっか》の香りも鼻腔をくすぐった。ハンスは肩幅が広く、体格のわりに胸板が厚かった。すらりと脚が長いというわけではないが、かといって背が低いわけでもない。年齢はおそらく、ソンジャの三十六歳の母と同じくらいだろう。小麦色に焼けた額に浅い皺が刻まれ、鋭角的に張りだした頰骨のあたりに薄茶色のしみやそばかすが散っていた。鼻梁が高く、先端が丸くなった細い鼻はどことなく日本人風で、小鼻の周囲の皮膚に毛細血管がクモの巣状に透けて見えた。焦げ茶というより黒に近い濃い色をした目は長いトンネルのように光を吸収し、その目で見つめられると、ソンジャのおなかの底にざわざわとした感覚が広がった。粋な西洋風のスーツは手入れが行き届いていた。下宿人とは違い、働いて流した汗や海のにおいはしなかった。

次に市《いち》が立った日、ソンジャが行くと、事務所が並ぶ一角に集まった仲買人のなかにコ・ハンスの姿があった。ソンジャは彼がこちらを見るのを待って頭を下げた。ハンスはそうとわからないくらいかすかにうなずき、仕事に戻った。ソンジャが買い物をすませ、連絡船乗り場に向かっているところで、ハンスが追いついてきた。

「いまちょっといいかな」ハンスは尋ねた。

ソンジャは目を見開いた。どういう意味だろう。

「話がしたいんだ」

幼いころからいつもおとなの男性が身近にいた。男性を怖いと思ったことはないし、気後《きおく》れを感じたこともない。ところがハンスの前では何を言っていいかわからなくなった。そばに立っているだけで落ち着かない気持ちになる。ソンジャは緊張をのみこみ、下宿人の男性たちと話すときと同じように話せばいいのだと自分に言い聞かせた。もう十六歳なのだ。臆病な子供ではない。

「この前はお世話になりました」

「何でもないことさ」

「あのときお礼を言いそこねました。ありがとうございました」

「きみと話がしたいな。どこか別の場所で」

「どこで」そう訊いてから、なぜと尋ねるべきだったと気づいた。

「きみの家の裏は磯辺になっているね、あそこへ行くよ。引き潮になると黒い大きな岩が現れるところだ。いつもあの入り江で洗濯をするんだろう」ハンスは言った。彼女の暮らしぶりの一端を知っていることを伝えたかった。「一人で来られるかい」

ソンジャは買い物のかごに目を伏せた。どう答えていいかわからない。それでもこの人ともっと話してみたいと思った。だが、母は許してくれないだろう。

「明日の朝、抜け出せるかな。いまごろの時間に」

「わかりません」

「午後のほうがいいかい」

「下宿のお客さんたちが仕事に出かけたあとなら、たぶん」ソンジャは考えるより先に、消え入るような声でそう答えた。

コ・ハンスは黒い岩のそばで新聞を読みながら待っていた。海はソンジャの記憶にあるよりずっと青く、細長い薄雲は透けるように白かった。彼がいるだけで、何もかもがふだんより色彩豊かに見えた。ハンスはページの端をはためかせているそよ風に持っていかれないよう新聞をしっかり握っていたが、ソンジャが来たことに気づくと、すぐに折りたたんで小脇にはさんだ。こちらに来ようとはせず、ソンジャが近づいていくのを待っている。ソンジャは洗濯物の大きな包みを頭に載せ、それまでと変わらぬ落ち着いた足取りで歩いた。

「こんにちは」怯えた声にならないよう用心した。このままではお辞儀ができない。そこで両手を頭上に挙げて包みを下ろそうとすると、ハンスがさっと手を伸ばして包みを持ち上げ、乾いた岩の上に下ろした。ソンジャは背筋を伸ばした。

「ありがとうございます、旦那様」

「兄さん《オッパ》と呼んでくれないか。きみにはお兄さんがいないし、私には妹がいない。きみを妹と思うことにしたいんだ」

ソンジャは黙っていた。

「ここはいいところだね」海の真ん中あたりに連なった低い波を眺めたあと、ハンスは地平線に視線を移した。「済州島《チエジユド》ほど美しくはないが、どことなく似ている。きみも私も島で生まれた人間だ。いつかきみもきっとわかるようになるよ。島で生まれた者はほかの者とは違う。自由な精神を与えられている」

彼の声はすてきだった。自信にあふれた男らしい声は、かすかな哀愁を含んでいた。

「きみはきっとこの島で一生を過ごすんだろうな」

「はい」ソンジャは言った。「ここが故郷《ふるさと》ですから」

「故郷、か」ハンスはしみじみとした声で言った。「うちは済州島のみかん農家だった。私が十二歳のとき、親父と一緒に大阪に引っ越した。だから済州島を故郷と思ったことはない。母はもっと幼いころに死んだ」ソンジャが母方の親戚に似ていることは話さなかった。目もとや秀《ひい》でた額がそっくりだ。

「洗濯物がずいぶんたくさんあるね。私も昔は父のものと二人分の洗濯をしていたよ。いやでしかたがなかった。金持ちになってよかったことの一つは、誰かに洗濯や料理をしてもらえることだね」

ソンジャは歩けるようになったころから洗濯をしてきた。洗濯は少しも苦にならない。アイロンをかけるほうがずっと億劫《おつくう》だ。

「洗濯をしているあいだ、きみはどんなことを考えている？」

ソンジャについてハンスが知らないことはもはやないも同然だったが、頭のなかまではさすがにのぞけない。相手の考えを知りたいとき山ほど質問するのは、彼のいつものやり方だった。大半の人は自分の考えていることを言葉にしてから、それを行動で示すものだ。嘘をつく人より、本当のことを話す人のほうが多い。巧みな嘘をつく者はそういなかった。ハンスが何よりがっかりさせられるのは、相手がどこにでもいるような人物だとわかったときだった。愚かな女より、利口な女がいい。寝て過ごすばかりのだらしない女より、よく働く女がいい。

「子供のころ、父も私も一着ずつしか服を持っていなかった。だから洗濯をした日は、夜のうちに乾かせるだけ乾かして、朝になってもまだ濡れていてもそのまま着るしかなかった。いつだったか、そう、十歳か十一歳のときかな、少しでも早く乾かそうと思ってね、濡れた服をストーブのすぐそばに干して、夕飯の支度をしにいった。大麦の粥だった。安物の鍋につきっきりでかき回していなくてはならない。そうでないとすぐに鍋底に焦げついてしまうからね。鍋をかき回していたら、何かひどい臭いが漂ってくるじゃないか。見ると、父の上着が焦げて大きな穴が空いていた。大目玉を食らったよ」ハンスは父にしたたか殴られたことを思い出して笑った。「まったく、何を考えていたんだろうな。我ながら役に立たない息子だった」稼ぎをすべて酒代に費やしていた父は、甲斐性のない自分を省みることなく、かっぱらいや狩りや万引きで二人分の食料を調達していた息子に厳しく当たった。

コ・ハンスのような人物が自分の衣類の洗濯をしていたなんて、ソンジャは考えたこともなかった。彼の服は、見るからに高級で仕立てもよかった。ソンジャが知っているだけでも、白いスーツと白い靴をそれぞれ何種類も持っていた。彼ほどりっぱな身なりをしている人はほかにはいなかった。

やっと話すことが見つかった。

「洗濯をしているときは、上手に洗おうと考えています。洗濯は好きです。何かを前よりもいい状態にできるとわかっているから。壊れて捨てるしかない鍋とは違います」

ハンスは微笑した。「きみと話してみたいとずっと思っていたよ」

このときもまた、なぜと訊きたくなったが、知らなくていいという気がした。

「きみは実にいい顔をしているね」ハンスが言った。「正直者の顔だ」

市場のおばさんたちから同じように言われたことがある。ソンジャは値切るのが苦手で、初めから交渉さえしない。しかしこの日の朝は、コ・ハンスと会う約束をしていることを母に話さなかった。日本人の高校生にいやがらせをされた一件さえ打ち明けていなかった。いつも一緒に洗濯をするドクヒには、ゆうべのうちに、明日の洗濯は一人でやるからと話しておいた。ドクヒは仕事が減って喜んでいた。

「恋人はいるの」ハンスが訊いた。

ソンジャの頬が熱くなった。「いいえ」

ハンスは微笑んだ。「もうすぐ十七歳だね。私は三十四歳だ。ちょうど倍の年齢だな。きみのお兄さん、きみの友達になろう。ハンス兄さんだ。どうかな」

ソンジャは彼の黒い瞳を見つめた。これほど何かを強く望んだのは、父の病気が治ってほしいと願って以来だった。父を思い出さない日、頭のなかで父の声が聞こえない日は、一日たりともない。

「洗濯はいつといつするの」

「三日おきです」

「いつもこのくらいの時間に？」

ソンジャはうなずいた。大きく息を吸いこむと、肺と胸に期待と驚きが満ちた。この磯辺は昔から大好きだった。淡い緑色と青色にきらめきながら果てしなく広がる海、磯と海のあいだに横たわる白い小石の浜、そこにいくつも突き出している黒い岩。静かで安心でき、満ち足りた気分になれる。ここを訪れる人はほとんどいなかった。これからは同じ磯辺が以前と違って見えるだろう。

ハンスはソンジャの足もとからつるりとした平らな石を選んで拾った。黒地に細い灰色の縞が入っていた。次に、買い付けのとき魚の容器に印をつける白いチョークをポケットから取り出して石の裏側にX印をつけた。それから腰をかがめ、周りにいくつもある巨岩を手探りして、ベンチほどの高さの中くらいの岩に水の入りこまない割れ目があるのを見つけた。

「きみがまだ来ていないのに私は仕事に戻らなくてはいけないとき、この石をここの割れ目に置いておくよ。私が来たときみに伝わるように。きみが来たのに私がいなかったら、この石を同じ場所に置いてくれないか。きみが私に会いに来たとわかるように」

ハンスはソンジャの腕にそっと手を置いて微笑んだ。

「ソンジャ、私はそろそろ戻らなくてはならない。また会おう。いいね」

ソンジャは彼の後ろ姿を目で追った。彼が見えなくなると、その場にしゃがんで洗い物の包みを開いた。汚れたシャツを取り、冷たい水に浸けた。何もかもがこれまでとは違っていた。

三日後、また彼に会った。洗濯はまかせてと下働きの姉妹を説得するのは造作《ぞうさ》なかった。この日もまたハンスは黒い岩の近くで新聞を読んで待っていた。黒いリボンを巻いた明るい色の帽子をかぶった姿は粋だった。ハンスは岩場でソンジャと会うのはごく自然なことだという風にふるまっていたが、一方のソンジャは、誰かに見つかるのではないかとびくびくしていた。母やボクヒやドクヒに彼のことを黙っていると気がとがめた。二人は黒い岩に腰かけて三十分ほど話をした。ハンスは不思議な質問をいくつもした。

「何の物音も聞こえなくて、何をするでもないようなとき、どんなことを考える?」

何もしていない時間などソンジャにはなかった。下宿屋には片づけなくてはならない仕事が山ほどある。母がぼんやりしているところだってほとんど見たことがない。しかし、いつも忙しいからととっさに答えたものの、そんなことはないとすぐに思い直した。働いていても、何もしていないかのように感じる瞬間がときおりあるではないか。その作業がすっかり身についていて、意識しなくても手が勝手に動くようなときだ。じゃがいもの皮をむいたり、床の拭き掃除をしたりするとき、心は何も考えていない。最近は、そんな風に心のなかが静まり返っているとき、いつも彼のことを考えている。でも、そんなことは言えるわけがなかった。別れる間際、よい友人とはどんな存在だと思うかとハンスから尋ねられた。ソンジャは、困ったときに助けてくれるあなたのような人のことだと思うと答えた。そう聞いてハンスは微笑み、彼女の髪をなでた。二人は数日おきに入り江で会った。市場や入り江で何をして過ごしているか周囲に気づかれないよう、ソンジャは洗濯や家事を以前より要領よくこなすようになった。

市場や入り江に行くのに勝手口の敷居をまたいで家を出る前に、よく磨かれた鍋の金属蓋を鏡代わりにしてのぞき、朝のうちに結ったきりの三つ編みのほつれを直した。どうすればきれいになれるのか、どうすれば男性の目に魅力的に映るのか、ソンジャにはわからなかった。コ・ハンスのような有力者が相手となるとなおさらだ。だから、せめて清潔にしようと心がけた。

会えば会うほど、ハンスの存在はソンジャの心のなかでいっそうまばゆく輝いた。ハンスがつむぐ物語は、これまで想像さえしたことのない人々や土地のイメージをソンジャの脳裏に描き出した。彼は日本の大きな港町、大阪に住んでいる。お金さえあれば何だって手に入る街、どの家にも電灯や冬の寒さを防ぐ電気ヒーターがある街。東京はソウルよりずっとにぎやかだとハンスは話した。ソウルよりずっとたくさんの人がいて、商店やレストランや劇場がある。ハンスは満州や平壌《ピョンヤン》にも行ったことがあるという。そういった土地の様子をソンジャに話して聞かせては、いつか私と一緒に行こうと言ったが、そんな日が来るとはソンジャには思えなかった。それでも反論はしなかった。彼と二人で遠くへ旅してみたかった。入り江で過ごす短い時間よりもっと長い時間を彼と過ごしてみたかった。どこかに旅行するたび、ハンスはきれいな色をした砂糖菓子や甘いビスケットをおみやげに買ってきた。包み紙をむいて、母親が子供に食べさせるように、お菓子をソンジャの口に入れた。そんなにかわいらしくておいしいお菓子を食べたのは初めてだった。アメリカ産のピンク色のキャンディ、イギリス産のバタービスケット。ハンスと会っていることを母に知られたくなくて、ソンジャは家に入る前に忘れずに包み紙を捨てた。

ハンスの話、ハンスの見聞の広さにソンジャは魅了された。それは、はるか遠方から来た漁師や労働者が語る珍しい経験を超えて目新しいものだったが、ハンスとの関係には、思いがけず、それ以上の新しさと強さが芽生えた。彼と出会って初めて、ソンジャは日常のできごとを話して聞かせる相手を持った。下宿人のおもしろおかしい習慣、下宿で雇っている姉妹とのやりとり、亡父の思い出、日々の悩み。ハンスは影島《ヨンド》や釜山《プサン》の外の世界がどう動いているかを教えてくれる相手でもあった。そしてハンスは、ソンジャの暮らしぶりを根掘り葉掘り尋ねた。どんな夢を見たかまで知りたがった。彼女が何かに、あるいは誰かの扱いに困っていれば、助言を与えた。ハンスは問題を解決するすばらしいやり方をいくつも知っていた。二人とも、ソンジャの母のことはいっさい話題にしなかった。

市場で仕事中のハンスを見かけると、ソンジャは落ち着かない気持ちになった。自分といるときとは別人のようだったからだ。ソンジャにとってハンスは友達であり、お兄さんであり、会いに行くと洗濯物の包みをさっと受け取ってくれる人でもあった。「きみが運んでいると軽そうに見えるね」そう言って、ソンジャのまっすぐで力強い首を褒めた。ごつごつしたたくましい両手でソンジャのうなじにそっと触れたこともあった。ソンジャは電気に打たれたように飛び上がった。

朝から晩まで彼と会っていたかった。彼はほかに誰と話し、誰に質問を浴びせかけるのだろう。夜、ソンジャが家で下宿人の世話をし、低いお膳を磨いているころ、あるいは母と並んで眠りにつくころ、彼は何をしているのだろう。本人に尋ねるなんてとてもできない。だから、好奇心は胸にしまいこんだ。

三カ月ほどそうやって会い続け、二人はしだいに気を許せる間柄になった。秋が来て、海風がひんやりと肌を刺したが、肌寒いくらいのことはソンジャには何でもなかった。

九月の初め、五日続けて雨が降った。ようやく晴れると、ヤンジンはソンジャに言った――明日は朝から太宗台《テジョンデ》の森に行って、きのこを採ってきてちょうだい。きのこ狩りは楽しいし、入り江でハンスに会ったら明日はいつもと違う予定ができたと話せると思うと、ソンジャの胸ははずんだ。ハンスはしじゅう旅をして新しい経験をしているが、ソンジャが決まりきった日常から離れるのは初めてだった。

興奮を抑えきれず、開口一番、明日は朝食をすませたらすぐにきのこ採りに行くのだと話すと、ハンスはすぐには何も言わず、何か考えをめぐらせているような顔でソンジャを見つめた。

「ハンス兄《オッパ》さんはね、きのこや山菜を探すのが得意なんだ。食べられるもの、食べられないものの見分け方もよく知っている。子供のころ、根菜やきのこを何時間も探し回ったからね。春にはワラビを摘んで天日干ししたものだよ。野ウサギをぱちんこで捕まえて、夕飯にしたりもした。夕暮れ前にキジのつがいを捕まえたこともあったな。肉を食べるのはずいぶん久しぶりだったんだ。そのときの親父のうれしそうな顔といったら」

ハンスの表情がやわらいだ。

「一緒に行こう。きのこを採る時間はどのくらいありそうかな」

「え、一緒に？」

週に二度、三十分ずつ彼とおしゃべりをするくらいはともかく、丸一日ハンスと過ごすなんて、実感がわかない。もし一緒にいるところを誰かに見られたりしたら？　頬が熱くなった。どう答えたらいい？　きのこ採りに行くと話したのはソンジャだ。いまさら来ないでとは言えない。

「明日はここで待ち合わせだ。さて、私はそろそろ市場に戻らないと」ハンスはソンジャに微笑んだ。これまで見せたことのない笑顔だった。少年のような笑顔、楽しみでしかたがないといった笑顔。「抱えきれないくらいたくさん採ろう。約束だ」


一緒にいるところを誰にも見られないよう、二人は島の外周に沿って歩いた。海辺の景色は見たことがないほど輝いていた。島の反対側を覆う森に近づくと、晴れ衣装をまとったかのように黄金色と赤で華やかに装った松や楓《かえで》、樅《もみ》の巨木が二人を出迎えた。ハンスは大阪での生活ぶりを話した。日本人を悪く言ってはいけないよとハンスは言った。たしかに、いまの朝鮮は日本に虐《しいた》げられているが、好き好んで負ける者などこの世にいない。同じ国の者同士で争うのをやめれば、朝鮮が日本を占有し、日本人にされた以上の仕返しをしてやることだって不可能ではない。

「腐っているという点ではどこの人間だって同じだ。どうせ役に立たない人間ばかりだよ。本物の悪人がどういうやつか知りたいか。平凡な男をつかまえて、本人も夢見たことがないほどの成功を与えてやるだけでいい。どんなことでもできる立場になったとき、その人間の本性が現れる」

ソンジャはハンスの話にうなずき、一言も漏らさず記憶に刻みつけようとした。彼の一瞬一瞬の表情を脳裏に焼きつけ、彼が何を自分に伝えようとしているのか理解しようと努めた。子供のころ浜で拾い集めたきれいなガラス片やバラ色の小石を宝物にしたように、彼から聞いた話を大切に心にしまった。ハンスの物語はソンジャをさまざまな場所へ連れていき、初めて目にする忘れがたいものごとを次々と見せた。ソンジャはその一つひとつに目をみはった。

もちろん、ソンジャの理解が及ばない話題や概念も少なくなかったし、実際に経験せずに何もかも学び取ろうとするのは無理と思えるときもあった。それでも、豚の腸がはち切れそうになるまで詰め物をして腸詰《スンデ》を作るように、彼から聞いた話を頭に詰めこんだ。ものを知らない女だと思われたくなくて、理解しようと奮闘した。ソンジャは朝鮮語も日本語も読み書きができない。お金の勘定ができるようにと簡単な足し算と引き算は父から教わったが、それだけだった。ソンジャも母も、自分の名前さえ書けなかった。

ハンスは集めたきのこを入れるための大きなハンカチを用意してきていた。ささやかな遠出を心から楽しんでいるらしいのを見て、ソンジャの気持ちは軽くなったが、誰かに目撃されたらどうしようという心配が消えることはなかった。二人が友人であることは誰も知らない。ふつう男と女は友人にはなれないし、かといって二人は恋人同士というわけでもない。ハンスが結婚の話を持ち出したことは一度もなく、もしソンジャとの結婚を望んでいるのだとすれば、まずは母と話をしなくてはならないだろうが、それもまだだった。実をいえば、恋人はいるのかと三カ月前にソンジャに尋ねて以来、ハンスは二度とその話題に触れなかった。彼のほうに付き合っている人がいるのかどうか、ソンジャは考えないようにしていた。彼のような人なら恋人はいくらでも見つかるだろう。なのになぜ、自分などにかまうのか。

森までの長い道のりはあっという間だった。森はいつもの入り江よりも人気《ひとけ》がなかったが、低い岩が連なる磯や藍色《あいいろ》の広大な海に囲まれた開放的な空間とは対照的に、ここには見上げるばかりの巨木がそびえ立ち、まるで緑生い茂る木陰に建つ巨人の家に来たかのようだった。鳥の声が聞こえて顔を上げ、どんな種類の鳥がいるのか見てみようとしたとき、ソンジャはハンスの表情に気づいた。目に涙をためていた。

「兄《オッパ》さん、だいじょうぶ？」

ハンスはうなずいた。森に来るあいだずっと旅行や仕事の話をしていたが、色づいた木の葉やこぶだらけの木の幹を目にしたとたんに彼は黙りこんだ。ソンジャの背中に右手を置き、三つ編みの先端に触れた。彼女の背中を優しくなでたあと、その手をゆっくりと下ろした。

森に来るのは、大阪の利口な非行少年たちと一緒になって恐喝や盗みを働く不良少年になる前、まだ幼い子供だったころ以来だった。日本に引っ越すまで、済州島の鬱蒼とした山々はハンス少年の聖域だった。漢拏《ハルラ》山に生えている木々の一本一本まで知り尽くしていた。影島の森にはシカもいなければみかんの花もないのに、彼を誘惑するような気取った足取りで行く小さな牝ジカのほっそりとした脚が思い浮かび、みかんの花の甘く濃厚な香りが鼻の奥をくすぐった。

「行こうか」ハンスは先に歩き出した。ソンジャはそのあとを追った。ほんの十歩ほど行っただけでハンスは立ち止まり、地面にかがむと、きのこを一つそっと採った。「最初の収穫だ」ハンスは言った。涙はもう乾いていた。

彼は嘘をついていなかった。ハンスは本当にきのこ採りの名人だった。食べられる野草を次から次へと見つけては、調理法までソンジャに教えた。

「腹を空かした人間は、食べられるもの、食べられないものの区別をよく覚える」ハンスは笑った。「ひもじいのは本当につらい。さて、きみがいつも行く場所はどこだ。どっちの方角かな」

「ここをもう少し奥に行ったところ。母がまだ子供だったころ、大雨のあとにいつもきのこを採りに行ってた場所なんですって。母の実家は島のこちら側だから」

「きみのかごは小さすぎて間に合いそうにないな。もう一つ持ってくれれば、冬のあいだも困らないくらいたくさん採って干しておけたのに。明日もまた来なくてはならないかもしれないぞ」

ソンジャは笑みを漏らした。「でも兄さん《オッパ》、まだその場所を見てもいないのに」

母のお気に入りの場所には、父が好きだった茶色いきのこが一面に生えていた。

ハンスは笑った。心から楽しそうな笑い声だった。「ほら、私の言ったとおりだったろう。食事の用意をしてくれればよかったな。次回はここで昼ご飯にしよう。ここなら採り放題だぞ」ハンスはすぐにきのこを採り始めた。手でつかみ取っては、二人のあいだに置いたかごに放りこんでいく。かごがいっぱいになると、持ってきたハンカチを広げた。それもいっぱいになってしまうと、ソンジャは前掛けをはずしてそこに集めた。

「こんなに持って帰れるかしら」ソンジャは言った。「欲ばりすぎたみたい」

「いやいや、きみはもっと欲ばりになっていいはずだ」

ハンスはソンジャに近づいた。石鹼の香り、冬緑油《とうりょくゆ》入りのヘアワックスのすっとする香りが漂った。ひげをきれいに剃った端整な顔立ち。ソンジャは彼の服の白さが好きだった。なぜそんなことが大事に思えるのだろう。下宿屋の男性たちだって好んで不潔にしているわけではない。汚れてしまうのは仕事柄しかたのないことだし、シャツやズボンをどれほどごしごし洗っても、染みついた魚の臭いは取れなかった。そういった表面だけを見て人を判断してはいけないと父から教えられた。服や持ち物は、その人の心や品性を表さない。ソンジャは深々と息を吸いこんだ。彼の香りと、世界を浄化するような森の香りが混じり合った。

ハンスはソンジャの丈の短い伝統的な上衣の裾から両手をすべりこませた。ソンジャは抵抗しなかった。彼が長い紐をほどいてソンジャの上衣の前を開いた。ソンジャは声を立てずに泣き出した。彼は彼女を引き寄せて抱き締め、慰めの言葉をささやいた。ソンジャはされるがままに身をまかせた。彼はソンジャをそっと地面に横たえた。

「兄《オッパ》さんがついている。怖がらなくていい。怖がらなくていいんだよ」

初めから終わりまで、ハンスは両手でソンジャのお尻を支えていた。そうやって地面に散らばった小枝や枯れ葉から彼女を守ろうとしたが、森の破片は脚の裏側に赤い痕を残した。体を離したあと、ハンスはハンカチで血を拭った。

「きれいな体だ。熟れた果物のようにみずみずしい」

ソンジャは何も言えなかった。お乳を吸う赤ん坊のようにひたすら彼にしがみついていた。なかで彼が動いているあいだ——豚や馬がしているのを見たことがある行為をしているあいだ——あまりに鋭くて激しい痛みに圧倒されるばかりで、いまはその苦痛が遠ざかったことがただうれしかった。

黄や赤の木の葉の絨毯《じゅうたん》から起き上がると、ハンスはソンジャの下着を直して服を着せた。

「きみは私の大切な人だ」

次に同じ行為をしたとき、ハンスはそう言った。

6

ハンスは仕事で日本に出かけていた。帰ってきたらびっくりすることがあるよと言っていた。結婚を申しこまれるのは時間の問題だとソンジャは思った。ソンジャは彼のものだ。彼の妻になりたかった。母を一人にすることには抵抗があったが、彼と暮らすために大阪に引っ越さなくてはならないのなら、行くつもりだった。彼はいまごろ何をしているだろうと、寝ても覚めてもそればかり気になった。離ればなれのあいだの彼の生活を思うと、自分には想像も及ばないどこかとつながっているような感覚になった。影島ではない、釜山《プサン》でもないどこか。あるいは、朝鮮でさえないどこか。これまで父や母より先に広がる世界を知らないまま生きてきたのだと思うと、信じがたかった。だが、いままではそれしか知らなかったのだ。結婚して子供を産むことこそ女の幸せだ。だから月のものが来なかったとき、ソンジャは彼の子を身ごもった喜びを嚙みしめた。

ハンスが帰ってくる日を指折り数えて待った。もし家に時計があったら、一時間、一分の単位で数えていただろう。いよいよその日の朝が来て、ソンジャはいそいそと市場に向かった。仲買人の事務所が並ぶ一角を通りかかると、ハンスが彼女に気づき、いつもの目立たないやりかたで伝えてきた――明日の朝、入り江で会おう。

下宿人が仕事に出かけていくや、ソンジャは洗濯物をまとめて海岸へ走った。もう待ちきれなかった。スーツの上に粋なコートを羽織って岩場で待つハンスの姿が見えたとき、彼のような男性に選ばれた自分が誇らしくなった。

ふだんはおとなの女らしい落ち着いた足取りで近づいていくのに、この日は洗濯物の包みを両手で抱え、もどかしい思いで駆け寄った。

「兄《オッパ》さん。帰ってきたのね」

「約束しただろう——かならず帰ってくると」ハンスはソンジャを抱き締めた。

「また会えて本当にうれしい」

「私の愛しいひとは元気にしていたかな」

彼がいることがうれしくて、ソンジャは満面の笑みを見せた。

「またすぐにどこかに行くなんて言わないでね」

「目をつむって」ハンスが言い、ソンジャは従った。

彼はソンジャの右手を開かせ、円盤の形をしたずっしりとした物体をそこに載せた。金属の冷たい感触が掌に伝わった。

「あなたが持っているのとそっくりね」目を開けてソンジャは言った。ハンスはイギリス製の大きな金無垢《きんむく》の懐中時計を身につけている。しばらく前、彼は長針と短針の違いや時刻の読み方をソンジャに教えた。

「ここを押すと、ほら」ハンスが時計の竜頭《りゅうず》を押すと懐中時計の蓋が開き、丸みを帯びた数字が並ぶ優美な白い文字盤が現れた。

「こんなにきれいなもの、初めて見たわ。ありがとう、兄《オッパ》さん。本当にありがとう。どこで見つけたの」こんなものを売っている店があるなんて、想像もつかなかった。

「金さえあれば、何だって手に入るんだよ。これはきみにと思ってロンドンから取り寄せた。今度から時刻を決めて会う約束ができる」

これほどうれしいのは生まれて初めてだった。

ハンスはソンジャの頬をそっとなでて彼女を引き寄せた。

「きみを見せてくれ」

ソンジャは目を伏せて上着の前を開いた。その前の晩、熱めの風呂に入り、肌が赤くなるまで全身を丹念に洗った。

ハンスはソンジャの手から懐中時計を取り、スリップ状の下着のひもを通してあった輪から引き抜いた。

「次に大阪に行ったとき、これに合う鎖とピンを注文しよう」

ハンスは下着を引き下ろし、あらわになった乳房に唇をつけた。それから丈の長い巻きスカートを開いた。

初めて愛を交わしたときほど彼の性急さにたじろがなくなっていた。もう何度も経験したから、初めのころのような激しい痛みもない。愛の行為の何が好きかといって、優しい愛撫はもちろん、彼の体から伝わってくる猛々しい欲求だった。いかめしかった彼の表情が少しずつ無邪気な子供のそれに変わっていくのを見るのも好きだった。

終わると、ソンジャは上着の前を留めた。彼はじきに仕事に戻らなくてはならないし、ソンジャも下宿屋の洗濯物をすませなくてはならない。

「あなたの赤ちゃんができたの」

ハンスは目を開き、しばし動きを止めた。

「確かなんだね？」

「ええ、確かだと思う」

「そうか」ハンスは笑みを浮かべた。

ソンジャも笑みを返した。二人で成し遂げたことなのだと思うと誇らしい。

「ソンジャ――」

「なあに、兄さん《オッパ》」ソンジャは彼の真剣な表情を探った。

「大阪に、妻と三人の子供がいるんだ」

ソンジャは口を開き、すぐにまた閉じた。自分以外にも誰かいるなんて信じられなかった。

「きみに不自由はさせないよ。しかし、結婚はできない。いまの妻と日本で正式に結婚している。仕事もからんでいてね」ハンスはむずかしい顔をした。「できるかぎりきみと一緒にいられるようにする。きみにちゃんとした家を探してやろうと以前から思っていた」

「家を？」

「そう、お母さんの家の近くに。釜山のほうがよければ、それでもかまわない。もうじき冬が来る。いまのように外で会うのは無理だろう」ハンスは笑い、ソンジャの腕をさすった。ソンジャは身をこわばらせた。

「大阪に行ってたのは、だからなの。その人に会いに――？」

「彼女と結婚したのは、私がまだ子供といってもいいような年齢のころだった。いまは娘が三人いる」ハンスは言った。娘たちは、おそろしいほど頭がいいわけではないし、何か夢中になっていることがあるわけでもないが、それぞれ気立てがよくて素直な女だ。一人は美人ですでに結婚している。ほかの二人は、いまにも折れそうに華奢《きゃしゃ》で、いつも何かとくよくよしている心配性の母親に似て、痩せっぽちだ。

「おなかにいるのは男の子かもしれないな」そう考えて、ハンスは笑みをこらえきれなくなった。「体調はどうだい。何か食べたいものはないか」ハンスは財布から円紙幣を何枚も引き抜いた。「何でも食べたいものを買いなさい。そうだ、服を縫う生地もたくさんいるな。きみの分と、赤ん坊の分」

ソンジャはお金を見つめただけで受け取らなかった。両手は体の脇に下ろしたままだった。ハンスはいっそう興奮した様子で続けた。

「何か違う感じがするものかい」両手をソンジャのおなかに当て、うれしそうに笑った。

ハンスの二歳年上の妻が最後に子を宿したのはもう何年も前だった。愛を交わすこともいまはほとんどなくなった。ほんの一年前まで、ハンスがとっかえひっかえしていた愛人たちも、誰一人、月経が遅れたことすらなかった。だからこれまで、ソンジャに赤ん坊ができるとは予想していなかった。冬が来る前にこぢんまりした家を買い与えるつもりでいたが、子供が生まれるなら、もっと大きな家を探さなくては。若いおかげか、ソンジャは妊娠しやすいようだ。とすると、この先もっと子供が生まれるかもしれない。朝鮮に愛人と子供がいる未来を思い描くと、心が浮き立った。ハンスはもう決して若くはないが、年齢を重ねても性欲はいっこうに衰えない。離れているあいだもソンジャを思って自慰をした。男はたった一人の相手とだけセックスをするようにはできていないとハンスは思っている。彼にとって結婚は不自然な制度であるとはいえ、だからといって自分の子を産んだ女を見捨てるようなことは絶対にしない。男には女が何人いても足りないくらいのつもりでいたのに、いつのまにかソンジャ一人だけのほうがいいとさえ思い始めている。ソンジャの強靱な体、張りのある腰や丸みを帯びた尻が愛おしい。表情はいつも穏やかで、彼はそこに安らぎを見いだした。気がつくと、彼女の純真さと彼へのまっすぐな愛情が心のよりどころとなっていた。ソンジャと過ごしたあとは、何だってできそうな気がした。単なる幻想ではなかった。若い女と過ごすとき、男は少年に返るのだから。ハンスは紙幣をソンジャの手に握らせようとした。しかしソンジャは受け取らず、札はひらひらと浜辺に散らばった。ハンスはかがんで拾い集めた。

「何のつもりだ」ハンスはわずかに声を荒らげた。

ソンジャは目をそらした。彼は続けて何か言ったが、よく聞き取れなかった。彼女の心は、彼の言葉を意味のあるものとして受け取るのをやめてしまったかのようだった。彼の言葉はただの音、雑音の連なりにすぎなかった。一言たりとも意味をなさなかった。日本に妻と三人の娘がいる？　出会ったときから、彼は本当のことだけを話してくれているものとソンジャは信じていた。彼が約束を破ったことは一度もなかった。びっくりさせることがあるよと約束し、その言葉のとおり、懐中時計をお土産にくれた。しかしソンジャが用意していた意外な話は、いまとなっては打ち明けなければよかったのだろう。彼にはつばめ《チエビ》――女から女へと飛び回る浮気な男――かと疑いたくなるようなところは一つもなかった。彼は奥さんとも愛の行為をするのだろうか。だが、ソンジャはそもそも男性というものをよく知らなかった。

奥さんはどんな人なのだろう。知りたい。きれいな女性だろうか、優しい人だろうか。もうハンスの顔をまともに見られなかった。自分の白い綿モスリンのスカートを見下ろす。ほころびた裾は、何度洗濯しても灰色っぽく汚れたままだった。

「ソンジャ、いつきみのお母さんに話をしに行けばいいかな。なんならいまから行こうか。赤ん坊のこと、お母さんも知っているのかい」

母の話が出て、ソンジャは平手で打たれたような衝撃を感じた。

「お母さん？」

「そうだよ。きみのお母さんには話したのかい」

「いいえ。いいえ、話してません」ソンジャは母のことを頭から追い出そうとした。

「あの下宿屋は私が買い取ろう。きみもお母さんも、これからは下宿人の世話など焼かなくていい。きみは子供の世話だけすればいいんだよ。たくさん子供がほしいな。もっともっと大きな家がほしければ、買ってあげよう」

足もとに置いた洗濯物の包みが、日射しを浴びておぼろな光を放っているような気がした。今日の仕事が待っている。森の奥で体を許してしまうなんて、自分はなんと愚かな田舎者なのだろう。海辺の空の下、彼に体を求められて、ほしいままにさせてしまった。彼も自分を愛してくれていると信じていた。結婚できないのなら、単なる身持ちの悪い女と変わらない。この先一生、その汚名を背負っていくことになるのだろう。おなかの子供は、よく話に聞く父の氏《うじ》を名乗れない不義の子として生まれてくるのだ。ソンジャの恥辱は、母の下宿屋の評判を汚すだろう。おなかのこの子が、ソンジャのようにちゃんとした父親を持つことはない。

「もう二度と会いません」ソンジャは言った。

「何だって?」ハンスは微笑んだ。耳を疑った。両腕をソンジャの肩に置く。彼女はそれを払いのけた。

「二度と近づかないで。今度近づいたら、自分で命を絶ちますから。わたし、商売女みたいにふるまってしまったかもしれないけれど——」それ以上、言葉が続かなかった。父の姿がありありと思い浮かんだ。あの美しい目、裂けた唇、背中を丸めた不器用な歩き方。父は長い一日の仕事を終えたあと、乾かしたトウモロコシの穂軸や木の枝を削って人形を作ってくれた。ポケットに小銭が残っていれば、糖蜜の飴を買ってくれた。父がもうこの世にいなくてよかった。ふしだらな女に成り下がった娘を見ないですんだのだから。自分を大切にしなさいと教えてもらったのに、守れなかった。身を粉にして働き、自分を宝石のように大切に育ててくれた母と父を裏切ってしまった。

「ソンジャ、私の愛しいひと。何が気に入らない? 以前と何も変わっていないのに」ハンスは戸惑っていた。「きみと赤ん坊には決して不自由をさせないよ。私にはもう一つ家族を持つ金も時間もある。果たすべき義務はきちんと果たすつもりだ。きみへの愛はとても強い。これほど強くきみを愛するようになるとは、自分でも驚いている。軽々しい気持ちで言うわけではないが、できることならきみと結婚しているよ。結婚するならきみのような人がいい。きみと私は似た者同士だ。私たちの子にたっぷりの愛情を注ごう。だが、妻や三人の娘を忘れるわけには——」

「でも、奥さんや子供たちのことをずっと黙っていた。わたしに勘違いさせて——」

ハンスは首を振った。ソンジャから反論されたのは初めてだった。ソンジャはこれまで一言たりとも言い返したことがなかった。

「あなたにはもう二度と会いませんから」ソンジャは言った。

ハンスは彼女を引き留めようとした。するとソンジャは叫んだ。「さわらないでよ、汚らわしい。あなたとはもう二度と関わりたくない」

ハンスは言葉に詰まり、彼女をまじまじと見つめた。目の前に立っている若い女を初めて見るかのように観察した。彼女の体の奥で燃えさかる炎が言葉として表れたことはこれまで一度もなかった。ハンスはいま、彼女の新たな一面を目の当たりにした。

「あなたはわたしを愛してなんかいないのよ。本当には愛していない」ソンジャは、ふいに視界が晴れたような思いでいた。ハンスにも父母と同じように接してもらいたかった。父や母は、金持ちのめかけになどなるよりも、どんな仕事でもいいから正直に働いて生きてほしいと願ったはずだ。「この子がもし女の子だったらどうするの。わたしの父と同じ障害を持っていたら？　足がねじれていて、上唇が裂けていたら、どうするの？」

「きみがこれまで結婚せずにいた理由はそれなのか？」ハンスは額に皺を寄せた。

村の同年代の娘たちの大半がすでに結婚していたが、母がソンジャに早く結婚しなさいと催促したことは一度もなかった。縁談を持ってくる人はおらず、ソンジャの気を引こうとする下宿人の男たちにしても、真剣に結婚を考えるような相手ではなかった。きっとハンスの言うとおりなのだろう。ソンジャは妊娠して初めて、父と同じ障害を持つ子が生まれてくるかもしれないと意識した。ソンジャは年に一度、兄たちの墓にお参りした。口唇裂で生まれた子供もいたと母から聞いていた。ハンスは健康な男の子を期待している。もし生まれた子に障害があったら、ソンジャとその子を見捨てるだろうか。

「うまいことやって私と結婚するつもりだったのか？　ふつうの男とは結婚できそうにないから」

そう言ってしまってから、ハンスはその言葉のあまりの残酷さにようやく気づいた。

ソンジャは洗濯物を拾い上げると、家に逃げ帰った。

7

医師のチュは、平壌《ピョンヤン》から来た牧師の人柄に惹かれ、病が順調に回復したことを喜んだ。いまでは往診は週一度まで減り、イサクは全快したように見える。

「もう起きても大丈夫でしょう」医師は言った。「といっても、いきなり起き上がらないように」チュは、物置部屋の布団に横たわったイサクのかたわらに座っていた。窓の隙間から風が入りこみ、チュの真っ白な前髪をふわりと持ち上げた。チュはイサクの肩に厚手の布団をかけた。「寒くないかね」

「はい。先生やおかみさん《アジュモニ》には本当にお世話になりました」

「まだ痩せすぎている」チュは眉を寄せた。「もっと肉をつけなくてはいけないな。顔のどこにも丸みがない。この家の食事が口に合わないのかね」

下宿屋の女主人ヤンジンは、自分が叱られたような顔をした。

「食事はすばらしくおいしいです」イサクは抗議するように言った。「お支払いしているる下宿代では申し訳なく思うくらい、たくさんいただいていますよ。実家の食事よりおいしいので」イサクはそう言って、部屋の入口に立ったヤンジンとソンジャのほうに微笑んだ。

チュはイサクの胸に聴診器を当てて顔を近づけた。患者の息づかいは先週と変わらず規則正しく、力強かった。すっかり健康を取り戻している。

「咳をしてごらん」

チュはイサクの胸の音を注意深く確かめた。「確かによくなっているね。ただ、子供のころから体が弱かったのだろう。しかも結核は以前にもやっている。油断は禁物だよ」

「ええ、しかし、自分でもだいぶよくなった感じがしています。先生、大阪にいつごろ行かれそうか、向こうの教会に手紙で知らせておきたいのですが。いやもちろん、先生から旅行の許可がいただければの話です。兄と約束したものですから。まず先生のお許しをもらうように、と」イサクは祈るように目を閉じた。

「平壌の主治医は、一人で大阪まで行けそうだと言っていたかね」

「旅行は問題ないだろうと言われていました。ただ、実家を出ることには主治医からも母からも反対されました。それでも平壌を出発したときは、人生で一番というほど体力に自信がありました。大阪の教会からも、ぜひ来てくれと言われていましたし」

「主治医から行くなと言われたのに、来てしまったんだね」チュは笑った。「まあ、若者を閉じこめておくほうが無理というものだろうな。で、今回は出発する前に私の許可を得ようというわけだ。しかし、許可したのに、旅の途中で何か起きたり、大阪に行ってから病気がぶり返したりしたら」チュは首を振り、ため息をついた。「弱ったな。止めることはできないが、もう少し様子を見るべきではないかな」

「どのくらい？」

「少なくともあと二週間。できれば三週間」

イサクはヤンジンとソンジャのほうをちらりと見た。肩身のせまい思いだった。

「皆さんにご迷惑をかけたうえに、病気をうつしてしまう危険にまでさらしてしまって、面目ないことです。誰にもうつらなくて幸いでした。申し訳ありません。何もかも」

ヤンジンは首を振った。イサクはまさに下宿人の鑑《かがみ》だった。行儀作法をわきまえたイサクがいるだけで、ほかの下宿人が態度を改めたほどだ。それに、支払うべきものは期日にきちんと払ってくれる。イサクがみるみるよくなっていくのを、ヤンジンは安堵とともに見守っていた。

チュは聴診器を片づけた。

「かといって、いますぐ実家に帰りなさいと言うつもりもないよ。北部に比べたらここの気候のほうが肺の回復に向いているだろうし、大阪の気候もここと似たようなものだろう。日本の冬はさほど厳しくない」チュは言った。

イサクはうなずいた。両親がイサクの大阪行きを許した主な理由の一つがそれだった。

「では、大阪の教会に手紙を書いてもかまいませんか。兄にも」

「船で下関《しものせき》まで行って、そこから列車に乗るのかな」チュは眉を吊り上げた。その経路なら、順調にいけば丸一日、かかっても二日で大阪に着く。

イサクはうなずいた。どうやら医師は出発の許可を出そうとしているようだと察してほっとした。

「外には出かけているのかね」

「いいえ、まだこの家の庭までです。あまり出歩かないほうがいいと先生がおっしゃったでしょう」

「そろそろ少しずつ外に出てみようか。日に一度か二度、ゆっくり散歩するといい——毎日少しずつ距離を伸ばすようにして。脚を鍛え直さなくてはね。いくら若いといっても、三カ月も寝たきりで外に出ていなかったわけだから」チュはヤンジンに顔を向けた。「市場あたりまで行けそうかどうか、気をつけて見てやってください。もちろん、一人で行かせてはだめですよ。転んだりしたらたいへんだ」チュはイサクの肩をそっと叩き、また来週来ると約束して帰っていった。

翌朝、イサクは聖書研究と祈禱を終え、居間に行って朝食を一人で食べた。ほかの下宿人はもう仕事に出かけていた。これだけ回復すれば大阪に行けるだろうから、そろそろ出発の用意を始めたい。日本に向かう前に、釜山《プサン》の教会の牧師に会っておきたいが、その機会がないまま来てしまっていた。教会に立ち寄ったところで体調を崩したら迷惑になると心配で、まだ連絡さえしていなかった。つい先日までは膝が震えていたが、もう大丈夫そうだ。自分にあてがわれた部屋で、子供のころ長兄のサモエルに教えられた簡単な柔軟体操は続けていた。人生の大部分を屋内で過ごしてきたイサクは、あまり仰々《ぎょうぎょう》しくない方法で健康を保つ方法を身につけている。

ヤンジンが朝食の膳を下げに来て、麦茶を彼の前に置いた。イサクは礼を言った。

「散歩に出てみようと思います。一人で行けますよ」イサクは微笑んだ。「すぐに戻ります。今日はとても気分がいいんです。そう遠くまでは行きませんから」

ヤンジンは内心の不安を隠しきれなかった。大事な雄鶏を鶏小屋に閉じこめておくような真似はできないにせよ、イサクが転んだりしたらどうする？ この家の近所は人通りが少ない。海沿いを散歩していて何かあっても、誰にも気づいてもらえないだろう。「一人で行くのはどうかしら」ほかの下宿人は仕事に出かけているか、町で何かヤンジンが知りたくないようなことをしている。誰か一緒に行ってもらいたくても、すぐには頼れる相手がいなかった。

イサクは唇を噛んだ。脚を鍛え直すまで、大阪行きは先送りせざるをえない。

「厚かましいお願いですが」イサクはためらった。「お忙しいことは承知しています。ですが、ほんの短い時間だけ、一緒に歩いていただくわけにはいかないでしょうか」海岸を一緒に散歩してもらいたいと女性に頼むのはぶしつけにすぎるが、今日、散歩に行けなければ頭がどうかしてしまいそうだ。「無理であれば、おっしゃってください。それなら一人で海沿いを少しだけ歩いてきますから。ほんの数分だけ」

子供のころ、イサクは病弱な者なりに恵まれた生活を送った。主な話し相手は家庭教師や使用人だった。天気がよいのに体調が思わしくなくて自分で歩けそうになければ、使用人や兄がおぶって散歩に連れ出してくれた。外の空気に当たりなさいと医師から言われれば、剃刀《かみそり》のように痩せた庭師がイサクを乳母車に乗せて果樹園を歩き回り、イサクは低い枝に手を伸ばしてリンゴをもいだ。リンゴの甘いにおい、掌に伝わる真っ赤な果実の重み、一口かじったときの甘酸っぱい実がはじける感覚、手首を伝い落ちる淡い色をした汁。ふるさとが恋しくなった。病弱な子供に戻ったような気がした。自室から出ることを許されず、お日様が見たいとせがむ幼い子供に。

ヤンジンは膝をつき、荒れた両手をももに置いて座っていた。どう答えたらいいのだろう。女が家族ではない男性と歩くなどあるまじきことだった。自分のほうが年上だから、噂を立てられることは心配していないが、父でも夫でもない男性と並んで歩いたためしはかつて一度もなかった。

イサクはヤンジンの困惑した顔をのぞきこんだ。また迷惑をかけてしまうと思うとますます肩身がせまい。

「もう充分以上のことをしていただいたのに、厚かましいですよね」

ヤンジンは背筋を伸ばした。夫のフニと海辺をそぞろ歩いたことはなかった。フニの脚と背中は、彼の短い生涯にあまりにも大きな苦痛をもたらした。不満を漏らすことはなくとも、本当に必要な仕事のためにいつも体力を温存していた。ふつうの子供と同じように駆け回り、潮風をすって胸をふくらませ、カモメを追いかけたかっただろうに。影島《ヨンド》の人々はみなそうやって子供時代を過ごしたものだ。

「僕は本当にわがままですね」イサクは言った。「申し訳ありません」下宿人の誰かが帰ってくるのを待って、散歩につきあってもらうことにしよう。

しかしヤンジンは立ち上がった。「コートが要りますね。取ってきましょう」

海藻のよどんだにおい、白く泡立ちながら磯を洗う波。青と灰色の荒涼とした風景、頭上を旋回する白い鳥の群れ。小さな空間で長く過ごしたあとでは、五感を刺激するものが多すぎるくらいだった。朝の日射しが降り注ぎ、イサクの帽子をかぶっていない頭をぬくもらせた。イサクは酒に酔った経験がないが、秋夕《チュソク》の祭日に飲みすぎて踊り出す農民はきっとこんな気分なのだろう。

浜に出ると、革靴を手に持って歩いた。足取りはしっかりしていた。ひょろりと背の高い体のどこにも病の名残はなかった。体力がみなぎっているとはいかないが、これまでよりずっと気分がよかった。

「ありがとうございます」イサクはヤンジンのほうを見ずに言った。朝日が彼の青白い顔を輝かせた。イサクは目を閉じて大きく息を吸いこんだ。

ヤンジンがちらりとうかがうと、イサクは微笑んでいた。この人にはどこか無邪気なところがある。隠そうとしても、子供の純真さのようなものがにじみ出てしまう。守ってやりたいとヤンジンは思った。

「本当によくしていただきました」

ヤンジンは、大したことではないと手を振った。謝意をどう受け止めていいかわからない。それよりも、胸をかきむしりたいような気持ちだった。本当なら散歩に費やす時間などないし、こうして外にいると、ぼんやりしていた心の重みがふいに鮮明な輪郭を得て存在を主張し始めた。

「一つうかがっても?」

「ええ」

「お嬢さんは元気がないようですが」

ヤンジンは答えなかった。浜の向こう端に向かって歩いているのに、別の場所にいるような感覚がつきまとった。とはいえ、それがどこなのかはよくわからない。いまいるこの場所が、家のすぐ裏の海辺、庭を出てほんの数歩のところから始まる浜辺とは思えなかった。年若い牧師と並んで歩いていると、現実と隔てられたような錯覚にとらわれたが、ソンジャに関して思いがけない質問を向けられた瞬間、呪文が解けたように現実に返った。牧師はソンジャのどんな変化に気づいて尋ねているのだろう。ソンジャのおなかのふくらみはそろそろ目立ち始めるだろうが、いまはまだ以前とどこも変わっていないように見える。本当のことを打ち明けたら、この人はどう思うだろう。いや、どう思われたってかまわない。

「妊娠しているんです」そう口に出したとたん、この人になら話しても大丈夫だという気がした。

「そうですか、ご主人がお留守なのに、たいへんですね」

「あの子は結婚していません」

子供の父親は日本の炭鉱や工場で働いていて不在なのだろうと想像するのは自然なことだった。

「とすると、相手は……？」

「あの子は何も話そうとしないんです」その男性とは結婚できないとしかソンジャは言わない。ヤンジンが知っているのはそれだけだった。だが、そこまで牧師に打ち明けることはできなかった。いくらなんでも体裁が悪すぎる。

ヤンジンは弱り切った顔をしていた。下宿人たちは新聞を持ち帰ってきてイサクに読み上げさせたが、このところニュースといえば悲しいものばかりだった。人々が虚脱感に押しつぶされかけていることは、イサクにも感じ取れた。この国はすでに二十年以上、総督府の支配下に置かれていて、それはいつ終わるともしれなかった。この国の誰もが希望を失っているように見えた。

「どんな家族にも起きることです」

「あの子がこれからどうなるのかと心配で。あの子の将来はだめになってしまいました。ただでさえ結婚相手が見つからなかったのに、こうなってしまっては……」

イサクには話がのみこめなかった。

「わたしの主人の障害です。世間は障害者の血筋を嫌いますから」

「ああ、なるほど」

「女は未婚というだけで苦労するのに、未婚で子供を産んだりしたら――近所から白い目で見られてしまいます。それに、父親の氏《うじ》を名乗れない子供がどう生きていったらいいのか。うちの籍には入れられないわけですし」知り合って間もない相手にここまで吐露するのは初めてだった。立ち止まるまではしなかったが、足の運びはゆっくりになった。

妊娠を打ち明けられて以来、穏便にすませる方法はないかとずっと考え続けていたが、名案は一つとして浮かんでこなかった。未婚の姉たちは頼れず、父はとうに死んでいる。兄や弟はいない。

イサクは意外に思ったが、驚きはしなかった。故郷の教会で似たような事例を見てきていた。赦《ゆる》しを求めて人が集まる教会にいれば、ありとあらゆる相談を受けることになる。

「赤ん坊の父親とは——まったく連絡がつかないのですか」

「わかりません。その人の話はまったくしてくれないものですから。このことはまだ誰にも話していませんでした。人に助言をするのがお仕事でしょうけれど、わたしたちはキリスト教徒ではありません。こんな話を聞かせてしまってごめんなさい」

「いやいや、あなたは命の恩人です。もし下宿屋に置いて看病してもらえていなかったら、僕は死んでいたでしょう。ふつうの下宿屋のおかみさんが客にする以上のことをしていただきました」

「主人は同じ病気で死にました。あなたは若いわ。まだまだ長生きするはずの人です」

二人は歩き続けた。ヤンジンは、向きを変えて家に戻ることを忘れているかのようだった。淡い緑色をした海に目を凝らす。その場に腰を下ろしたくなった。急にひどい疲れを感じた。

「僕が知っていることがお嬢さんに伝わってもかまいませんか。ソンジャと話してみてもいいでしょうか」

「でも、こんな話、あきれたでしょうに」

「いいえ、あきれてなどいませんよ。ソンジャはとてもしっかりした女性に見えます。何か事情があったに違いありません。おかみさん《アジュモニ》、いまは困ったこととしか思えないでしょうが、どんな子供も神からの贈り物ですよ」

ヤンジンの悲しげな表情は変わらなかった。

「アジュモニ、あなたは神の存在を信じますか」

ヤンジンは首を振った。「キリスト教徒は悪い人たちではないと主人は言っていました。なかには独立のために闘った愛国者もいると。そうですよね」

「ええ、僕が通った平壌の神学校には、独立のために闘った教師が何人もいました。一番上の兄は一九一九年に死にました」

「あなたも政治活動家ですか」ヤンジンは不安になった。フニは、危険に巻きこまれかねないから、政治活動家を下宿に置いてはいけないと言っていた。「お兄さんと同じように」

「兄のサモエルは牧師でした。僕をイエスに導いたのも兄です。兄は素晴らしい人間でした。勇敢で、思いやり深くて」

ヤンジンはうなずいた。フニは朝鮮の独立を願っていたが、それよりもまず家族の生活を優先すべきだと考えていた。

「主人は他人の言うなりになってはいけないと言っていました。イエス、ブッダ、皇帝。朝鮮の指導者であっても」

「わかります。わかりますよ」

「いまこの国では恐ろしいことばかり起きています」

「すべては神のご計画です。しかし、神の御心《みこころ》は人には理解できません。神の行いに納得がいかないことは僕にもありますよ。腹立たしくなることがあります」

ヤンジンは肩をすくめた。

「〝神を愛する人たち、すなわち、神のご計画にしたがって召された人たちのためには、すべてのことがともに働いて益となることを、私たちは知っています〟」イサクは気に入っている聖書の一節を引いたが、ヤンジンの心が動かないのは明らかだった。そして、神を知らないのなら、ヤンジンやソンジャが神を愛せないのは当然だと思った。

「悩んでいらっしゃるご様子に心が痛みます。僕にはまだ子供はいませんが、子供が苦しめば親も苦しいものでしょうから」

ヤンジンは暗澹《あんたん》たる気持ちでいた。

「今日は少しでしたが歩けてわたしも安心しました」ヤンジンは言った。

「神を信じないとしても、それは理解できますよ」イサクは言った。

「ご家族は祭祀《チェサ》をしますか」

「いいえ」イサクは微笑んだ。家族の誰も死者の命日の供養を行わない。プロテスタントの知り合いはみなそうだ。

「主人もやらなくていいという考えでした。わたしにもそう言っていましたけど、それでもやっぱり命日には祭壇に好物を用意します。祭祀をするのは、主人の両親のため、わたしの両親のためです。夫の両親にとっては大切な行事でしたから。二人とも、嫁のわたしにとてもよくしてくれました。いまも義父母やわたしの死んだ子供の墓参りは欠かしません。幽霊は信じませんけど、亡くなった人に話しかけたりはします。そうやって話していると落ち着くんです。もしかしたら、神様とはそういうものなのかもしれま

パク三兄弟の二番目、ヨセプは、サモエルやイサクほど信心深くない。むかしから学校が大嫌いで、卒業するや新たな人生を探して日本に行った。叩き上げの機械工で、いまは大阪にある工場の職工長を務めている。家族ぐるみで親しくしていた友人の愛娘、キョンヒを呼び寄せ、日本で結婚した。兄夫婦に子供はいない。大阪に来いとイサクを誘ったのはヨセプで、近くの教会で仕事も探してくれていた。イサクがソンジャと結婚することに、ヨセプなら理解を示すだろう。ヨセプはおおらかで心の広い人物だ。イサクは封筒に宛先を書いてコートにしまった。

お茶の盆を持って台所の入口まで運んだ。使った食器は台所に返さなくていいと何度も言われている。男は台所に入るものではないからだ。だがイサクは、いつ見ても働いている女性たちの負担を少しでも軽くしたいと思っていた。かまどのそばでソンジャが大根の皮をむいていた。白い綿モスリンの韓服《ハンボク》を着た上に黒い背子《ベジャ》を重ねている。年齢よりさらに幼く見え、一心に仕事をしている横顔が美しかった。丈が長くてふわりとしたチマ姿だと、妊娠中とはわからない。女性の体がどう変わっていくのか、イサクには想像もつかなかった。女性経験はまったくない。

ソンジャが急いで盆を受け取りに来た。

「あとはわたしが」

イサクは盆を渡し、何か言おうと口を開いたものの、言葉が出てこなかった。

ソンジャがイサクを見上げた。「何かお入り用ですか」

「今日、町まで行ってみようと思っていたのですが。人に会う用事があって」

ソンジャはなるほどというようにうなずいた。

「石炭を届けてくれるチュンさん。すぐそこに住んでいて、きっと町まで行くと思います。一緒に行ってもらえるか、わたしから訊いてみますけど」

イサクは微笑んだ。ソンジャに付き添いを頼もうと思っていたのに、その勇気はふいに萎えた。「そうですね。チュンさんのご都合に合うようなら。お願いします」

ソンジャはさっそく家を飛び出していった。

教会は、以前は小学校の校舎だった木造の建物に入っている。郵便局の裏手だ。チュンはその建物を指さして教え、用がすんだらまた一緒に帰ろうと言った。

「俺も用事をすませてくる。あんたの手紙も出しておくよ」

「シン牧師はご存じですか。ご紹介しましょうか」

チュンは笑った。「教会には一度だけ行ったことがあるんだけどさ、その一度で懲りたよ」

金を要求される場所には近づきたくなかった。托鉢《たくはつ》の仏僧も嫌いだ。チュンにいわせれば、宗教など、不要に高い教育を受けた男たちが労働せずに楽に儲けるための稼業にすぎない。平壌《ピョンヤン》から来たというこの若い牧師は怠け者ではなさそうだったし、金や食べ物をよこせと言ってくることもなかったから、きっと常識的な人物なのだろう。それに、誰かが自分のために祈ってくれるのはありがたい。

「案内してくださってありがとうございます」

「いいんだよ。けど、俺がキリスト教徒になりたがらないからって、気を悪くしないでくれよな。パク牧師、俺は善良な男じゃないが、かといって悪党ってわけでもない」

「チュンさん、あなたはとても善良な人です。道がわからなくて困っていたとき、下宿屋まで送り届けてくれたではありませんか。僕はあの晩、めまいがひどくて、自分の名前さえろくに言えないような状態でした。それをあなたが助けてくれたのではありませんか」

チュンは苦笑いした。褒め言葉はこそばゆい。

「ま、あんたがそう言うならそうかもな」チュンは笑った。「用がすんだら、俺は通りを渡ったとこのまんじゅうの屋台で待ってるから。郵便局のすぐそばだ。こっちも用事がすんだらそこに行ってるよ」


教会の小間使いの女性は、継ぎを当てた男物の上着を着ていた。小柄な体にはあまりにも大きすぎた。彼女は聾唖者で、左右にゆっくりと体を揺らしながら礼拝室の床を箒で掃いていた。イサクの足音の振動を感じてびくりとし、掃除の手を止めて振り返った。くたびれた箒の先が靴下履きの足をかすめ、それに驚いて箒の柄を握り締めた。何か言ったが、何と言っているのかイサクには聞き取れなかった。

「こんにちは。シン牧師はいらっしゃいますか」イサクは女性に微笑んだ。

女性は教会の奥へと走っていき、入れ違いにシン牧師が事務室から現れた。年齢は五十代初めで、分厚い眼鏡の奥の茶色の目は深くくぼんでいた。頭髪はまだ黒々としていて、短く切りそろえてある。白いシャツと灰色のズボンにはぴしりと糊がきいていた。何もかもが落ち着いていて控えめな印象だった。

「ようこそ」牧師は、西洋風のスーツに身を包んだ端整な容貌の青年ににこやかに言った。「どのようなご用件でしょう」

「パク・イサクです。神学校の恩師からお手紙を差し上げているかと思います」

「ああ、パク牧師。ようやく来てくれたか。もう何カ月も前に来るものと思っていたよ。よく来たね。さあさあ、奥の私の事務室へ。向こうのほうが暖かい」牧師は小間使いの女性にお茶を頼んだ。

「釜山《プサン》にはいつから？　いつ立ち寄ってくれるかと待っていたよ。大阪の姉妹教会に行くとか」

立て続けに質問されて、答える暇《いとま》がない。シン牧師はイサクの返事を待たずに話し続けた。彼は平壌の神学校の設立直後の生徒で、卒業から間もない後輩に会えたことを心から喜んでいた。シン牧師の神学校時代の同級生が、イサクの恩師だった。

「泊まるところは？　なければここに部屋を用意しよう。荷物はどこに？」シン牧師は上機嫌で言った。若い牧師が訪れるのは久しぶりだった。西洋諸国の宣教師の大多数は、総督府の厳しい取り締まりを嫌って帰国した。牧師を志す若者は減っている。そんなこんなで近ごろは人寂しい思いをしていた。「しばらくは釜山にいるんだろう？」

イサクは微笑んだ。

「申し訳ありません。もっと早く連絡すべきでした。挨拶にうかがうつもりだったのに、重い病気にかかってしまって、影島《ヨンド》の下宿屋で療養していました。亡くなったキム・フニの奥さんとお嬢さんに面倒を見ていただきました。連絡船乗り場から海沿いに行ったところの下宿屋です。二人をご存じですか」

シン牧師は首をかしげた。

「いや、影島にはあまり知り合いがいないから。そのうちにきみに会いにそこに行ってみることにしよう。元気そうだね。少し痩せているが、最近はどこも食糧不足のようだから。食事はすませたかな。きみの分の食事も用意できるよ」

「食事はすませてきました。お気遣いありがとうございます」

お茶が運ばれてくると、二人は手を組んで祈りを捧げ、イサクが無事に到着したことに感謝した。

「大阪へはもうじき？」

「ええ」

「そうかそうか」

シン牧師は、教会が直面している問題についてくだくだと説明した。朝鮮でも日本でも礼拝に参加する人が減っている。政府による弾圧のせいだ。カナダ人宣教師はみな引き揚げてしまった。

イサクはそういった悲しむべき情勢を知らないわけではなかったが、試練に立ち向かう覚悟はできていた。総督府による妨害について恩師からも聞いていた。イサクは物思いに沈んだ。

「どうかしたかな」シン牧師が尋ねた。

「一つご相談があります。ホセア書について」

「相談？　聞こうじゃないか」シン牧師は当惑ぎみに言った。

「神は預言者ホセアに姦淫《かんいん》の女と結婚し、自分の子ではない子供たちを育てよとおっしゃいましたね。主は、自分を繰り返し裏切る相手を配偶者に持つとはどのようなことかをホセアに教えようとしたのだと思います。この解釈は合っているでしょうか」イサクは尋ねた。

「そうだね、それだけではないだろうが。預言者ホセアは主の仰《おお》せに従った」シン牧師はよく響く声で答えた。説教でホセア書を引いたことがある。

「主は、私たちが罪を犯してもなお見捨てようとはなさらない。それまでどおり愛してくださる。別の言い方をすれば、私たちに注がれる主の愛は、困難を超えて続く結婚に、あるいは不出来な子に対する父母の愛と似ているね。愛するのがむずかしい相手を愛しなさいと言われたホセアは、神のようになれと言われたようなものだよ。罪を犯した人を愛するのは困難だ。罪はすべて、主に対する背信なのだから」シン牧師は、言わんとしていることが伝わっているかどうか確かめるように、イサクの表情を注意深く観察した。

イサクは重々しくうなずいた。「神が感じているとおりに感じることが大切だと思われますか」

「もちろんだよ。誰かを愛すると、相手の苦しみを引き受けずにはいられない。主を愛するなら、主に尊敬を払い、主を恐れ、主に何かを期待するだけでなく、主の思いを知ることも必要だ。主は私たちの罪を見て苦悩しているに違いないのだからね。その苦悩を理解しなくてはならない。主は私たちとともに苦しみ、私たちと同じように苦しむのだ。そう知ることは慰めになる。苦しんでいるのは自分一人ではないと思えるから」

「下宿屋の未亡人とその娘さんは、僕の命を助けてくれました。下宿屋を初めて訪ねたとき結核にかかっていた僕を、それから三カ月ものあいだ看病してくれたのです」

シン牧師はなるほどというようにうなずいた。

「それはすばらしい心がけだ。りっぱで親切な行いだね」

「実は、娘さんは妊娠しているのに、赤ん坊の父親から捨てられました。未婚なので、生まれてくる子は氏《うじ》を持てません」

シン牧師は気遣わしげな顔をした。

「彼女に結婚を申し込むつもりです。もし承諾してくれたら、妻として日本に連れていきます。その場合、日本に発つ前に結婚式を執り行っていただけないでしょうか。ぜひお願いします――」

シン牧師は右手で口もとを覆った。キリスト教徒とはそういうものだ――他者のために自分の持ち物を差し出し、ときには命さえ投げ出す――が、そのような決断は、それなりの理由がある場合にかぎって慎重に行われるべきものだ。聖パウロと聖ヨハネはこう言った。「すべてを吟味せよ」

「ご両親には手紙で相談したのだろうね」

「いいえ。ですが、理解してくれると思います。これまで僕は結婚したくないと言ってきましたし、両親も期待していませんでした。おそらく喜んでくれるでしょう」

「これまではなぜ結婚をしたくなかったのかな」

「生まれつき病弱だからです。ここ何年かでずいぶん健康になりましたが、釜山に来る途中でまた体調を崩してしまいました。家族はみな、僕が二十五歳まで生きられるとは思っていませんでした。二十六歳になってもこのとおりまだ生きていますが」イサクは微笑んだ。「もし結婚して子供をもうけていたら、妻は若くして未亡人になり、僕は父のいない子供を残すことになっていたかもしれません」

「ふむ、そうかもしれないね」

「僕はとうに死んでいてもおかしくありません。でも、こうしてまだ生きています」

「喜ばしいことではないか。神をたたえよ」シン牧師はイサクを見て微笑んだ。いったいどうすればこの若者をそのような大きな犠牲から守ってやれるだろうか。いやそれ以前に、信じがたい思いだった。イサクの才気や能力の高さを褒めそやす手紙を平壌の旧友から受け取っていなかったら、狂信者かと思っていただろう。

「そのお嬢さんはどう言っているのかね」

「わかりません。まだ本人と話していないので。昨日、おかみさんから聞かされたばかりなのです。そのあと、夜になって夕べの祈りを捧げる前に、ふと思いました。二人のために何かしたいのなら、これだと。あの娘さんとおなかの赤ん坊に、僕の氏を与えることです。名前など、僕にとって何の意味もありません。たまたま男に生まれたおかげで、子を自分の籍に入れられる立場にある。それだけのことです。不道徳な男に捨てられたとしても、それはあの娘さんの落ち度ではないし、たとえその男が悪い人間ではないのだとしても、生まれてくる子供に罪はありません。その子が苦しまなければならないのはおかしいでしょう。なのに、村八分の人生を生きるしかないのです」

シン牧師は、たしかにとうなずかないわけにはいかなかった。

「主がこのあとも僕を生かしてくださるのなら、ソンジャのよき夫に、生まれてくる子のよき父親になれるよう努力するつもりです」

「ソンジャ?」

「はい。下宿屋のおかみさんの娘の名前です」

「きみの信念は正しいし、きみの誠意もりっぱだが、しかし——」

「すべての子供は望まれて生まれるべきです。聖書に出てくる人々は、子を授かりますようにと根気よく祈りました。不妊の男女はのけ者にされました。そうでしたね? 結婚して子供を持たないのなら、理由は違えど、僕も不妊の者ということになります」その考えをこれまで明確にしたことはなかったが、妻や家族がほしいというふいにあふれ出てきた思いは、なじみのないものではあったが道理にかなっているような気がした。

シン牧師は弱々しく微笑んでイサクを見つめた。五年前に四人の子と妻をコレラで亡くして以来、死について語るのを自然と避けるようになっていた。誰から何を言われようと、それは薄っぺらで愚かしいものに響いた。自分がその立場になるまで、家族を亡くす痛みを本当には理解できていなかった。家族を亡くす悲劇を経験したあとでは、神と教義について学んできたことがいっそう明快になり、説得力を持った。信仰が揺らぐことはなかったが、自分を取り巻く温度が永遠に変わってしまったように思えた。暖かかった部屋が冷えきったかのように。それでも同じ部屋であることには変わりない。シン牧師はいま目の前に座っている理想家に敬服した。信仰を映して輝く瞳を美しいと思った。しかし年長の者として、ここは慎重な決断を促したい。

「ちょうど昨日の朝、ホセア書を読み返したところでした。その数時間後、下宿屋のお《ア》かみさん《ジュモニ》から、娘さんの妊娠を打ち明けられました。夜までに僕は確信していました。主が僕に語りかけているのだと。こんな経験は初めてです。これほど腑《ふ》に落ちたことはありません」イサクは、ここでなら正直に話しても大丈夫だと思った。「そのような経験はありますか」先輩牧師の目をのぞきこみ、そこに疑念が浮かんでいるかどうかを探った。

「あるよ。似たような経験をしたことがある。だが、そこまでわかりやすいものではなかった。聖書を読んでいれば、神の声が聞こえる。だから、きみがどう感じたかを理解できるつもりだ。しかし世の中には偶然もある。それを頭から否定してはいけないよ。何でもかんでも神の意思と解釈するのは危険だ。神はきっと、つねに私たちに話しかけているのだろうが、私たちはそれを聞くすべを知らない」シン牧師は言った。そのような疑念を打ち明けるのは決まりが悪かったが、重要なことだと思った。

「子供のころ、妊娠して捨てられた未婚の若い女性が身近に少なくとも三人いたことを覚えています。一人は実家にいたお手伝いさんでした。ほかの二人は自殺してしまいました。うちのお手伝いさんは、元山《ウオンサン》の実家に帰って、周囲には夫は死んでしまったと話しました。うちの母は決して嘘をつかない人ですが、彼女には、そう言いなさいと助言したのです」イサクは言った。

「近ごろは似たような例がずいぶん増えてきている」シン牧師は言った。「困難な時期にはなおさらだ」

「下宿屋のおかみさん《アジュモニ》は命の恩人です。その命があの親子の役に立つかもしれません。これまでずっと、死ぬ前に何か意義のあることをしたいと願っていました。兄のサモエルのように」

シン牧師はうなずいた。神学校の同級生から、パク・サモエルが独立運動の指導者だったことは聞いていた。

「僕の命が重要な意味を持つかもしれません――兄が遺した影響ほど大々的ではなくても、何人かの人々にとって。あの娘さんと生まれてくる子を救えるかもしれないのです。二人のほうも、僕を救うことになります。僕に家族ができるのですから――それはどのような点から見てもすばらしい恵みです」

この若き牧師を思いとどまらせようとしても無駄だろう。シン牧師は大きく息を吸いこんだ。

「その前に、その娘さんに会ってみたいな。お母さんにも」

「ここに来てもらいましょう。もちろん、ソンジャが結婚に同意してくれればの話ですが。僕という人間をまだ本当に知っているわけではありませんから」

「それは問題ではないさ」シン牧師は肩をすくめた。「私が妻に初めて会ったのは結婚式当日だったよ。役に立ちたいというきみのその強い気持ちはよくわかる。しかし結婚は、神の前でなす重大な契約だ。きみには言うまでもないだろうがね。ともかく、都合のよい折りに二人をここへ連れてきてくれないか」

シン牧師はイサクの肩に両手を置き、彼のために祈りを捧げた。

イサクが下宿屋に帰ると、チョン三兄弟が暖房の効いた床にだらしなく寝転がっていた。三人の夕食はすみ、女性たちが汚れた皿を下げているところだった。

「おっと、牧師さんは町をうろうろしてきたんだって？　もう体のほうはすっかりいいってことだな、よし、飲もう飲もう」一番上のコンボがそう言って片目をつぶって見せた。一緒に飲もうとイサクを誘うのは、ここ数カ月、三兄弟のお決まりの冗談になっていた。

「漁はどうでした？」イサクは尋ねた。

「人魚は釣れなかったよ」末っ子のファッツォがいかにもがっかりした様子で答えた。

「おや、残念でしたね」イサクは言った。

「牧師さん、夕飯をご用意しましょうか」ヤンジンが訊いた。

「ええ、お願いします」屋外を歩き回って腹が減っていた。以前のように空腹を感じるようになったことがうれしかった。

チョン三兄弟には、起きてきちんと座ろうというつもりはまったくなかったが、それでもイサクが座る場所を空けることはした。コンボは旧友か何かのようにイサクの背中を叩いた。

ここの下宿人、なかでも人のよいチョン三兄弟といると、イサクは、人生の大部分を屋内で本を読んで過ごしてきた病気がちの学生ではなく、一人前のおとなになったような気分を味わった。

ソンジャが夕食のお膳を運んできた。いろいろな副菜やさかんに湯気を立てている煮込み料理、それに蒸したきびと大麦が気前よくこんもりと盛られた飯椀が、小さなお膳にところせましと並べられていた。

イサクは頭を垂れて食前の祈りを捧げた。その場の全員が神妙に口を閉じ、イサクがふたたび顔を上げるのを待った。

「なるほどな、美男の牧師には飯がたくさん盛られて出てくるってわけだ。俺よりずっとたくさん」ファッツォが不満げに言った。「ま、そりゃそうだよな」ソンジャに向かって怒った顔をしたが、ソンジャは相手にしなかった。

「もう食事はすんだのですか」イサクは飯椀をファッツォのほうに差し出した。「たっぷりありますから――」

三兄弟の真ん中、常識的な一人が、飯椀を差し出すイサクの手を下ろさせた。

「ファッツォなら、きび飯を三杯とスープを二杯食べた。こいつがめしを食いそこねるなんてありえないよ。腹いっぱい食わせておかないと、俺の腕を食いちぎりかねない。豚みたいなやつだからな」

ファッツォは兄の脇腹をつついた。

「強い男は食欲が旺盛なんだよ。兄ちゃんは妬《や》いてるだけだろ。俺のほうが人魚にもてるから。俺はいつか市場で知り合った美人と結婚して、死ぬまで世話を焼いてもらうんだ。兄ちゃんは一人寂しく漁網でも繕ってな」

コンボと真ん中の兄は笑ったが、ファッツォは知らぬ顔をした。

「そうだな、飯をもう一杯もらおうかな。台所に余ってないか」ファッツォはソンジャに尋ねた。

「おい、女性たちの分を残しておいてやれよ」コンボが口をはさんだ。

「女性たちの分が足りないのですか」イサクは匙を下ろした。

「いえいえ、わたしたちの分ならたっぷりありますから。心配しないでください。ファッツォがお代わりを食べたいなら、持ってきますよ」ヤンジンはイサクを安心させるように言った。

ファッツォはしゅんとなった。

「腹はもう減ってない。それよりたばこを吸いたいな」ファッツォはポケットを探ってパイプを取り出した。

「で、イサク牧師、いつ俺たちを置いて大阪に行っちまうんだって？　ああ、それとも船で一緒に人魚を探すか？　それだけ元気なら、網くらい引けるだろう」ファッツォは言った。パイプに火をつけ、一服してから長兄に回した。「この島はこんなにきれいなのに、寒そうな大都会にわざわざ行くことはないだろう」

イサクは笑った。「兄の返事を待っているところですよ。旅行できる体力がついたら、すぐにでも大阪の教会に行くつもりです」

「影島の人魚のことを考えてみな」ファッツォは、台所に戻っていくソンジャを手で指した。「日本にはこんないい人魚はいない」

「心をそそられる誘いですね。こちらで人魚を見つけて、大阪に一緒に行ってもらうのがいいかもしれない」

イサクはそう言って両方の眉を吊り上げた。

「おいおい、牧師さんが冗談を言ったらしいぞ」ファッツォは愉快そうに床をぴしゃりと叩いた。

イサクはお茶の碗を口もとに運んだ。

「大阪で新しい生活を始めるのに、妻がいたほうがいいかもしれません」

「茶なんて飲んでる場合じゃないぞ。こちらの花婿にちゃんとした飲み物を注いでやろうぜ」コンボが大きな声で言った。

三兄弟は笑い、イサクも一緒になって笑った。

小さな家のことだ。男たちの話はすべて女たちにも聞こえていた。牧師が結婚すると考えたとたん、下働きの娘ドクヒはどぎまぎして首まで真っ赤になり、姉のボクヒから何を考えているのかといった目でじろりと見られた。台所では、ソンジャが夕食の膳から皿を下ろし、大きな真鍮《しんちゅう》のたらいの前にしゃがんで洗い物を始めようとしていた。

9

ソンジャは台所の片づけを終え、母におやすみを言って、下働きの姉妹と一緒に寝室にしている次の間《ま》に引き上げた。いつもならほかの二人の仕事がすむのを待って床に就くが、このひと月ほど、それまで感じたことのない疲れを感じるようになっていた。二人の仕事が片づくのを待っていられない。起床するのも同じくらいつらかった。朝が来ても、力強い両手に肩を押さえつけられているかのようで、起き上がれない。ソンジャは冷えきった部屋で手早く服を脱ぎ、分厚い布団の下にすべりこんだ。床は暖かかった。重たい頭を菱形の枕に預けた。最初に思い浮かんだのは彼のことだった。

ハンスは釜山《プサン》から完全に姿を消していた。海岸で彼と別れた翌朝、ソンジャは、吐き気がひどくて屋外便所に行くくらいがやっとなのだと言い訳して、母に代わりに市場に買い出しに行ってもらった。それから一週間、一度も市場に行っていない。ついにいつもどおり下宿屋の買い出しに行くと、ハンスの姿は見当たらなかった。市場に行くたびに彼の姿を探したが、どこにもいなかった。

敷き布団を通してオンドル暖房のぬくもりが伝わってくる。ソンジャは朝からずっと寒気を感じていた。ようやく目を閉じ、ふくらみかけたおなかに両手をそっと当てた。赤ちゃんが動くのはまだ感じないが、体は変わり始めていた。何よりわかりやすい変化、そしてもっとも耐えがたい変化は、嗅覚が敏感になったことだった。魚を売る屋台の前を通るだけで吐き気がこみあげた。一番きついのはカニやエビのにおいだ。手足も水を吸った海綿のようにむくんでいた。出産の知識はまるでない。おなかのなかで育っているのは、秘密だった——ソンジャ自身にとっても得体の知れない存在だ。どんな子が生まれてくるのだろう。そういったことをハンスと話したかった。

母に妊娠を打ち明けて以来、どちらもその話に二度と触れなかった。内心の苦悩のせいか、母の口の周囲の皺はいっそう深くなった。まるで母の顔にしかめ面が永遠に刻まれてしまったかのようだった。ソンジャは日中こそ一心に仕事をこなしたが、夜、床に入るころになると、ハンスが自分や赤ん坊を思い出すことはあるのだろうかと考え始めてしまう。

彼の愛人になることに同意し、彼が訪ねてくるのを待つことにしていたら、彼を失わずにすんでいただろう。彼は好きなときに日本にいる妻や娘たちに会いにいっていただろう。しかしその取り決めは自分にはとても受け入れられないし、いまの弱い立場で考えてもやはり納得しがたいものに思えた。彼は恋しいが、彼が同時に愛している別の女性と彼を分かち合うなんてとても考えられない。

自分はなんと愚かなことをしたのか。あの年齢であれだけの社会的立場にある男性なのだ、妻や子供がいて当然だろう。自分のような無学な田舎者と結婚してくれるわけがない。裕福な男性には妻のほかに愛人がいるものだし、妻と愛人が一つ屋根の下で暮らしていることだってある。しかし、自分は愛人になどなれない。障害を持っていた父は、最貧の家庭で生まれ育ったソンジャの母を愛した。母を宝物のように大切にした。生前の父は、下宿屋の客たちが食事をすませたあと、いつも家族だけで食卓を囲んで一緒に食事をした。女より先に食べてもよかったのに、決してそうしなかった。食卓では、母の皿にも自分と同じだけの肉や魚が載っているかどうかかならず確かめた。夏には、長い一日の仕事を終えたあとにすいかの畑の手入れをした。すいかは母の一番好きな果物だったからだ。そして毎年冬になると、上着に入れる綿を新しく買ってきた。全員に行き渡りそうにないときは、自分の上着は綿を入れ替える必要がないと言い張った。

「あなたのお父さんはこの国で一番優しい人よ」母はよくそう言った。ソンジャは、父が母と自分に注いでくれる愛情を誇りに思った。裕福な家庭の子供が、父親からふんだんに与えられる米や金の指輪を誇りに思うように。

それでもやはり、ハンスが忘れられなかった。入り江で彼と会っていると、雲一つない青空も、翡翠《ひすい》の色をした海も視界から遠ざかって、見えるのは彼だけになった。彼との時間はなぜあれほどあっというまに過ぎてしまうのだろうと思った。彼は次にどんなおもしろい話を聞かせてくれるだろう。ほんの数分でもいい、彼を少しでも長く引き留めるには、何をしたらいい?

だから、人目をさえぎる大きな岩のあいだに誘われ、上衣の長いひもをほどかれるたび、冷えきった風に肌を刺されようと、されるままになった。彼の温かな口や肌に身をゆだねた。彼が丈の長いスカートの下に両手をすべりこませ、お尻を支えて自分のほうに引き寄せたとき、男が自分の女に求めるものはこれなのだと理解した。愛の行為はソンジャの五感を研ぎ澄ました。体はその愛撫を求めていた。分け入ってくる彼にも順応した。彼はソンジャのためになることをしているのだと彼女は信じていた。

いまでもときどき、たくさんの洗濯物を頭に載せて磯辺に行ったら、透き通った海のそばのあの切り立った崖に座って彼が待っているのではないか、広げた新聞を潮風がばたばた言わせているのではないかと思うことがある。そして、洗濯物の包みを受け取り、三つ編みの先をそっと引っ張って、「私の愛しいひと、どこに行っていた？ 明日の朝まできみが来るのを待っていようと考えていたよ」と言うのではないか。先週、彼の抵抗しがたい引力に負け、適当な言い訳をして午後からあの入り江に行った。もちろん、誰もいなかった。岩の割れ目を探っても、伝言代わりにしていたチョークの印のついた石はなかった。石にX印を描いて岩の隙間に置き、またここに来たこと、彼を待ったことを伝えられたらどんなにいいだろう。そう思うと、心にぽっかりと穴が空いたように感じた。

ハンスは自分を愛してくれた。彼のその気持ちは本物だった。彼は嘘をついていたわけではない。しかし、そう考えても慰めにならなかった。下働きの姉妹の笑い声が台所から聞こえて、ソンジャはぱっと目を開いた。家はすぐにまた静まり返った。母の気配はどこからも伝わってこない。ソンジャは寝返りを打って奥の壁のほうを向くと、自分の頬に手を当て、彼の愛撫を真似た。会っているあいだ、ハンスはつねに彼女に触れていようとした。どうしても触れずにいられないとでもいうように。愛を交わしたあと、ハンスは指先で彼女の顔をなぞった。小さな丸いあごから耳の前の曲線をたどり、青白く広い額まで。なぜ自分は同じように彼の顔に触れなかったのだろう。自分から先に触れたことはなかった。先に手を伸ばすのは決まって彼だった。いま、彼の顔に触れたいと思った。彼の骨格の描線を記憶に刻みつけたかった。

翌朝、イサクは持っているなかで一番暖かい下着と白いシャツを選び、その上に紺色のウールのセーターを着て、足つきのお膳を机代わりにして居間に座っていた。下宿人はすでに仕事に出かけ、家のなかで聞こえているのは女たちが立ち働く物音だけだった。お膳には開いた聖書が置かれていた。イサクはまだ今朝の聖書研究を始めていなかった。どうにも集中できない。居間のそばの小さな玄関の間では、ヤンジンが焼けた石炭を火鉢に移していた。ヤンジンと話したかったが、きっかけがつかめず、先延ばしにしていた。ヤンジンは赤々と燃える炎の様子を見ながら、粗末な火かき棒で石炭をつついていた。

「寒くありませんか。そばに置きましょうね」ヤンジンは膝立ちになって火鉢をイサクの近くに押しやった。

「手伝いますよ」イサクは立ち上がろうとした。

「いえいえ、そのままで。引きずるだけですから」夫のフニは、いつもそうやって火鉢を動かした。

ヤンジンが近くまで来たところで、イサクはあたりを見回して誰も聞いていないかどうか確かめた。

「おかみさん《アジュモニ》」イサクは小声で言った。「お嬢さんは僕を夫として受け入れてくれるでしょうか。もしも結婚を申しこんだら」

ヤンジンの皺に囲まれた目が大きく見開かれた。火かき棒が落ちて、からんと大きな音が鳴った。ヤンジンはあわてて金属の火かき棒を拾い、粗相をした事実をなかったことにするかのように音を立てずに置き直した。それからイサクのすぐかたわらにがくりと膝をついた。夫と父親を除けば、これほど男性の近くに座るのは初めてだった。

「大丈夫ですか」イサクは尋ねた。

「どうして。どうして結婚を申しこもうなんて?」

「妻がいれば、大阪に行っても暮らしやすいだろうと思ったからです。兄にはもう手紙を書きました。兄も義姉もソンジャを歓迎してくれるはずです」

「ご両親は」

「もう何年も前から早く結婚しろとせっつかれていました。僕はいやだと言い続けましたが」

「それはなぜ」

「昔から病弱だったからです。いまは健康ですが、いつ死んでもおかしくない人間です。ソンジャはそれをもう知っていますから、あとでこんなはずではなかったと思われずにすみます」

「だけど、あの子のおなかには――」

「ええ、わかっています。ソンジャはきっと、若くして未亡人になってしまうでしょう。夫を亡くした女性の苦労はあなたもご存じでしょうが、少なくとも僕はその子の父親になれます。命あるかぎり」

ヤンジンは黙りこんだ。彼女自身、若くして夫を亡くしている。夫は正直な人間だった。障害をものともせずにせいいっぱい生きた。亡くなったあとで、夫は真に並外れた人物だったのだと痛感させられた。いまここに夫がいて、どうすべきか相談できたらよかったのに。

「困らせてしまってすみません」イサクはヤンジンの動揺を見て取った。「ソンジャのためになるのではないかと思いました。子供の将来のために。承諾してくれると思いますか。もしかしたら、おかみさんとここで暮らしたいと言うかもしれませんね。本人と子供のためを考えたら、そのほうがいいでしょうか」

「いいえ。もちろん、どこか遠くに行ったほうが楽だろうと思いますよ」厳しい現実を知るヤンジンは言った。「子供はつらい思いをせずにすむでしょうし、娘の命も救われます。もしあなたがあの子を大切にしてくださるのなら、わたしは喜んで自分の命を差し上げます。二つ差し上げられるものなら、そうしたいくらいです」ヤンジンは、黄色い床に額が触れるくらい深く頭を下げ、目もとを拭った。

「いや、そんな風におっしゃらないでください。お二人は僕の恩人なのですから」

「いますぐ話してみます。きっとありがたく思うはずです」

イサクは黙りこんだ。次に言いたいことをどんな言葉にすればきちんと伝わるだろうか。

「それは待ってください」イサクは困惑を感じながら言った。「自分で話をして、お嬢さんの本心を聞いてみたいのです。いつか僕を愛せる日が来ると思えるかどうか」困惑を感じたのは、自分も人並みに、恩義を感じるだけでなく自分という人間を愛してくれる妻を望んでいるのだと思い当たったからだ。

「どう思われますか」

「では、あなたから話してください」イサクのような男性にソンジャが愛情を抱かないわけがない。

イサクはささやくように言った。「お嬢さんにとってはさほどいい話ではないでしょう。僕はじきにまた病気になるかもしれない。それでも、りっぱな夫になるべく努力します。生まれてくる子供にも愛情を注ぎます。自分の子として育てます」子供を育てる余命を与えられたことをうれしく思った。

「明日の散歩はあの子と出かけてください。いまおっしゃったとおりにあなたの口からあの子に伝えてください」

パク・イサクの申し出を母から伝えられたソンジャは、彼の妻になろうと心を決めた。パク・イサクと結婚すれば、母、下宿屋、ソンジャ自身、そして生まれてくる子供に科せられるはずだった重い刑はなかったことになる。きちんとした家庭のすばらしい男性が、生まれてくる子に自分の氏《うじ》を与えようと言っているのだ。イサクがそこまでする動機はソンジャの理解を超えている。母は説明を試みたが、母にせよソンジャにせよ、自分たちがイサクのためにしたことは特別でも何でもないと思っている。相手が下宿人の誰であっても同じようにしただろうし、イサクは下宿代も期日どおりにきちんと納めていたのだ。「他人の子を自分の子として育てようなんて、ふつうの男性は考えないものよ。天使か、よほどの愚か者でないかぎり」母はそんな風に言った。

イサクは愚か者には見えない。もしかしたら、家政婦がほしいのかもしれないが、それも彼らしくないように思える。病気が少しよくなるや、体調はまだ万全ではなかったのに、イサクは食後のお膳を台所の入口まで返しに来た。毎朝、起床後に自分の寝具の埃を払い、敷き布団をたたんで片づけた。下宿人の誰よりも、自分のことは自分でやろうとした。家に使用人が何人もいそうな上流階級の高学歴の男性がそんなことをするとは、ソンジャには思いがけないことだった。

ソンジャは厚手の外套を着た。白い綿の靴下を二枚重ね、藁靴を履いて、玄関を出たところで待った。外は凍てつくように寒く、霧が立ちこめていた。あとひと月ほどで春になるが、この寒さはまだ真冬のそれだ。ソンジャは玄関前で待っていると母がイサクに伝えてくれていた。二人が一緒にいるところを下働きの姉妹に見られたくないからだ。

少し遅れて、フェルト帽を手にしたイサクが出てきた。

「寒くありませんか」イサクはソンジャと並んで立った。どこに行くか決めていなかった。若い女性と外出するのは初めての経験だ。少なくともこんな風に連れ立って出かけたことはないし、結婚を申しこむつもりで女性と会うのはむろん初めてだった。信徒の女性の相談に乗っているだけだと考えることにした。それなら平壌で何度も経験している。

「町に行きましょうか。連絡船に乗って」とっさにそう提案した。

ソンジャはうなずき、厚手の綿モスリンのスカーフを頭からかぶって耳を覆った。そうすると、市場で鮮魚を売っているおばさんたちとそっくりになった。

無言で影島連絡船乗り場へと歩いた。二人が一緒にいるところを見た人にどう思われるかわからない。連絡船の乗員に二人分の料金を支払った。

木造船に乗客はほとんどいなかった。そこで釜山までの短い旅のあいだ、並んで座った。

「お母さんから聞きましたか」イサクは緊張を声に出さないようにしながら言った。

「はい」

イサクは若々しく美しい顔を見つめて内心を読み取ろうとした。怯えているように見えた。

「ありがとうございます」ソンジャが言った。

「どう思いますか」

「とてもありがたいお話です。わたしたちの肩にのしかかっていた重荷を引き受けてくださいました。母もわたしも、感謝の言葉もありません」

「僕の命など何でもありません。よい行いに使わないのなら何の意味もないものです。そうは思いませんか」

ソンジャはチマの脇の縫い目をいじった。

「一つお訊きしたいことがあります」イサクは言った。

ソンジャは目を伏せたままだった。

「神を愛せると思いますか」イサクは息を吸いこんだ。「あなたが神を愛せそうなら、何もかもうまくいくと思うんです。簡単なことではありませんよね。それはわかっています。いますぐには意味がわからないかもしれない。時間がかかるでしょう。僕にもそれは理解できます」

この日の朝、きっとそういったことを訊かれるだろうと思って、ソンジャはイサクが信仰している神というものについて少し考えてみた。霊魂は存在する――父はそのようなものはないと考えていたが、ソンジャはたしかに存在すると思っていた。父が死んだあとも、父の気配を身近に感じた。命日の祭祀《チェサ》のために墓参りをしたときなど、父の存在をいっそうはっきりと感じられて、心が慰められた。この世にたくさんの種類の神々や死者の霊魂が存在するのなら、イサクが信じる神もきっと愛せるだろうと思った。なんといっても、パク・イサクにこれほど情け深く高潔な決断をさせた神なのだから。

「はい」ソンジャは答えた。「愛せると思います」

船が接岸し、イサクはソンジャに手を貸して船を下りた。本土側はいっそう寒く、ソンジャは上衣の袖に手を引っこめて温めた。肌を切るような風が吹きつけてきた。ソンジャは、この寒さはイサクの体に障るのではないかと心配になった。

次にどこに行くか、どちらも思い浮かばなかった。そこでソンジャは連絡船乗り場からほど近い商店街を指さした。両親と本土側に来たときの行き先はいつもそこだった。

ソンジャはその方角に歩き出した。自分が先に立つのは気が進まなかったが、イサクのほうは気にしていないらしい。ソンジャのあとをついてきた。

「安心しました。あなたが——神を愛する努力をしてくれると聞いて。大きな意味のあることです。信仰を分かち合えるのなら、結婚生活はきっとうまくいくと思います」

ソンジャはまたうなずいた。イサクの言っていることを完全に理解できたわけではないが、彼の頼みごとにちゃんとした理由があることは伝わってきた。

「新しい生活にすぐにはなじめないでしょうが、祝福を求めて神に祈りましょう——僕らのために、そして生まれてくる子供のために」

イサクの祈りはきっと、厚手の外套《がいとう》のように三人を守ってくれるだろう。

上空を旋回するカモメの群れがやかましく鳴き、それから飛び去った。この結婚には条件があるのだ。しかし、その条件を受け入れるのは簡単といえた。ソンジャの信仰を確かめるすべはないのだから。神を愛していても、それをどうやって証明できるのか。夫を愛していても、それをどうやって証明できる？　この人を決して裏切ったりはしない。この人の身の回りの世話を一生懸命にしよう。それならソンジャにもできる。

イサクはこぎれいな日本食店の前で立ち止まった。うどんの店だ。

「うどんを食べたことはありますか」イサクは眉を吊り上げて訊いた。

ソンジャはいいえと首を振った。

イサクはソンジャを連れてなかに入った。先客は日本人ばかりで、女性はソンジャだけだった。真っ白な前掛けを着けた日本人店主は、日本語で挨拶した。イサクとソンジャはお辞儀をした。

二人ですとイサクが日本語で伝え、店主は流暢《りゅうちょう》な日本語を聞いて安心したらしい。なごやかなやりとりがあったあと、店主は入口からすぐの大きな長テーブルの誰もいない一角に二人を案内した。イサクとソンジャは向かい合わせの席に腰を下ろした。互いの目を避けるわけにはいかなくなった。

ソンジャは合板の壁に並んだ品書きを読めなかったが、漢数字のいくつかに見覚えがあった。蠟引きの布をかけた長テーブルは三台あり、事務員や店員らしき客が湯気の立つどんぶりからうどんをすすっていた。頭をつるりと剃った日本人の少年が大きな真鍮のやかんを持ってテーブルのあいだを歩き回り、客の碗に茶色い茶を注いでいた。少年はソンジャのほうに小さく会釈した。

「外食するの、初めてです」ソンジャは、話したくてというよりも驚いて、とっさにそう言った。

「僕も数えるほどしか入ったことがありません。でも、この店は清潔そうです。外で食事をするときは、清潔な店を選びなさいと父が言っていました」イサクはソンジャの気持ちをほぐそうと微笑んだ。店内は暖かく、ソンジャの頰に色が戻っていた。「おなかは空いていますか」

ソンジャはうなずいた。朝から何も食べていなかった。

イサクはうどんを二人前頼んだ。

「カルグクス（朝鮮半島の麵料理）に似ていますが、スープが違います。きっとお好きだろうなと思いました。大阪にはたくさん店があると思いますよ。僕らにとっては目新しいことばかりだろうな」こうしていると、ソンジャと大阪に行くのがますます楽しみになってくる。

ソンジャは日本の話をハンスからさんざん聞かされていたが、それをイサクに言うわけにはいかなかった。ハンスによれば、大阪は同じ人と二度行き合うことなどありえないような大都会だという。

話しながら、イサクはソンジャを観察した。寡黙《かもく》な女性だ。家にいるときも、下働きの姉妹と話しているところはあまり見たことがない。それは母親が相手でも同じだった。いつもこうなのだろうか。恋人がいたというのが不思議なくらいだ。

ほかの客に聞かれないよう、イサクは静かな声で話した。

「ソンジャ、どうでしょう、僕を好きになれそうですか。夫として」イサクは祈るように両手を合わせた。

「はい」即座にそう答えたのは、本当にそう思えたからだ。すでにイサクに好意を抱いているのは事実だし、イサクを不安にさせたくなかった。

イサクの胸に軽くすがすがしい空気が満ちた。病んでいた肺が健康を取り戻したように。大きく息を吸いこんでから、イサクは続けた。

「簡単ではないと思いますが、その人を忘れる努力をできそうですか」よし、肝心なことを言えた。夫婦のあいだで秘密があってはいけない。

ソンジャはぎくりとした。ハンスの話が出るとは予想外だった。

「僕もほかの男性と変わりません。プライドがあります。そんなものは捨てるべきなのでしょうが」イサクは眉をひそめた。「でも、生まれてくる子を愛するつもりです。あなたを愛し、あなたを尊重します」

「よき妻になれるよう全力を尽くします」

「ありがとう」イサクは言った。自分の父母のように、ソンジャとのあいだに親密な関係を築きたいと思った。

うどんが運ばれてくると、イサクは頭を垂れて感謝の祈りを捧げた。ソンジャもイサクのしぐさを真似て手を組んだ。

10

一週間後、ヤンジン、ソンジャ、イサクは、早朝の連絡船で釜山《プサン》に渡った。女二人は白い麻の洗濯したての韓服《ハンボク》の上に暖かい背子《ペジャ》を着ていた。イサクのスーツとコートは丁寧にブラシをかけてあり、靴はぴかぴかに磨かれていた。シン牧師が朝食後に三人を待っているはずだった。

教会に到着すると、小間使いの女性がイサクを覚えていて、三人はすぐにシン牧師の事務室に案内された。

「来たね」床に座っていたシン牧師が立ち上がった。北部の訛りが感じ取れた。「さあ、入って入って」ヤンジンとソンジャは深々とお辞儀をした。教会のなかに入ったのは初めてだ。シン牧師は痩せていて、着ている服は大きすぎた。くたびれた黒いスーツの袖口はすり切れていたが、喉もとの白いカラーは清潔で糊がきいている。皺一つない黒い服のおかげで肩を丸めた姿勢が目立たずにすんでいた。

小間使いの女性が客用の座布団を三枚持ってきて、暖房のあまり効いていない部屋の真ん中に置かれた火鉢のそばに並べた。

三人はぎこちなく立ったままシン牧師が先に座るのを待った。それからイサクはシン牧師のとなりに、ヤンジンとソンジャは牧師と向かい合うように座った。

すぐには誰も口を開かず、話し合いの前にシン牧師が祈りを捧げるのを待った。祈禱がすむと、シン牧師は、イサクが結婚を申しこんだ少女をたっぷり時間をかけて観察した。先日、イサクの訪問を受けて以来、この少女のことをずいぶん考えた。今日の面談に備えて、ホセア書を再読したりまでした。チャコールグレーのウールのスーツを着た品のよい青年とふっくらとした体つきの少女は、あまりにも対照的に見えた。ソンジャの丸顔は平凡で、慎みから、あるいは恥ずかしさから、目を伏せている。これといって取り柄のない外見は、預言者ホセアが結婚を強いられたふしだらな女とは似ても似つかない。ソンジャのふるまいの何もかもが平凡だった。シン牧師の父は、人の運命は顔に表れるという考えの持ち主だったが、シン牧師はそうは思っていない。それでも父の目を通してソンジャの未来を読み取るとすれば、安楽な人生を約束されているようには見えず、かといって苦労ばかりの人生を用意されているようにも思えなかった。腹部をちらりと確かめたが、たっぷりした巻きスカートと上着の上からではふくらみ具合はわからなかった。

「イサクと日本に行くことについて、あなたはどんな風に考えていますか」シン牧師はソンジャに尋ねた。

ソンジャは目を上げたが、すぐにまた伏せた。牧師が何をする人たちなのか、どういった権力を持っているのか、よくわからない。シン牧師やイサク牧師を見るかぎり、祈禱師のように呪文を唱えたり、仏僧のように読経したりということはなさそうだ。

「あなたがどう考えているかを知りたいのです」シン牧師はソンジャのほうに身を乗り出した。「何か言ってください。そうやって黙ったままこの事務室から出られると思ったら間違いですよ」

イサクは母娘に笑みを向けた。シン牧師が厳《いか》めしい声を出す理由はわからないが、決して責めているわけではないはずだと二人に伝えたかった。

ヤンジンが娘の膝にそっと手を置いた。あれこれ訊かれるだろうとは覚悟していたが、シン牧師が自分たちを快く思っていないとは予期していなかった。

「ほら、ソンジャ。パク・イサクさんとの結婚をどう思っているのか、牧師さんに話しなさい」

ソンジャは口を開き、すぐに閉じた。それからまた開いて、震え声で言った。

「とても感謝しています。パク牧師がたいへんな犠牲を払ってくださることに。一生懸命に尽くします。日本に行ってからもパク牧師が少しでも暮らしやすいよう、できるかぎりの努力をします」

イサクは眉間に皺を寄せた。ソンジャがそんな風に言う理由はわかるが、その気持ちを思うと胸が痛んだ。

「そう」シン牧師は両手を合わせた。「事実、たいへんな犠牲です。イサクはきちんとした家庭で育てられた優秀な青年だ。あなたの事情を思うと、今回の結婚は彼にとって容易な決断ではないはずです」

イサクは弱々しい抗議のしるしとして右手をわずかに持ち上げたが、目上の牧師に敬意を払って口ははさまなかった。結婚式を執り行うのを断られたりしたら、イサクの両親や恩師に迷惑がかかる。

シン牧師はソンジャに言った。「あなたが自ら招いたことです。そうではありませんか」

イサクはソンジャの傷ついた表情を見ていられなかった。いますぐ二人を下宿屋に連れて帰りたくなった。

「わたしは重大なまちがいをしました。母を悲しませ、牧師さんに負担を押しつけてしまって、とても申し訳なく思っています」ソンジャは黒い目に涙をためていた。いつにも増して幼く見えた。

ヤンジンは、そうしていいのかどうかわからないまま、娘の手を取ってそっと握った。ヤンジンも涙をこらえきれなくなった。

「シン先生、彼女はもう充分に苦しんでいます」イサクは見かねて言った。「自分の罪を認め、赦しを願わなくてはなりません。本人がそう願っているなら、主はお赦しくださるでしょう」シン牧師は一言ひとことに重みを持たせながら言った。

「そう望んでいると思います」イサクはソンジャをこのように神に導きたいとは思っていなかった。神への愛は自然に芽生えるものであるべきで、罰を恐れる気持ちから生まれるものではない。

シン牧師は険しい目でソンジャを見つめた。

「どうですか、ソンジャ。罪を赦されたいと望みますか」シン牧師は言った。罪とは何か、この少女は理解しているだろうか。一種の殉教者または預言者となる至福に浸っているイサクは、罪についてこの少女に説いたのだろうか。罪から離れる気のない罪深い女と結婚するつもりなのか？　とはいえ、神が預言者ホセアに求めたのは、まさにそれだった。イサクはそれを理解しているだろうか。

「夫ではない男性と関係を持つのは、神の目から見て罪です。相手の男性はどこに？なぜイサクがあなたの罪を償わなくてはならないのですか」シン牧師は訊いた。

ソンジャは赤らんだ頬を濡らした涙を服の袖で拭おうとした。

隅に控えていた小間使いの女性は、耳が聞こえなくても、唇を読んで話の内容をおおよそ理解していた。上着のポケットから洗い立ての布を出してソンジャに差し出し、それで涙を拭ってと身振りでソンジャに伝えた。ソンジャは彼女に微笑んだ。

シン牧師はため息をついた。ソンジャをこれ以上泣かせるのは気が進まなかったが、自分には若く一途な牧師を守ってやる義務があると思った。

「おなかの子供の父親はどうしたのですか、ソンジャ」シン牧師は尋ねた。

「この子も知らないのです、牧師さま」自分もその答えをぜひ知りたいところだったが、ヤンジンは言った。「本人はとても反省しています」ヤンジンは娘に顔を向けた。「牧師さまに答えなさい——主の赦しがほしいと言いなさい」

ヤンジンもソンジャも、そう答えたらどうなるのか、知っているわけではなかった。祈禱師に雌豚とお金を渡して豊作を祈ってもらうときのように、何か儀式があるのだろうか。パク・イサクからは、この赦しとかいうものについて何も聞かされていなかった。

「お願いします。赦していただけますか」ソンジャはシン牧師に言った。

シン牧師はソンジャを哀れに思った。

「ソンジャ。あなたを赦すかどうかは私が決めることではないのだよ」

「よくわかりません」ソンジャは初めてシン牧師の顔をまっすぐに見た。目を伏せていられなくなった。洟《はな》が出ていた。

「ソンジャ、いいかい。お赦しをと主に願うだけでいいのだよ。イエスは私たちの罪を償ってくださった。それでもやはり、赦しを請わなくてはならない。罪から離れると約束しなさい。悔い改めなさい、ソンジャ。もう罪は犯さないことだ」ソンジャから、学びたいという気持ちが伝わってきた。この少女の内には何かがある。そう考えて、おなかにいる赤ん坊は何一つ間違ったことをしていないのだと改めて思った。それから、ホセアの妻となった姦淫の女ゴメルは悔い改めず、のちにホセアをふたたび裏切ったことを思い出した。牧師は眉をひそめた。

「本当に悪いことをしました」ソンジャは言った。「二度としません。二度と男性と関係を持ちません」

「イサク牧師との結婚を望むのは当然です。そう、イサク牧師もあなたと結婚し、子供を育てていきたいと望んでいますが、それが賢明なことかどうか私にはわかりません。理想主義が行きすぎているのではないかと心配しています。彼の家族は今日、立ち会っていません。だから、イサク牧師が悲しむことはなさそうだと安心したいのです」

ソンジャは同意のしるしにうなずいた。涙は収まりかけていた。

ヤンジンはごくりと喉を鳴らした。シン牧師と会って話をしなくてはならないとパク・イサクに言われたときから、こうなるのではないかと恐れていた。

「シン先生、ソンジャはよい妻になると思います」イサクはすがるように言った。「お願いです。結婚式を執り行ってください。先生の祝福をいただきたいのです。心から心配してくださっているのはわかります。しかし、これこそ主が望まれていることだと思います。この結婚は、ソンジャとおなかの子供のためだけでなく、僕のためにもなるものです」

シン牧師は吐息を漏らした。

「牧師の妻は簡単には務まりませんよ。それはわかっていますね」シン牧師はソンジャに尋ねた。

ソンジャはかぶりを振った。乱れていた息づかいは落ち着き始めていた。

「話していないのかね」シン牧師はイサクに訊いた。

「僕は副牧師になる予定です。ソンジャにはさほど負担がかからないと思います。信者の数も多くありません。ソンジャは働き者ですし、覚えも早いのです」イサクはそう言ったが、実を言うと、そのあたりのことについてはまだほとんど考えていなかった。平壌の教会の牧師の奥さんはすばらしい女性だった。精力的な人で、八人の子を産み育てるかたわら、夫を手伝って孤児の世話をし、貧しい人々のために尽力した。その奥さんが亡くなると、信者たちは実の母を亡くしたかのように悲しんだ。

イサク、ソンジャ、ヤンジンは黙って待った。待つ以外、何もできなかった。

「あなたは決して彼を裏切らないと誓わなくてはいけません。もし裏切れば、お母さんや亡くなったお父さんにいま以上の恥辱を与えることになります。いま主に赦しを求めなくてはなりませんよ、ソンジャ。日本で新しい家庭を築くための信仰と勇気を求めなさい。完璧であらねばなりません。朝鮮人が行動を慎まなくてはいけない。そうでなくても日本人から蔑《さげす》まれているのです。いま以上に悪く思う口実となってはいけません。行いのよくない朝鮮人が一人いれば、千人の朝鮮人が悪く言われます。行いのよくないキリスト教徒が一人いれば、世界中で何万人ものキリスト教徒が悪く言われるのです。異教徒の国となればなおさらです。私の言っていることが理解できますか」

「理解したいです」ソンジャは言った。「それに、赦されたいです、牧師さま」

シン牧師は膝立ちになって右手をソンジャの肩に置き、ソンジャとイサクのために長い祈りを捧げた。それがすむと、二人に立ち上がるように促し、その場で結婚式を行った。儀式は数分で終わった。

シン牧師とイサク、ソンジャが結婚届を提出しに町役場や警察署に行っているあいだに、ヤンジンは急ぎ足でまっすぐ商店街に向かった。走って行きたい気分だった。結婚式では、ヤンジンには理解できない言葉が次々と出てきた。事情を考えれば、もっとやりようがあったのではなどというのは非常識で恩知らずだろうが、いくら無駄遣いをきらうヤンジンでも、一人娘のこととなれば、もっと華やかな結婚式がよかったと思わずにはいられなかった。急いで結婚したほうがいいのはわかるが、まさか今日、式が行われるとは考えていなかった。自分の結婚式もおざなりで、やはり数分で終わってしまった。そう思えばこだわることではないのかもしれないと自分に言い聞かせた。

精米店の引き戸の前に立ち、戸枠をノックしてからなかに入った。ほかの客は一人もいなかった。縞柄の猫が一匹、藁靴を履いた店主の足もとで身をくねらせながら、うれしそうに喉を鳴らしていた。

「あれ、おかみさん《アジュモニ》。久しぶりだね」店主のチョはそう声をかけ、フニの未亡人に微笑みかけた。ヤンジンの髪には、彼の記憶にあるよりも白いものが増えていた。

「こんにちは、おじさん《アジョシ》。奥さんや娘さんはお元気ですか」

店主はうなずいた。

「お米を少しいただけますか」

「おやおや、よほど大事なお客さんが泊まってるらしいぞ。しかし、悪いが、白米は売り切れなんだよ。誰が買い占めてるかは想像できるだろう」

「お金ならあります」ヤンジンは財布にしている巾着《きんちゃく》袋を帳場に置いた。青いキャンバス地に黄色い糸で蝶を刺繍《ししゅう》したのはソンジャだ。二年前の誕生日の贈り物だった。青い財布の半分くらいまでお金が入っている。それで足りるといいが。

店主のチョは苦い顔をした。ヤンジンには白米を売りたくなかった。日本人に売るときと同じ金額をもらうしかないからだ。

「本当に少ししかないんだよ。日本人の客が来たとき売り物がないと、困ったことになる。わかってくれるね。本当なんだ、あんたに売りたくないわけじゃない」

「実はおじさん《アジョシ》、今日、娘が結婚したんです」ヤンジンは泣くまいと努めながら言った。

「ソンジャが？　誰と？　相手は誰だい？」脚の悪い父親と手をつないだ幼い女の子の姿が思い浮かんだ。「婚約者がいたとは知らなかったな。今日？」

「北部から来たお客さん」

「結核だって男か。どうかしてる。病気持ちの男に娘をやるなんて、いつころっと逝くかわかったものじゃないぞ」

「その人と一緒に大阪に行くんです。男性ばかり大勢いる下宿屋なんかにいるより、少しは楽な暮らしができるでしょう」ヤンジンは、この話がこれで終わりになることを祈った。

ヤンジンは本当のことを隠した。店主のチョもそれを察した。たしかソンジャは十六歳か十七歳、自分の二番目の娘よりいくつか下だった。結婚適齢期ではあるが、その男はなぜソンジャと結婚する気になったのだろう。石炭商人のチュンの話では、その男は裕福な家庭の出身で、りっぱな人物らしい。それにソンジャの父には障害があった。そんな娘と誰が結婚したがる？　まあ、大阪には若い娘が少ないのだろうとチョは思った。

「結納金《ゆいのう》をたっぷりもらったか」チョは眉根を寄せて小さな財布を見た。キム・ヤンジンが用意できる持参金など、そのような相手にとっては取るに足らぬ額だろう。大食らいの漁師たちや、そもそも雇い入れるべきではなかった気の毒な姉妹の腹を満たしてやったあと、ヤンジンの手もとに残るのは、真鍮の硬貨がほんのいくつか程度のはずだ。

チョの娘たちは、数年前に結婚した。去年、下の娘の夫はデモを組織した容疑で警察に追われ、満州に逃れた。チョはいま、娘婿がなんとしてもこの国から追い払おうとした裕福な日本人たちに店で一番いい品物を売って手に入れた金で、その偉大な愛国者たる娘婿の子供たちを養っている。日本人の得意客が離れてしまったら、この店は明日にでもつぶれ、一家は路頭に迷うだろう。

「披露宴に出す米が要るのかい」チョは尋ねた。それだけの代金を下宿屋のおかみが払えるとは思えない。

「いいえ。二人の分だけでいいんです」

チョは小柄でやつれた女にうなずいた。彼女はすぐ前に立っているのに、自分と目を合わせようとせずにいる。

「売ってやろうにも品物がないんだよ」チョは言った。

「新郎と新婦にご馳走を食べさせる分だけでかまいません。故郷を離れる前に白いお米を食べさせてやりたいんです」ヤンジンの目に涙があふれかけた。

精米店の主人は目をそらした。女に泣かれると、たまらない気持ちになる。祖母、母親、妻、娘――みな何かにつけて涙を流す。女ってやつは泣いてばかりいる。

チョの上の娘は、印刷所で働いている男と一緒に町の反対側に住んでいる。下の娘と子供三人は、チョや妻の家で暮らしていた。娘や孫まで養うのはたいへんだと不平を漏らしながらも、チョは身を粉にして働き、米を高値で買ってくれる日本人客の言うことには逆らわないようにしている。家族を路頭に迷わせることなど絶対にできないからだ。娘たちを遠くへ行かせるなど考えたこともない。朝鮮人が家畜も同然に扱われている国へなど行かせられるわけがなかった。大事な子や孫をろくでなしどもに渡すなど、考えたくもない。

ヤンジンは円札を数え、勘定台にそろばんと並べて置かれた木皿に載せた。

「お米がまだあれば、小さな袋一つ分、お願いします。おなか一杯食べさせてやりたいのです。余った分はお餅にして持たせます」

ヤンジンはお金を乗せた木皿を店主のほうに押しやった。これでもまだ売れないというのなら、釜山中の米店を回るつもりだった。娘には是が非でも結婚記念の晩餐に米を食べさせてやりたかった。

「餅?」チョは腕組みをして笑った。白米で餅を作るなんて話、女の口から聞くのはいったいいつ以来だろう。遠い過去のことと思えた。「私にも一つもらえるとうれしいね」チョは、こういうときのために大事に隠しておいた米を取りに奥の倉庫に消えた。ヤンジンは涙を拭った。

11

下宿人はようやく根負けし、仕事着を洗濯のために引き渡した。染みついた臭いがひどくなって、当人たちにも耐えがたくなったのだ。ボクヒとドクヒ、ソンジャは、汚れ物の大きな包みを四つ抱えて入り江に行った。丈の長いスカートの裾をたくし上げて縛り、水辺にしゃがんで洗濯板を用意した。水は氷のようで、小さな手はたちまちかじかんだ。長年、水仕事を続けているせいで、手肌はごわついて荒れていた。ボクヒはシャツを水に浸し、全身の力を使って洗濯板の刻み目にこすりつけた。妹のドクヒは、そのかたわらでほかの汚れ物を仕分けした。ソンジャは、チョン三兄弟の誰かの黒いズボンを洗った。ズボンは魚の血やはらわたの染みだらけだった。

「奥さんになって、何か変わった？」ドクヒが尋ねた。結婚届を提出したあと、姉妹にはすぐに結婚を報告した。結婚の知らせを聞いて下宿人たちも驚いたが、姉妹の驚きはその比ではなかった。「もうおまえ《ヨボ》って呼ばれた？」

ボクヒが顔を上げてソンジャの反応をうかがった。ふだんなら妹の無遠慮な態度をたしなめるところだが、このときばかりは好奇心を抑えられなかった。

「まだ」ソンジャは答えた。結婚して三日しかたっていない。下宿屋はせまく、ソンジャはいまも母や下働きの姉妹と同じ部屋で寝ていた。

「あたしも結婚したいなあ」ドクヒが言った。

ボクヒが笑った。「あたしたちみたいな女と結婚してくれる人がどこにいるのよ」

「イサク牧師みたいな人と結婚したい」ドクヒは姉にはかまわず続けた。「ハンサムで優しい人だもの。人と話すとき、すごく優しい目で相手を見るよね。イサク牧師は海のことなんて何も知らないのに、それでも漁師の人たちまで彼には一目置いてる。気づいてた？」

それは本当だった。下宿人はふだん、学のある上流階級の人々を物笑いの種にする。ところがイサクのことだけは誰も悪く言わない。そのイサクが自分の夫だなんて、ソンジャはいまだ信じがたい思いでいた。

ボクヒが妹の腕をぴしゃりと叩いた。「どうかしてる。あんな人があんたを奥さんにするわけがないでしょ。夢みたいなこと考えないの」

「だけど、ソンジャと結婚したじゃない――」

「立場が違うでしょ。あんたやあたしはただの使用人」ボクヒは言った。

ドクヒがうんざりした顔で目を回した。

「で、どう呼ばれてるの」

「ソンジャって」ソンジャは答えた。もう何も隠さなくていいのだと思った。ハンスが現れる前は、姉妹といつもこんな風におしゃべりをしていた。

「日本に行くの、楽しみ？」ボクヒが訊いた。結婚より、都会で暮らすことのほうによほど関心があった。結婚なんて悲惨なものに決まっている。祖母や母は働きすぎて死んだようなものだ。母の笑い声など、一度も聞いたことがなかった。

「男の人たちが言ってた。大阪は釜山《プサン》やソウルよりにぎやかなんだって。どこに住む予定?」ボクヒは尋ねた。

「わからない。イサク牧師のお兄さんの家だと思う」ソンジャはまだハンスのことを忘れていなかった。大阪で住むことになる家は、ハンスの家と近いかもしれない。何より、ハンスとばったり会ったりしたらと心配だった。かといって二度と彼に会えないとしたら、もっとつらい。

ボクヒがソンジャの顔をのぞきこんだ。

「大阪行きが心配? 大丈夫だよ。向こうの生活はきっと便利だから。男の人たちが話してたけど、どこでも電気が通ってるらしいよ。列車、車、道。それにどの家にも。大阪には、お店で買えたらいいのにってあたしたちが思うようなものが全部そろってるんだって。もしお金持ちになったら、あたしたちにも仕送りしてよ。それを元手に、みんなで下宿屋でも始めたりして」ボクヒは自分が描いた未来図に自分で目をみはった。

「大阪にも下宿屋の需要はあるよね。おかみさんが料理を担当して、あたしたちは掃除や洗濯——」

「さっきはあたしに〝夢みたいなこと考えないの〟って言ったくせに」ドクヒが姉の肩を叩いた。ボクヒの上着の袖に濡れた手形がついた。

ソンジャは水を吸ったズボンを絞ろうとしたが、重たくて骨が折れた。

「牧師の奥さんって、お金持ちになれるの?」ソンジャは尋ねた。

「イサク牧師がたくさんお金をもうけてくれるんじゃない」ドクヒが言った。「それに、実家がお金持ちなんでしょ」

「そんなこと、どうしてわかるの」ソンジャは言った。イサクの両親がちょっとした地主であることは母から聞いているが、地主の多くは、日本から新たに課された税金を払いきれなくて土地を手放している。「お金がたくさん儲かるかどうかなんてわからないし、どうでもいい」

「イサク牧師はすごくいい服を着てるし、教養もあるよね」ドクヒが言った。人はどうやってお金持ちになるのかという疑問の答えになっていなかった。

ソンジャは別のズボンを取って洗い始めた。

ドクヒが姉に目配せした。「いま渡してもいい?」

ボクヒがうなずいた。家を出て遠くに行くことをソンジャに忘れさせたかった。ソンジャは不安そうで悲しげな顔をしている。幸せいっぱいの新妻らしくない。

「ソンジャはあたしたちの妹みたいな存在なのに、頭がよくて我慢強いから、ソンジャのほうがお姉さんみたいだったよね」ボクヒは笑みを浮かべて言った。

「ソンジャが行っちゃったら、おかみさんから叱られたときかばってくれる人がいなくなる。お姉ちゃんは黙って見てるだけだし」ドクヒが付け加える。

ソンジャは岩のそばで洗っていたズボンを脇に置いた。この姉妹とは、父が死んで以来ずっと一緒に過ごしてきた。二人がいない暮らしなど想像もつかない。

「贈り物があるんだ」ドクヒはそう言い、アカシアの木を彫って作ったオシドリの彫刻を取り出した。赤い絹のひもに下がっている。赤ん坊の手ほどの大きさだった。

「市場のおじさん《アジョシ》に教えてもらったの。オシドリは一生同じ相手と添い遂げるんだってね」ボクヒが言った。「何年かしたら、子供を連れて里帰りしてよ。あたし、子供の面倒を見るの得意だから。ドクヒはあたし一人で育てたようなものだよ。この子、ときどき手に負えなくなるけどね」

ドクヒは人差し指で鼻の頭を押し上げて豚のような顔をした。

「ソンジャ、このところずっと浮かない顔してるでしょう。どうしてなのか、あたしたち知ってるの」ドクヒが言った。

掌に載せたオシドリを見ていたソンジャは、どきりとして目を上げた。

「お父さんが恋しいんだよね、そうでしょ」ボクヒが言った。姉妹は幼いころ両親を亡くしている。

ボクヒは丸ぽちゃの顔に切ない笑みを浮かべた。オタマジャクシのような形をしたかわいらしい小さな目が垂れて、丸く盛り上がった頬に目尻がくっついた。姉妹は見分けがつかないほどそっくりだが、妹のほうが背が低く、少しだけぽっちゃりしている。

ソンジャの目から涙がこぼれた。ドクヒが力強い腕でソンジャを抱き寄せた。

「お父さん《アボジ》。アボジ」ソンジャはつぶやくように言った。

「大丈夫。大丈夫だよ」ボクヒがソンジャの背中をそっとさすった。「これからは優しい旦那さんがいるんだから」

ヤンジンは娘のために荷造りをした。服を一枚ずつ丁寧にたたみ、大きな布を広げた上に重ねて持ち運びやすい大きさにした。それから布の四隅を結び、輪を作って取っ手にした。若夫婦が出発するまでの何日か、忘れているものがまだ何かあるような気がして、四つ作った包みを何度も解いては同じ手順を繰り返した。イサクの義姉にと、乾燥ナツメや粗挽き唐辛子、コチュジャン、大きな煮干し、味噌などの食品をもっと持たせたかったが、イサクによると連絡船に大荷物は持ちこめない。「そういったものは大阪でも手に入りますし」とイサクは言った。

その日が来て、ヤンジンとソンジャ、イサクは、ボクヒとドクヒを下宿屋の留守番に残して釜山の連絡船乗り場に向かった。姉妹との別れはつらかった。ドクヒはヤンジンまで大阪に行ってしまい、自分たち姉妹は取り残されるのではと不安がって、慰める言葉もないほど泣いた。

釜山の連絡船乗り場は、短期間で慌ただしく建設された煉瓦と木材の実用一辺倒《いっぺんとう》の施設だった。乗船口は大勢の乗客や見送りの家族、行商人でごった返していた。釜山発下関行きの連絡船乗り場の警察と渡航管理の窓口に、書類を手にした乗客が長い列を作って審査を待っていた。イサクがその列に並んでいるあいだヤンジンとソンジャは、何か必要があればすぐにイサクのところに行けるよう、近くのベンチに座って待った。大型の連絡船はすでに埠頭《ふとう》に横づけされ、あとは乗客の渡航審査完了を待つばかりだった。海藻のにおいが上がってきて、連絡船の燃料のにおいと混じり合った。朝から吐き気に悩まされていたソンジャは、げっそりと青い顔をしていた。少し前に嘔吐して、胃のなかはもう空っぽだった。

ヤンジンは一番小さな包みを胸に抱いていた。次はいつ娘と会えるだろう。無力感に打ちのめされた。どうすればソンジャのため、子供のためになるのかなど、もはやどうでもいいことに思えた。なぜ遠くへ行かなくてはならないのか。ヤンジンが孫を抱くことはかなわないだろう。いっそ自分も一緒に行けばいいのではないか。大阪なら働き口も見つかるだろう。そう自分に言い聞かせてみたものの、ここに残るしかないことはわかっていた。自分には義父母や夫の墓を守る責任があるのだ。フニを残しては行けない。

それに、大阪に行ったところで、どこに住めばいい？

ソンジャが軽く前屈みになって小さな苦痛の叫びを漏らした。

「大丈夫？」

ソンジャはうなずいた。

「金時計を見たわ」ヤンジンは言った。

ソンジャは腕を組んで腹部を抱えるようにした。

「あの男性からもらったの？」

「そうよ」ソンジャは母の顔を見ずに答えた。

「あんなものを買えるなんて、いったいどういう人なの」

ソンジャは答えなかった。行列を確かめると、イサクの前にはもう数人しか残っていなかった。

「時計をくれた人はいまどこにいるの」

「大阪に住んでる」

「え？　大阪の出身なの」

「出身は済州島《チエジユド》だけど、大阪に住んでる。いまもいるかどうかは知らない」

「その人に会うつもり？」

「ううん」

「会ってはいけませんよ、ソンジャ。その人はあなたを捨てた。いい人ではないわ」

「奥さんがいるの」

ヤンジンは息をのんだ。

ソンジャにも自分の声は聞こえていたが、まるで誰か他人が母と話しているのを聞いているようだった。

「結婚してるなんて知らなかったの。彼も話さなかったから」

ヤンジンは軽く口を開いたまま動きを止めた。

「市場に行ったとき、日本人の男の子にからまれたことがあって、彼が追い払ってくれたの。それがきっかけで友達になった」

ようやく彼のことを話せて胸のつかえが取れた気がした。ずっと彼のことを考えてはいたが、打ち明けられる相手はいなかった。

「わたしと赤ちゃんの面倒は見たいけど、結婚はできないって言われた。日本に奥さんと娘が三人いるんだって」

ヤンジンは娘の手を取った。

「会ってはだめよ。あの人は」——ヤンジンはイサクを指し示した——「あの人はあなたの命を救ってくれた。あなたの子を救ってくれたのよ。あなたはもう彼の家族の一員なの。わたしにはもう、あなたに会う権利はない。それが母親にとってどれだけつらいことかわかる？ あなたももうじき母親になる。生まれてくるのが男の子だといいわね。結婚しても遠くに行ってしまわずにすむから」

ソンジャはうなずいた。

「あの時計。どうするつもりなの」

「大阪でお金に換える」

ヤンジンはその返事に安堵した。

「万一に備えて取っておきなさい。どうしてそんなものを持っているのかとイサクさんから訊かれたら、わたしからもらったと言いなさい」

ヤンジンは上衣の下を探って小さな袋を取り出した。

「あなたのお父さんのお母さんの形見」そう言って、義母が亡くなる前にくれた金の指輪を二つ、ソンジャに手渡した。

「これはできるかぎり売らずに取っておきなさい。いざというときのために、お金に換えられるものを持っておいたほうがいいわ。あなたは倹約家だけれど、子供を育てるにはたくさんお金がかかる。思いがけないことは起きるものよ。病院にかかるとか。男の子なら、学費も必要になるでしょう。イサクさんから生活費をもらえないときは、あなたが少しでもお金を稼いで、急なことに備えて貯金をしておきなさい。必要なものを買ったら、残りがたとえ硬貨一枚や二枚であっても缶に入れて、そのお金があることは忘れてしまうといいわ。女はかならず蓄えを持っておかなくてはだめよ。ご主人の身の回りの世話はきちんとね。さもないと別の女性がご主人の世話をすることになるから。義理の家族には敬意を忘れないこと。言われたことには従いなさい。あなたが何か間違いをすると、うちの家族が悪く言われる。わたしたちのために最善を尽くしてくれた優しいお父さんのことを忘れないようにしなさい」娘に伝えておかなくてはならないことはほかにないだろうか。考えようとしてもうまく頭が回らない。

ソンジャは懐中時計や現金を収めた布の袋に金の指輪も入れ、袋を上衣の下にしまった。

「お母《オモニ》さん、ごめんね」

「いいの。いいのよ」ヤンジンは唇を結び、ソンジャの髪をなでた。「あなたはわたしのすべてよ。これでわたしにはもう何もなくなった」

「向こうに着いたら、イサク牧師にお願いして手紙を書いてもらうから」

「そうね、そうしてちょうだい。何か必要になったら、イサクさんに頼んで、わたし宛てに簡単な朝鮮語で手紙を書いてもらってちょうだいね。村の誰かに代わりに読んでもらうから」ヤンジンはため息をついた。「あなたもわたしも、せめて読み書きができたらよかったのに」

「数字は読めるわ。足し算だってできる。お父さんが教えてくれたおかげ」

ヤンジンは微笑んだ。「そうね。お父さんが教えてくれたおかげ」

「これからは旦那さんと住む家があなたの故郷になるの」ヤンジンは言った。それはフニと結婚したとき、父から言われたことだった。二度とこの家に帰るなと父から言われたが、自分の娘に同じことは言えなかった。「旦那さんと子供のために、居心地のいい家を作りなさい。それがあなたの仕事よ。二人に我慢をさせてはいけません」

イサクが戻ってきた。ほっとした表情をしていた。書類の不備や手数料の不足で乗船が許可されなかった人が数十人いたが、ソンジャとイサクの手続きは問題なく終わった。必要なものはすべてそろっている。役人も文句のつけようがなかった。パク・イサクとその妻は、渡航を許可された。

12

一九三三年四月　大阪

パク・ヨセプは、片方の足からもう一方へ重心を移すのに疲れ、今度は独房のなかを行ったり来たりするように大阪駅の構内を歩き回った。友人と来ているのだったら、くだらない話をして気をまぎらわせただろうが、今日は一人だ。もともと口が達者なほうで、日本語も流暢だったが、朝鮮訛が残っているため、母語でないとすぐに相手にわかってしまう。外見では区別がつきにくいから、日本人に近づいていけば礼儀正しい笑みを返されるが、口を開いたとたんに相手の顔から愛想笑いが消える。どうあろうとヨセプは朝鮮人であり、人柄がどれほど魅力的でも、悲しいことに、小ずるくて油断のならない民族の一員としか見られない。公平で道徳観念がしっかりしている日本人も大勢いるが、相手が外国人とわかるなり警戒心を露わにする人は少なくなかった。〝話のうまい相手はとりわけ要注意だ――朝鮮人は生来のならず者ぞろいだから〟。日本に住んで十年以上になるヨセプはそんな言葉をうんざりするほど耳にしてきているが、そういった雑言は聞き流すことにしていた。いちいち気にしていたらやっていられない。大阪駅を巡回中の警官は、見るからに落ち着きのないヨセプを警戒していたが、列車の到着をじりじりしながら待つのは犯罪ではない。

警官は、ヨセプが朝鮮人であるとは気づいていないだろう。身のこなしや服装は日本人にしか見えないからだ。日本人はたいがい、朝鮮人は見ればわかると言うが、そうでもないことを朝鮮人なら知っている。誰にだってなりすませる。ヨセプは大阪のぱっとしない労働者の普段着風の格好をしていた。無地のズボン、西洋風の白いシャツ、まだくたびれていない厚手のウールコート。平壌《ピョンヤン》から持ってきた高級品は、ずいぶん前にしまいこんだきりだった。たとえばカナダ人宣教師やその家族の服をあつらえていた仕立屋に両親が注文した高価なスーツ。この六年、ヨセプはビスケット工場で三十名の女性工員と二名の男性工員を監督する職工長として働いている。工場にはこざっぱりした服装で行かなくてはならないが、それで充分だ。上司の島村《しまむら》さんよりも上等な服を着る必要はない。島村さんからは以前、ヨセプの代わりはいつでも見つかるとあけすけに言われた。毎日、下関からの列車や済州島《チェジュド》からの連絡船が、腹を空かせた朝鮮人を満載して大阪に到着する。島村さんにしてみれば、そこから気に入った一人を選ぶだけというわけだ。

弟が到着するのが日曜でよかったと思った。日曜は工場が休みだ。家ではキョンヒがご馳走を用意している。それがなければ一緒に駅まで出迎えに来ていただろう。イサクの新妻に、二人とも興味津々だった。事情を聞いて驚愕したが、イサクの決断自体は意外なものではなかった。イサクの無私無欲の行動を聞かされたところで、家族はいまさら驚かない。幼いときから、機会さえあれば自分の食事や持ち物を貧しい人々に分け与える人間だった。病気がちで、子供のころはいつもベッドで本を読んでいた。いつもとうてい食べきれないほどの量の食事がナツメ材の漆塗りの盆に載せてイサクの部屋に運ばれた。その盆が台所に戻されるとき、金属の飯椀には米の一粒も残っていなかったのに、イサクは小枝のように痩せたままだった。イサクは食事をわざと残していて、使用人たちはそれがなければ空腹で倒れていただろう。しかし、米飯や魚くらいならともかく、結婚まではやりすぎではないかとヨセプは思う。別の男の子供を育てようと申し出るなんて。ヨセプは妻のキョンヒから、新妻の人柄を知らないうちから悪く言わないようにと約束させられた。キョンヒは、イサクに似て、そこが欠点といっていいほど心の優しい女だった。

下関からの列車が到着すると、待っていた人々は申し合わせでもあったかのように一斉に動き出した。赤帽は一等車の乗客に駆け寄って荷物運びを手伝った。自分がどこへ行くべきか、誰もが心得ているかのようだった。周囲より頭一つ分背が高いイサクは、人波のなかでもひときわ目立った。美しい形をした頭にかぶった灰色のフェルトの中折れ帽、まっすぐな鼻の先にちょこんと載せた鼈甲《べっこう》縁の眼鏡。イサクは人混みに視線をめぐらせてヨセプを見つけると、骨張った右手を高々と上げて振った。

ヨセプは急ぎ足で弟に近づいた。少年はりっぱなおとなになっていた。ヨセプの記憶にあるよりもさらに痩せている。色白の肌は灰色がかって見え、優しい笑みを浮かべた目の周囲には深い皺が刻まれていた。長兄のサモエルに似ている。気味が悪いほどそっくりだ。実家の出入りの仕立屋があつらえた西洋風のスーツは、薄い肩から力なく垂れ下がっていた。ヨセプが十一年前に故郷で別れた内気で病弱な少年は、長身の紳士に成長していた。もとより細身だった体は、最近の病のせいだろう、ますます肉が落ちたようだ。父や母はよく大阪行きを許したものだ。大阪に来いと誘うべきではなかったかもしれない。

ヨセプは弟に両腕を回して抱き寄せた。日本に来てから、じかに体に触れ合う相手は妻くらいのものだった。肉親のぬくもりに心が安らぎ、耳をかすめた弟の無精《ぶしょう》ひげの感触さえ快く思えた。あの小さかった弟もひげが生える年齢になったのかと感慨深かった。

「おまえ、ずいぶんでかくなったな」

兄弟は笑った。イサクがたしかに成長したということもあるが、最後に会ってから長い歳月が過ぎたことを実感したからでもあった。

「兄さん」イサクが言った。「ヨセプ兄さん」

「イサク、ついに来たんだな。うれしいよ」

イサクは兄の顔を見つめ、輝くような笑みを浮かべた。

「しかし、兄貴の俺よりはるかに背が高くなるとは生意気だな、弟の分際で」

イサクは謝罪するような表情を作って深々と腰を折った。

ソンジャは荷物を抱えたままその様子を見守っていた。兄と弟の屈託のないやりとり、仲むつまじさに心がなごんだ。イサクの兄のヨセプは楽しい人らしい。彼の冗談を聞いていると、下宿の客のファッツォを思い出した。ソンジャがイサクと結婚したと知らされたとき、ファッツォは気絶したふりで居間の床にぺしゃりとひっくり返った。だが、起き上がるなり財布から二円出してソンジャに差し出した。二円といえば、平均的な労働者の二日分の稼ぎだ。そして大阪に行ったら、これでなにかうまいものを買って旦那と食べなよと言った。「日本で団子をもぐもぐ食いながら、俺のことを思い出してくれよな。影島《ヨンド》で一人みじめにあんたを想ってる俺のことをさ。釣り上げられたハタの稚魚の口がちぎれるみたいにずたずたになったファッツォの心を想像してくれ」ファッツォはぽっちゃりした手で目をごしごしこすり、おいおいと声を上げて泣く真似をした。兄二人はよせよと末弟に言ったあと、それぞれ二円を祝儀にくれた。

「しかも結婚したとはな」ヨセプはイサクと並んだ小柄な少女をしげしげと眺めた。

ソンジャは義兄に頭を下げた。

「また会えてうれしいよ」ヨセプは言った。「前に会ったときはまだ、こんなちっちゃな子供だった。お父さんのあとをくっついて歩いてたよな。五つか六つくらいでさ。さすがに俺のことは覚えてないだろうけど」

ソンジャは首を振った。実際に会うまでに記憶をたどってはみたが、どうしても思い出せなかった。

「お父さんのことはよく覚えてる。亡くなったって聞いたときは残念に思ったよ。すごく頭のいい人だったね。話しててすごく勉強になったよ。よけいなことはひとことも言わないけど、口に出すことはどれも含蓄《がんちく》に富んでてさ。それに、お母さんの作る料理は最高にうまかった」

ソンジャは目を伏せた。

「大阪に呼んでくださってありがとうございます、お義兄《にい》さん。ご厚意に感謝しますと母も申しておりました」

「あんたとお母さんはイサクの命の恩人だ。こっちこそ感謝してるよ、ソンジャ。うちの家族はあんたの家族に世話になってばかりだな」

ヨセプは重たいトランクをイサクの手から受け取った。イサクはそれより軽い荷物をソンジャから受け取って持った。ヨセプはソンジャのおなかのふくらみに目をとめたが、ぱっと見ただけでは妊娠中だとはわからない。ヨセプは駅の出口の方角を見やった。ソンジャの外見や話し方は田舎の村のふしだらな女という感じとはかけ離れていた。物腰は控えめで、飛び抜けて器量がいいというわけでもない。知り合いの男にでも陵辱されたのだろうか。それは珍しいことではないし、男を勘違いさせたのだろうといってこの少女のほうが責められるような目に遭ったのかもしれない。

「お義姉《ねえ》さんは？」イサクはキョンヒを探して近くを見回した。

行き交う人々が自分の民族服をじろじろ見ていることに気づいて、ソンジャは上着の前をかき合わせた。大阪駅には韓服《ハンボク》姿の人はほかに一人もいなかった。

「お義姉さんはとても料理上手なんだ」イサクはソンジャに言った。キョンヒにまた会えると思うと心が浮き立った。

ヨセプは通りすがりの人がソンジャをじろじろ見ていることに気づいた。新しい服を買わないといけないないなと思った。

「さて、家に帰るか」ヨセプは急いで二人を駅の外に連れ出した。

大阪駅前の通りはごった返していた。路面電車、駅に入っていく人、出てくる人。ソンジャは、早足で人の波を縫っていく兄弟の後ろを歩いた。路面電車の停留場に向かう途中で振り返り、駅舎を見上げた。西洋風の大阪駅は、見たこともないほど大きかった。石とコンクリートでできた怪物だ。下関駅を見たときも大きいと思ったが、大阪駅の巨大さに比べたらちっぽけに思えた。

兄弟は歩くのが速く、ソンジャは置いていかれまいと急いだ。路面電車が近づいてきていた。空想のなかでは、大阪に来たことがある。下関行きの連絡船にも、大阪行きの列車にも、子供が走ったり自転車を漕いだりするよりも速い路面電車にも、空想のなかで乗ったことがあった。次々と通り過ぎる車は、ハンスが言っていたとおり、車輪のついた鉄の雄牛といった風情だった。ソンジャは田舎育ちではあるが、いま目の前にあるものはみな話を聞いて知っている。それでも、制服を着た集札係や渡航管理窓口の役人、駅の赤帽、路面電車、電灯、石油ストーブ、電話といったものまで見たことがあるふりはできなかった。だから停留場に来ると、陽射しをいっぱいに浴びようと若芽を伸ばしている新しい土に植え替えられたばかりの苗木のように背筋を伸ばしたまま、声一つ出せなくなった。ハンスと一緒に世界を見るためなら故郷を離れてもいいと思っていたが、いまはハンスなしで新しい世界を目《ま》の当たりにしていた。

ヨセプは路面電車の最後尾に空席が一つだけ残っているのを見つけてソンジャを座らせた。ソンジャはイサクから荷物を受け取って膝に置いた。兄弟は並んで立ち、家族の近況を報告し合った。ソンジャは二人の会話を聞いていなかった。前と同じように荷物を胸に抱いて、持ち物をくるんだ布に残る故郷のにおいを思いきり吸いこんだ。

大阪中心部の大通りに面して低層の煉瓦の建物やモダンな商店が並んでいた。大阪の日本人は、釜山《プサン》に入植した日本人と顔立ちは変わらなかったが、ここには本当にいろんな人がいた。駅には、イサクの服さえ古くさく見えるようなしゃれた西洋風のスーツに身を包んだ若い男性を大勢見かけたし、美しい女性たちが着ている着物は、ドクヒならうっとりと見とれそうな絢爛《けんらん》とした色と刺繍で彩られていた。日本人らしいのにひどく貧しそうな人もいた。釜山では、貧しい日本人など一度も見たことがなかった。男たちは通りで無頓着に唾を吐いた。路面電車に乗っている時間はあっというまに過ぎてしまった。

猪飼野《いかいの》の停留場で降りた。住人の大半を朝鮮人が占める貧しい街だ。ヨセプの家は、大阪駅からの路面電車の窓から見たこぎれいな住宅とはずいぶん違っていた。料理の匂いよりも、獣臭が強く漂っている。それをいったら屋外便所の臭いよりも強烈だった。ソンジャは鼻と口を手で覆いたくなったが我慢した。

猪飼野はある意味、できそこないの街だ。ここに並んだバラック建ての家屋は統一感に欠けているが、薄っぺらな材料を使ったぞんざいな造りという点ではどれも似ていた。掃除の行き届いた玄関や磨いたガラスのはまった窓もぽつりぽつり見えたが、大部分の家の玄関まわりは壊れかけていた。窓には内側から新聞紙やタール紙が張られ、壁の割れ目には木のくさびを打ちこんでふさいであった。錆びたトタン屋根に穴が開いている家も多かった。安手の材料、拾った材料を使って住人が自分で建てたのではないかと思うような家屋ばかりだ。掘っ建て小屋やテントと大差ない。ありあわせの鉄板で造った煙突から煙がもうもうと吐き出されている。その日は春にしては暖かかった。裸にぼろをまとったような子供たちが、道端で眠りこんだ酔っ払いを気にすることなく鬼ごっこをしていた。ヨセプの家からそう遠くない家の軒先で小さな男の子が排便中だった。

ヨセプとキョンヒの家は箱のような形をしていた。屋根の傾斜は最低限しかついていない。木の枠組みにトタン板を張っただけといった造りで、玄関の引き戸はベニヤの合板を鉄板で補強したものだった。

「こんな家が似合うのは豚と朝鮮人くらいのものだ」ヨセプは笑いながら言った。「故郷とはだいぶ違うだろ」

ヨセプと奥さんがこれほど貧しい暮らしをしているとは、ソンジャにはにわかに信じがたかった。工場の職工長ともあろう人物がこんなぼろ屋に住んでいるものなのか。

「日本人は朝鮮人にまともな家を貸してくれないからね。ここは八年前に買ったんだ。この通りで持ち家に住んでる朝鮮人はうちだけだと思うが、そのことは誰にも言うなよ」

「どうして」イサクが訊いた。

「自分が所有者だってことは知られないほうがいい。ここらの大家はろくでもないやつばかりだ。みんな大家の文句ばかり言ってるよ。俺はこっちに来るときに親父にもらった金でこの家を買った。いまから買おうとしたところで、とてもじゃないが金が足りない」

窓にタール紙が張られた隣家から、豚の鳴き声が聞こえた。

「な、隣は豚を飼ってるんだ。奥さんや子供たちと一緒に豚がいる」

「子供は何人？」

「子供は四人、豚は三頭」

「この小さな家に？」イサクがささやくように聞き返す。

ヨセプは眉を吊り上げてうなずいた。

「ここの家賃はそんなに高いのか」イサクはソンジャや赤ん坊と三人で暮らす家を借りる気でいた。

「みんな稼ぎの半分くらいを家賃で持っていかれてる。こっちじゃ食べるものにものすごく金がかかる」

ハンスは大阪にたくさんの不動産を所有しているはずだ。そのお金はどこから出てきたのだろうとソンジャは不思議に思った。

家の勝手口が開いてキョンヒが顔をのぞかせ、持っていたバケツを戸口に下ろした。

「いやだ。そんなところに突っ立って何してるの。入って、入って。あらまあ《オモ》」キョンヒは大きな声で言い、イサクに駆け寄って両手で彼の頬をはさんだ。「まあ《オモ》、よかった。来たのね。安心したわ」

「ええ」イサクは答え、あちこちなで回されても抵抗しなかった。キョンヒはイサクがまだよちよち歩きのころから知っている。

「わたしがこっちに来る少し前に会って以来ね。さあ、入って入って」キョンヒははしゃいだ調子でイサクに言ったあと、ソンジャに向き直った。

「ずっと妹がほしかったのよ。ここじゃ一人きりだから、同性の話し相手がほしかったし」キョンヒは言った。「列車に乗り遅れたんじゃないかって心配してたんだから。大丈夫？　疲れてない？　おなか減ったでしょう」

キョンヒはソンジャの手を取った。ヨセプとイサクも二人に続いて家に入った。

これほど温かく迎えてもらえるとは思ってもみなかった。キョンヒははっとするほど整った顔立ちをしていた。柿の種のような色と形の目、美しい唇。肌はシャクナゲの花びらのように白い。一回り以上も年下のソンジャと比較にならないほど魅力的ではつらつとしていた。艶やかな黒髪を巻いて木のヘアピンで留め、青い無地の西洋風のワンピースに綿のエプロンを着けている。三十一歳の主婦というより、華奢な体つきの女学生といった雰囲気だった。

キョンヒは石油ストーブの上にかけてあった真鍮のやかんを下ろした。「駅で何か飲んだり食べたりできた？」そうヨセプに尋ね、陶器の茶碗四つにお茶を注いだ。

ヨセプは笑った。「どこにも寄らずにまっすぐ帰ってこいっておまえが言ったんだろうが」

「お兄ちゃんのくせに気が利かないのね。まあいいわ。今日はうれしいから許してあげる。この二人を無事に連れ帰ってくれたんだもの」キョンヒはソンジャのすぐそばに立って彼女の髪をなでた。

ソンジャはひらべったい平凡な顔に細い目をしていた。目や鼻の作りは小さい。醜いわけではないが、人目を引く美人というわけではなかった。顔や首が腫れぼったく、足首はかなりむくんでいた。ソンジャの不安げな様子を見てキョンヒはかわいそうに思い、心配することは何もないのだとわからせてやりたくなった。背中に垂らした二本の長い三つ編みは、飾り気のない細い麻紐で結んである。おなかの高い位置がふくらんでいるのを見て、赤ちゃんは男の子かもしれないとキョンヒは思った。

キョンヒはお茶をそれぞれに渡した。ソンジャはお辞儀をし、両手を震わせて湯飲みを受け取った。

「寒くない？　ずいぶん薄着ね」キョンヒは座卓のまわりに座布団を置いてソンジャをそこに座らせ、青リンゴ色の布団をソンジャの膝にかけてやった。ソンジャは熱い麦茶をすすった。

家のなかは外観からは想像がつかないほど快適だった。大勢の使用人のいる家庭で育ったキョンヒは、自分と夫が暮らす家をいつも清潔で居心地のよい空間に維持するこつを独力で身につけた。三部屋のこぢんまりした家にヨセプと二人だけで住んでいる。もっと小さな家に十人が暮らしていることもある過密地帯の朝鮮人街で、そんな家はほかに一軒もなかった。しかしキョンヒやヨセプが育ったお屋敷と比べたら、笑ってしまうほど小さい。年配の使用人一人が生活するにもせますぎる。先に大阪に来ていたヨセプに合流する形でキョンヒが日本に来た直後、夫に死なれた貧しい日本人女性からこの家を購入した。その女性は息子がいるソウルに移り住んだ。猪飼野で暮らしている朝鮮人はさまざまだ。なかには不正直な者、犯罪に関わっている者もいて、用心しなければいけないことを二人は経験から学んでいた。

「頼まれても絶対に金を貸すなよ」ヨセプはイサクをまっすぐに見て言った。イサクは兄の言いつけに困惑顔をした。

「そんな話より食事にしましょうよ。遠くからはるばる来たばかりなんだもの」キョンヒが言った。

「すぐに必要ない金や貴重品があるなら言ってくれ。俺たちが預かっておくから。俺は銀行に口座を持ってるんだ。この界隈の人間はみんな金に困ってる。服も足りないし、家賃や食べるものも足りない。だから、困ってる全員を助けようなんて無理な話だよ。教会に寄付して――子供のころ、うちの家族はそうしてただろう――教会からみんなに配ってもらうのが一番だ。ここの暮らしがどういうものか、おまえたちにはまだ想像もつかないよな。近所のやつと口を利かないようにしていろ。家には誰も上げるなよ」ヨセプはイサクとソンジャに向かって厳めしい調子で言った。

「いま言ったことを守ってくれよな、イサク。おまえは親切な人間だが、ここではそれが仇《あだ》になりかねない。懐に余裕があると思われたら、家に入られて盗まれちまう。うちは金持ちじゃないんだ、イサク。だから、用心してかからなくちゃ危ない。誰か一人に何かやってみろ、次から次へと人が押しかけてくる。近所の連中のなかには酒や博打をやるやつも少なくない。金欠になれば母親は必死になる。それを責めるつもりはないが、うちの実家やキョンヒの両親の心配のほうが優先だ」

「ヨセプがこんな話をするのは、以前、わたしのせいで災難に遭ったからなの」キョンヒが言った。

「災難とは？」イサクが聞いた。

「ここに来てすぐのころにね、近所の人に食べるものをあげたの。そうしたら、みんなが毎日来るようになってしまったのよ。ついにはヨセプやわたしの夕飯の分もあげるはめになって、次の日にヨセプのお弁当を作る分くらいは残しておきたいって話してもわかってもらえなかった。そんなこんなである日、うちに泥棒が入って、じゃがいもの最後の一袋まで持っていかれてしまったの。近所の人たちは、盗んだのは自分たちじゃない、知り合いの誰かだろうって——」

「みんな食べるものに困っていたんですね」イサクは共感を示そうとした。

ヨセプは怒った表情で言った。

「俺たちみんなが食うに困ってるんだよ。盗みに入ったのは近所の連中だ。だから、な、用心してくれ。同じ朝鮮人だってだけで気を許すな。ほかの朝鮮人の前ではとくに用心してくれ。悪い連中は、俺たち朝鮮人が何か訴えたところで警察は耳も貸さないってよく知ってるんだよ。うちは二度も泥棒に入られた。キョンヒの宝石を残らず持っていかれたよ」ヨセプは鋭い警告の視線をふたたびイサクに向けた。

「女たちは朝から晩までずっと家にいるしな。うちでは現金や貴重品は家に置いておかないようにしてる」

キョンヒは黙っていた。ここで暮らし始めた当初、まさか数回分の食事をみなに配ったがために、結婚指輪や、実家の母からもらった翡翠のヘアピンや腕輪まで盗まれることになるとは思いもよらなかった。二度目に泥棒に入られたとき、ヨセプは激怒して、何日もキョンヒと口をきかなかった。

「魚のフライを作るわね。話の続きは食べながらにしましょうよ」キョンヒはそう言って微笑み、勝手口のそばにしつらえられた小さな台所に向かった。

「お義姉さん、お手伝いしてもいいですか」ソンジャが申し出た。

キョンヒはうなずいてソンジャの背中をそっと叩いた。

それから小声で言った。「近所の人たちを怖がらないでね。みんないい人なんだから。用心したほうがいいっていう主人の——あなたのお義兄さんの言い分は正しいわ。そういうことに関しては、主人のほうがわたしよりずっとよく知ってるしね。近所の人たちとあまり親しくするなというから、わたしはそれに従ってるの。おかげで話し相手がいなくて寂しかったのよ。だから、あなたが来てくれて本当にうれしい。しかももうじき赤ちゃんも生まれるわけだものね」キョンヒは目を輝かせた。「この家に子供が生まれるのよ。わたしはおばさんになるってこと。なんてすてきなのかしら」

キョンヒの整った顔に内心の悲嘆が表れていたが、その苦悩や寂寥《せきりょう》が彼女の美しさを一層際立たせてもいた。結婚して何年にもなるのに、ヨセプとキョンヒには子供がいない。イサクから聞いたところによると、キョンヒとヨセプは何よりも子供をほしがっていたという。

台所には、コンロと流しが二つ、それにまな板を兼ねた調理台があるきりだった。影島の下宿の炊事場とは比較にならないせまさだ。どうにか二人並んで立てたものの、動き回るゆとりはなかった。ソンジャは袖をまくり、ホースを垂らしただけの低い流しで手を洗った。茹で野菜を盛りつけ、魚を揚げなくてはならない。

「ねえソンジャ」キョンヒがソンジャの腕にそっと触れた。「これからずっと姉妹でいましょうね」

ソンジャは感謝の念とともにうなずいた。キョンヒに対する深い愛情が早くも芽生え始めていた。料理を盛りつけていると、数日ぶりに空腹を感じた。

キョンヒが鍋の蓋を持ち上げた。白米が炊けていた。

「今日だけは特別。二人の最初の夜だもの。今日からここがあなたの家なのよ」

13

食事のあと、四人そろって銭湯に行った。銭湯の風呂は男女別になっている。ほかの客はほとんどが日本人で、キョンヒやソンジャと目を合わせようとしなかった。予想どおりの反応だった。長旅の汚れを落とし、熱い湯にゆっくり浸かると、ソンジャの心まで軽くなった。洗い立ての下着に換えて身支度をし、あとは寝るだけというさっぱりした気分で帰途についた。ヨセプは楽天的な様子だった。大阪の暮らしは楽ではないだろうが、きっと何もかもよい方向に向かうだろう。石ころだろうと苦労だろうと、料理のしかたによっては滋養のあるスープができる。日本人が朝鮮人をどう思おうと放っておけばいい、そんなことは気にせず、生き延びて成功するだけだ。いまはもう四人家族なのだから、もうじき五人になるのだからとキョンヒは言った。力を合わせれば強くなれる。「そうでしょ?」

キョンヒはソンジャと腕をからめた。二人はぴたりと寄り添って夫たちの後ろを歩いた。

ヨセプが弟に言い聞かせた。「政治には関わるなよ。労働運動や何かのばかげた活動もだめだ。目立たないように気をつけて、仕事だけしてればいい。独立運動や社会主義団体を信奉したり参加したりするな。そういうものに関係してるって知られると、警察にしょっ引かれて監獄行きだ。そういう連中を大勢見てきた」

三・一運動当時、イサクはまだ幼く病弱な子供だったが、運動の創始者の多くは平壌《ピョンヤン》でイサクが通った神学校の卒業生だった。また神学校の教師の多くが一九一九年のデモ行進に参加した。

「大阪にも活動家は大勢いるの」通りにはほかに誰の姿も見えなかったが、イサクは声をひそめた。

「ああ、おそらくな。東京にはもっと多いし、満州に潜伏してる活動家もいる。何にせよ、捕まったら最後、命は助からない。運がよければ退去処分になるだけだが、そんな例はめったにない。俺の家ではそういうことはやるな。おまえを大阪に呼んだのはそのためじゃない。おまえには教会の仕事がある」

イサクはヨセプを見つめた。ヨセプの声はしだいに高くなっていた。

「活動家とは関わらない。いいな」ヨセプは険しい声で言った。「もうおまえ一人じゃないんだ。女房や子供のことも考えろ」

まだ平壌の実家にいて、大阪行きの体力に自信がつき始めたころ、イサクは植民地支配に抵抗する愛国者に連絡を取ろうかと考えたことがあった。平壌の事情は悪化するばかりだった。新たな土地調査後に課せられた税金を納めるため、イサクの両親でさえ所有する土地の一部を切り売りしなくてはならなかった。その後はヨセプが仕送りをして父母の生活を支えている。圧制に抵抗するのはキリスト教の教えに合致したことだとイサクは考えていた。しかしそれから数カ月で、イサクを取り巻く状況は一変した。いまは理想よりも、仕事やソンジャを優先するのが当然だと思える。周囲の人々の安全を第一に考えなくてはならない。

イサクが黙りこんでいるのを見て、ヨセプは不安を覚えた。

「憲兵は、捕まえた奴が自白するか死ぬかするまで痛めつける」ヨセプは言った。「それに、おまえは体が弱いだろう、イサク。病気がぶり返さないように気をつけろよ。こっちで逮捕された奴を何人も見た。ここは向こうとは違う。裁判官は日本人だ。憲兵だって日本人だ。法律は玉虫色だよ。それに、独立運動に関わってる朝鮮人は信用できる奴ばかりじゃない。二重スパイもまぎれこんでる。詩の朗読会にもスパイがいるし、教会にだっている。そんなこんなで、同じ木から熟れた果物をもぐみたいに、活動家は一人ずつ引っ立てられていく。自白書に署名しろと強制される。わかるな？」ヨセプの歩みはゆっくりになっていた。

キョンヒ《ヨボ》はうしろから夫の袖に軽く触れた。

「あなた、心配性ね。イサクはそんなことには関わらないわよ。今日着いたばかりで、いきなり水を差さないであげて」

ヨセプはうなずいたが、体の内側で渦を巻く不安を抑えきれなかった。たとえ取り越し苦労と思われようと、先回りして釘を刺しておけば、その不安はいくらか和らぐような気がした。ヨセプは日本が半島に進出してくる前の古き良き時代を覚えている。日韓併合時、ヨセプは十歳だった。それでも、長兄のサモエルのように勇敢にはなれない。闘って殉じることは彼にはできそうになかった。抵抗は、家族を持たない若い者にこそふさわしい。

「おまえがまた体を壊したり面倒に巻きこまれたりしたら、俺が父さんや母さんに殺される。そんなことになったらおまえも寝覚めが悪いだろう。俺を死なせたいか」

イサクは左腕を兄の肩に回して抱き締めた。

「あれ、兄さん、背が縮んだんじゃないか」イサクはにやりと笑った。

「人の話を聞いてなかったのか、おまえは」ヨセプは静かに言った。

「大丈夫、おとなしくしていると約束するよ。兄さんに言われたことを守ると約束する。そう心配するなって。白髪が増えるよ。それか、だいぶさびしくなったその髪がみんな抜けちまうか」

ヨセプは笑った。いままで足りなかったのはこれだ——弟との時間だ。自分を知り尽くしている相手がそばにいて、ときにはからかわれたりすると、ほっとする。妻は宝物だが、生まれたときから知っているも同然の人間はやはり特別な存在だ。政治の淀《よど》みきった世界にイサクを奪われたらと思うと気が気でなく、大阪で迎える最初の夜だというのに、説教じみた話をせずにはいられなかった。

「本物の日本式の風呂だったね。気持ちがよかったな」イサクが言った。「この国のいいところの一つだ」

ヨセプはうなずいた。胸の内では、イサクが災難に遭わずにすみますようにと祈っていた。さっきまでは弟が来たことが単純にうれしかったが、その喜びは長続きしなかった。自分のことのように心配すべき相手がいるとはどういうことか痛感した。

歩いて帰る途中、キョンヒは、鉄道駅の近くに評判のうどん屋があるから、近々一緒に行ってみようとイサクやソンジャに言った。家に入り、キョンヒが電灯をつけた。ソンジャは今日からここが自分の家なのだとしみじみ思った。外の通りは静まり返って真っ暗だ。しかしこの小さな家には明かりがともり、清潔で輝くようなぬくもりが満ちている。イサクとソンジャは自分たちにあてがわれた部屋に入った。キョンヒはおやすみと言ってふすまを閉じた。

窓のない部屋はせまく、布団を一組と、物入れにした船旅用のトランク一つを置くと、それだけでいっぱいになった。天井の低い部屋の壁紙は真新しい。畳は掃き掃除と拭き掃除がすんでいた。キョンヒは布団に新しい綿をたっぷり足してくれていた。専用の石油ストーブも用意されていた。キョンヒとヨセプが眠る一番大きな一室にあるものより上等な中価格帯の品で、しゅうという心安らぐ低い音を立てていた。

イサクとソンジャは一つ布団で眠ることになる。家を発つ前、母はソンジャにセックスの話を聞かせた。まるでソンジャが何も知らないかのように。夫は何を期待するものであるかを説明し、妊娠中でも性交渉は許されると教えた。できるかぎりのことをして旦那さんを喜ばせなさい。男性にはセックスが必要なのだから。

天井からぽつんと一つ下がった裸電球が淡い光を部屋に広げていた。ソンジャはそれをちらりと見上げた。イサクも見上げた。

「疲れただろう」イサクは言った。

「大丈夫です」

ソンジャはたたんで置いてあった敷き布団と掛け布団を広げて床に敷いた。いまや自分の夫となったイサクのとなりで眠るのはどんな気持ちだろう。布団を敷く作業はあっという間に終わったが、二人ともまだ外出着のままだった。ソンジャは衣類の包みから寝間着を出した。白い綿モスリンの古いスリップ二枚を使って母が仕立て直してくれたものだ。どうやって着替えよう。ソンジャは寝間着を持って布団のそばに膝をついた。

「明かりを消そうか」イサクは言った。

「はい」

イサクが電灯のひもを引くと、スイッチがかちりと大きな音を響かせた。ふすまを透かして隣室の明かりがこちら側の部屋をほのかに照らしていた。外の路地とは薄い壁一枚でしか隔てられていない。通りかかった人々の話し声がやかましいくらいに聞こえてくる。隣家の豚の甲高い鳴き声もときおり聞こえた。イサクは服を脱いで下着だけになった。何カ月もイサクの衣類の洗濯をしていたから、ソンジャも彼の下着はもう見たことがある。イサクが嘔吐し、下痢をし、喀血《かっけつ》するところも――結婚したての若い妻がふつうならまだ知らない闘病姿も見ていた。新婚夫婦の多くと比べて、一つ屋根の下で共有した時間は長く、濃密だった。お互いの人に見られたくない、知られたくない状況にも間近に接した。いまさら相手の目を気にする間柄でもないだろうとイサクは自分に言い聞かせた。それでもやはり落ち着かない。女性と並んで寝るのは初めてで、このあと何をすべきか知っていても、何をどう始めたらよいのか自信が持てなかった。

ソンジャは服を脱いだ。さっき銭湯の電灯の下で同じように服を脱いだとき、黒ずんだ縦線が陰部から縞模様のように伸びて、なだらかに盛り上がった乳房の下まで走っていることに気づいてびっくりした。ソンジャは寝間着を着た。

まるで風呂上がりの子供のように、イサクとソンジャは先を争うようにして石鹸の香りが残る体を青と白の掛け布団の下にすべりこませた。

ソンジャは彼に何か言いたいと思ったが、何も思い浮かばなかった。二人の関係は彼が病に倒れたところから始まった。そのときすでに彼女は恥ずべき過ちの結果を宿していて、彼にその窮地を救われた。この新しい家で、初めからやり直せるだろうか。キョンヒが二人のために整えてくれた部屋に並んで横たわっていると、ソンジャの胸に希望が芽生えた。こう気づいたのだ。自分はこれまでハンスを思い出すことによって彼を取り返そうとしていたが、そんなことをして何の意味があるのかと。それよりもいまはイサクとおなかの子のためだけを考えたい。そのためにはまず、ハンスを忘れるところからだ。

「ご家族はとても親切ですね」

「両親にもぜひ会ってもらいたいよ。父は兄と似ている——陽気で率直な人なんだ。母は賢い人だよ。控えめな人かと思いきや、家族を守るためなら命を投げ出しかねないようなところもある。キョンヒの意見はすべて正しいと思っていて、いつだって味方するんだよ」イサクは低い声で笑った。

ソンジャはうなずいた。自分の母はいまごろどうしているだろうと思った。

イサクはソンジャの枕に顔を近づけた。ソンジャは息をのんだ。

彼が自分を求めているのだろうか。そんなことがありうるだろうか。

何か不安になると、ソンジャはよく見ようとするように眉間《みけん》に皺を寄せることにイサクは気づいていた。ソンジャといると心が落ち着いた。彼女は頭がよくて冷静だ。一人では何もできない人間ではない。イサクはそこに魅力を感じていた。イサク自身も他人の助けを必要としない人間だが、ときに冷静さを失うという自覚があった。ソンジャの冷静さは、あるときイサクの父が〝理想家の悪い癖〟と表現した彼の欠点を補ってくれるだろう。釜山《プサン》から大阪までの旅は、妊婦にかぎらず誰にとっても楽なものではなかったが、ソンジャは一度たりとも弱音を吐かず、不平も口にしなかった。イサクが飲食を忘れたり、あるいはコートを着るのを忘れたりすると、ソンジャはさりげなく思い出させたが、その口調にとがめるような調子はまったくなかった。イサクは人と話すことに長《た》けている。質問をし、相手の声から苦悩を聞き取ることができる。一方のソンジャは、生き延びていくすべを心得ているように見えた。それはイサクがどちらかといえば苦手なことだ。イサクには彼女が必要だ。男には妻が必要だ。

「今日はずいぶん調子がいいんだ。胸が締めつけられるような感覚がない」イサクは言った。

「お風呂のおかげかもしれませんね。おいしい夕飯もいただきましたし。あんなにたくさん食べたのは本当に久しぶり。わたしたち、今月だけでもう二度も白いお米を食べましたよね。お金持ちになったような気分です」

イサクは笑った。「きみに米を毎日食べさせてやれたらどんなにいいだろうな」主に仕える身であるイサクは、食べるもの、住むところ、着るものに執着してはならないが、夫という立場から妻の衣食住に気を配るのは当然のことだ。

「いえ、そんなつもりで言ったのではありません。ちょっとびっくりしているだけなの。そんな贅沢《ぜいたく》なものを食べなくても生きてはいかれますから」ソンジャは心の内で自分を叱りつけた。贅沢好きと思われたくなかった。

「僕も米は好きだよ」イサクは言ったが、実のところ、食べものにはあまりこだわらないほうだ。ソンジャの肩に触れて、気にしないでいいよと伝えたかった。服を着ているときなら迷わずそうしていただろうが、裸も同然の格好で布団に並んでいるいまはためらわれて、両手を体の脇に置いたまま動かさなかった。

ソンジャはもっと話がしたいと思った。暗いなか、小声でささやき合うほうが話しやすい。連絡船や列車ではあれほど時間がたっぷりあったのに、決まりが悪くて話がはずまなかった。

「お義兄さんはすごく楽しい人ですね。よくおもしろおかしい話をして父を笑わせていたと母から聞いていましたけど――」

「きょうだいに順位づけをするのもどうかとは思うが、ヨセプとは昔から一番仲がよかったんだ。子供のころ、兄さんは何かと叱られてばかりいてね。学校が嫌いで行きたがらなかったから。兄さんは読み書きが苦手だったが、人と話をするのが上手だし、記憶力抜群なんだよ。耳に入ってきたことは一つ残らずきっちり覚えていて、外国の言葉でも、しばらく聞いていればだいたい理解できるようになる。中国語、英語がいくらか話せるよ。ロシア語もだ。昔から機械の修理が得意だったな。子供のころ住んでいた町では誰からも好かれていて、日本に来ると決まったときはみながそろって引き留めようとしたものさ。父はヨセプを医者にするつもりでいたが、じっと座って勉強するのが苦手なヨセプにはもちろん無理だ。学校の先生から、せめて努力くらいはしろとしじゅう叱られていたよ。体が弱くて家から出られない僕がうらやましかったらしいね。僕は学校の先生に家で勉強を教えてもらっていたから。ヨセプはよく学校をサボって友達と一緒に釣りに行ったり泳ぎに行ったりしていて、そういうときは僕が兄の分の宿題をやらされた。大阪に来たのは、父と喧嘩ばかりしているのにうんざりしたからだろうと思う。ヨセプは家を出て金持ちになりたがっていたし、医者にはなれそうにないと自分が一番よく知っていた。正直な朝鮮人が日々財産を失っている朝鮮にいても、金儲けはできそうにないと踏んだんだろうな」

二人はしばし口を閉ざして街の喧噪に耳を澄ました。家に入りなさいと子供を叱りつけている女性の大きな声、ほろ酔いの男性グループが「アリラン、アリラン、アラリヨ――」と歌う調子外れの声。まもなくヨセプのいびきとキョンヒのかすかな寝息も聞こえてきた。まるですぐ隣の布団で寝ているかのようだった。

イサクは右手をソンジャのおなかに当てた。何の動きも伝わってこなかった。ソンジャは赤ん坊の話をしたことがなかったが、おなかのなかでどんな風に育っているのだろうとイサクはしばしば想像していた。

「子供は主からの贈り物だ」イサクは言った。

「はい、きっとそうです」

「きみのおなかは温かいな」

ソンジャの手は荒れてたこだらけだが、腹部の肌はなめらかで、織り目の詰んだ布地のように張りがあった。相手は妻なのだ、もっと自信を持っていいはずだが、イサクは不安だった。股間のものは固くそそり立っていた――まだ子供だったころから毎朝起きていることなのに、女性が隣に横たわっているいまは、ふだんと何か違うように感じた。何度も空想した場面ではあるが、これほどの温かさや彼女の息づかいの近さ、彼女に拒絶されるのではないかという不安は予想外のものだった。右手で彼女の乳房を包みこんだ。ふっくらとした形と重みが伝わってきた。彼女の息づかいが変化した。

ソンジャは体の力を抜こうとした。ハンスから、こんな風に愛情と優しさのこもった手で触れられたことは一度もなかった。入り江では、顔を合わせるなり行為が始まった――どのような意味を持つのか、ソンジャが理解する暇もないまま。突き上げられる痛み、解放感から安堵へと変化する彼の表情。そのあと、彼は冷たい海水でソンジャの足を洗った。彼女のあごの輪郭から首筋を両手でそっとなぞった。彼はソンジャの髪に触れるのを好んだ。いつだったたか、三つ編みをほどいてみてくれないかと言われたことがある。おかげで家に帰るのが遅くなってしまった。この体のなかに彼の子供がいて、眠り、成長を続けている。しかし、どこかへ消えてしまった彼にはそれを実感することができない。

ソンジャは目を開いた。イサクも目を開いていて、彼女に微笑みかけていた。右手はソンジャの乳首を愛撫していた。ソンジャは高ぶった。

「おまえ《ヨボ》」イサクが言った。
この人が自分の夫なのだ。これからこの人を愛していくのだ。

14

翌朝早く、兄のヨセプが厚手の紙に描いてくれた地図を頼りに、イサクは韓国《ハングク》長老教会を訪ねた。猪飼野の商店街にほど近い裏通りに面した斜め屋根の木造一軒家で、茶色の木の扉に白い塗料で十字架が遠慮がちに描かれていなかったら、ここが教会だとはわからないだろう。

ユ牧師に育てられた若い教会用務員、中国人のフーの案内で、教会の事務室に向かった。ユ牧師は、姉と弟らしき男女の相談を受けているところだった。若い女性が低い声で話していて、ユ牧師はわかるよというようにうなずきながら聞いていた。

「出直しましょうか」イサクは声を落としてフーに尋ねた。

「いいえ、少しだけお待ちください」

合理的な性格のフーは、新しく来た牧師を注意深く観察した。パク・イサク牧師はあまり健康そうには見えない。目を引く美男子ぶりには思わず見とれたが、壮年期の男は身体的にも頑強であるべきだとフーは信じていた。ユ牧師も昔はずっと大柄で、長距離走が得意だったたし、サッカーも巧かった。いまは老年にさしかかって、体は小さくなった。白内障と緑内障も患っている。

「ユ先生は毎朝、あなたから何か連絡がなかったかとお尋ねになっていました。いついらっしゃるか、わからなかったものですから。昨日、大阪に到着なさると知っていたら、私が駅まで迎えに行きましたのに」二十歳そこそこと見えるのに、フーは日本語と朝鮮語に堪能で、物腰や言葉遣いはもっとずっと年長の人物のそれだった。襟のほつれたみすぼらしい白いシャツを着て、裾を茶のウールのズボンに入れていた。太めの毛糸で編んだ紺色のセーターにはところどころ継ぎが当たっている。もともと最低限の持ち物しかなかったカナダ人宣教師の冬服のお下がりらしい。

咳が出て、イサクは顔を背けた。

「おい、誰か来たのかね」部屋の入口の気配に気づいてユ牧師が振り返り、分厚いレンズの入った鼈甲縁の眼鏡を押し上げた。とはいえ、それでよく見えるようになるというわけでもなかった。視界は灰色に曇ってぼやけている。牧師の穏やかで自信に満ちた表情はそのまま変わらなかった。耳はまだよく聞こえた。入口の人影は不鮮明だったが、一方がフーだということはわかった。彼は日本人の役人が教会に預けていった満州人の孤児だ。そのフーが話している相手の男の声には聞き覚えがなかった。

「パク先生です」フーが答えた。

牧師のそばの床に座っていた姉弟が振り向いて頭を下げた。

ユ牧師は姉弟の相談事をすぐにでも終わらせたかったが、解決にはまだほど遠かった。

「こっちに来てくれないか、イサク。こちらから行くとなると一大事だから」

イサクは従った。

「そうか、ようやく来たか。ありがたや《ハレルヤ》」ユ牧師は右手をイサクの頭にそっと置いた。

「どうか主の祝福あれ」

「お待たせしてしまって申し訳ありませんでした。昨夜、大阪に着きました」イサクは言った。老牧師の焦点の合わない瞳孔の周囲は銀色に見えた。視力は完全に失われているわけではないが、症状は重篤だ。しかし、ほとんど何も見えないとはいえ、まだまだ矍鑠《かくしゃく》としている様子だった。座っている姿勢は、背筋がぴんと伸びて揺るぎない。

「イサク、もっと近くへ」

イサクはさらに近づいた。老牧師はイサクの両手をしっかりと握った。それから分厚い手を伸ばしてイサクの顔を両側からはさんだ。

相談に来ていた姉弟は無言で見守っていた。フーは敷居に膝をついてユ牧師の次の指示を待っていた。

「きみは賜り物だよ」ユ牧師が言った。

「受け入れてくださってありがとうございます」

「ようやく来てくれてなんともうれしいね。奥さんも一緒なのかな。きみの手紙はフーに読んでもらった」

「妻は今日は留守番です。日曜には連れてきます」

「いいね、そうしなさい」老牧師はうなずいた。「きみが来て、信者も喜ぶだろう。そうだ、こちらのきょうだいを紹介しなくてはな」

姉弟はまたイサクに頭を下げた。ユ牧師がこれまで一度も見たことがないような晴れやかな表情をしていることに、二人とも気づいていた。

「今日は家族の相談事で来ていてね」ユ牧師はイサクに言い、姉弟のほうに向き直った。

姉のほうは不快の色を隠そうとしなかった。姉弟は済州島《チェジュド》の農村の出身で、都会育ちの若者ほどかしこまったところがない。浅黒い肌に豊かな黒髪の姉は、健康的な印象だ。無邪気な雰囲気でありながら、よく見るとびきり美しい顔立ちをしていた。前のボタンを喉もとまできっちり留めた長袖の白いシャツに藍《あい》色のもんぺという出で立ちだ。

「こちらは新しい副牧師のパク・イサクだ。彼の助言も聞いてみたいだろう」フー牧師は姉弟に異議を唱える暇を与えなかった。

イサクは二人に笑みを向けた。姉のほうは二十歳くらいだろうか。弟は少し年下と見えた。

二人の相談は込み入ってはいたが、よくあるものの一つだった。争いの原因はお金だ。姉は織物工場に勤務していて、そこの日本人工場長から金品を受け取っていた。工場長は姉弟の父親よりも年上で、結婚して子供が五人いる。姉をレストランに誘ってちょっとした装身具や小遣いを渡すのだという。姉はもらったお金をすべて、経済的に困窮しているおじとともに暮らしている両親に仕送りしていた。弟は、給与以外の金品を受け取るのはけしからぬと考えているが、姉のほうはそう考えていない。

「だって、その工場長、姉貴に何を期待してるんだよって話でしょう」弟はぶっきらぼうな声でイサクに言った。「そんな金、受け取るなって言ってくださいよ。これは罪です」

ユ牧師は首を垂れた。双方の負けん気の強さにほとほと困り果てていた。

姉のほうは、そもそもここへ引っ張ってこられたこと、弟の非難に耳を貸さなくてはならないことが腹に据えかねていた。「おじさんから畑を取り上げたのは日本人です。

働きたくても済州島では仕事がありません。日本人の男からお金を受け取ってるっていっても、晩ご飯につきあってるだけ。それの何がいけないのかわかりません」姉は言った。「いまの倍もらったっていいくらい。しみったれた額しかくれないんだもの」

「そいつはそれ以上のことを期待してるんだよ。いやらしい奴だ」弟は嫌悪感をあらわにした。

「あたし、吉川《よしかわ》さんには一度も触らせてません。座って、にこにこして、家族や仕事の話を黙って聞いてるだけです」お酌《しゃく》をしたり、買ってもらった口紅をつけたりしていることは言わなかった。口紅は工場長に誘われたときだけ引き、家に帰る前に落としていた。

「金をもらって気のあるふりをしてるんだろう。それは娼婦のやることだ」弟は声を荒らげた。「まともな女は、既婚の男とレストランに行ったりしないんだよ。日本で働いてるあいだ、おまえが責任を持って姉貴を見張ってろって父さんから言われてるんです。姉貴のほうが年上だけど、関係ない。姉貴は女で、僕は男だ。もう放っておけないよ。僕が許さない」

弟は、十九歳の姉より四つ年下だという。猪飼野のちっぽけな家に遠い親戚と一緒に住んでいる。年配の女性であるその親戚は、家賃さえ入れているかぎり姉弟にかまおうとしない。教会には通っていないから、ユ牧師はその女性と面識がなかった。

「済州島の父さんや母さんは食べるものもなくて困ってるのよ。おじさんは自分の奥さんや子供を養うこともできない。そう考えると、自分の両手だって売りたいくらい。神は父母を尊重しなさいとおっしゃってる。両親が困ってるのに助けないのは罪でしょ。助けないのを責められるならまだしも――」姉は泣き出した。「もしかしたら、主は解決策として吉川さんを遣わしたのかもしれないじゃない」姉はユ牧師を見つめた。牧師は彼女の両手をしっかりと握り、祈るように頭を垂れた。

この種の正当化はよく耳にする――どうにかして悪い行いを善い行いにすり替えたいという心理だ。神の真意はそうではないと言われて喜ぶ者はいない。だが、若い女が十戒を守るために体を売ることなど主は望んでいない。結果が善だからといって、罪が洗い清められることはない。

「やれやれ《アイゴー》」ユ牧師はため息をついた。「きみのその小さな肩で世界を背負うとは、さぞ困難なことであろうな。きみのご両親は、仕送りの金の出どころを知っているのかね」

「お給料から仕送りしているものと思ってます。でもお給料だけじゃ、あたしたちの家賃や生活費にも足りないくらいなの。弟を学校に通わせなくちゃいけないし。母さんから言われてるんです。弟に学校を卒業させるのがあたしの役目だって。なのに弟ときたら、学校をやめて自分も働くって脅すの。でもそんなことしたら、いつか後悔するに決まってます。この先ずっとつまらない仕事をするはめになるんだから。日本語の読み書きができなくちゃ、ちゃんとした仕事には就けません」

イサクはその主張の明快さに驚いた。筋道が立っている。イサクは彼女より七つ年上だが、将来を思いやったことは一度もなかった。これまで金を稼いだ経験がないため、自分の給与から一銭たりとも両親に渡したことがない。故郷の教会で短期間だけ信徒伝道者を務めていたときも給与は受け取らなかった。古参の牧師にもろくに給与が支払われず、信者もたいそう貧しい人ばかりだったからだ。ここでもどの程度もらえるかわからない。この教会に赴任してくれと言われたとき、条件面が話し合われることはなかった。自分一人が生活できる程度の額——いまとなっては家族を養っていけるくらいの額はもらえるだろうと楽観している。これまで持ち合わせに困ったことがなく、足りないときも父母や兄に頼めばすんでいたから、自分の収入や支出を計算する必要に迫られたこともなかった。この姉弟の話を聞いていると、自分がいかに手前勝手な世間知らずであるか痛感させられた。

「ユ先生、僕らに代わって決めてください。姉は僕の意見なんか聞きやしないし、仕事帰りにどこに行こうと僕にはどうにもできません。あんなオヤジにつきあってたら、いつかひどいことをされるに決まってる。姉貴がどうなろうと誰も助けてくれませんよ。でも、先生の言うことなら聞くと思います」弟が冷静な声で言った。「聞かないわけにはいかないだろうし」

姉は顔を伏せていた。ユ牧師に悪く思われたくない。彼女にとって、毎日曜の朝は特別だった。安心できるのは教会にいるときだけだ。工場長の吉川さんとのあいだにやましいことは何もないとはいえ、奥さんは夫が若い女と会っていることを知らずにいるだろう。たまに吉川さんが手をつなごうとすることはあって、それ以上の下心があるようには思えないが、かといってないとも言いきれない。ついこのあいだは、京都にいい温泉があるから一緒に行こうと誘われた。彼女は、弟の食事の世話をしなくてはならないからといって断った。

「家族は助け合わなくてはならない。それは事実だ」ユ牧師はそう切り出し、姉は見るからにほっとしたような顔をした。「しかし、貞操は守らなくてはならない――それは金銭よりも価値のあるものだ。肉体とは神殿だよ。聖霊の住まいだ。きみの弟が心配するのも無理はない。我々の信仰を脇に置いて常識から判断するとしても、いつか結婚するなら、純潔や評判もやはり重要だ。世間は、過ちを犯した若い女性に厳しい。たとえ不慮の災難だったとしても、世間の見る目は変わらない。よいことではないにせよ、それが罪深い世間というものだ」ユは言った。

「でも先生、弟が学校をやめるなんてだめです。母さんと約束したんです――」姉は言った。

「彼はまだ若い。学校にはおとなになってからでも行ける」学校を後回しにすればそれきりになるだろうとわかってはいたが、ユ牧師はそう応じた。

これを聞いて、弟が勢いづいた。老牧師が自分の味方をしてくれるとは予想外だった。学校は大嫌いだ。日本人教師からは馬鹿扱いされ、同級生からは服装や訛を毎日からかわれる。弟としては、できるだけたくさん金を稼ぎ、姉にはいまの仕事を辞めるか別の働き口を探すかさせて、済州島には自分が仕送りをするつもりでいた。

姉はむせび泣いた。

ユ牧師はごくりと喉を鳴らし、穏やかな調子で続けた。「きみの言うとおりだよ。彼が学校に通えるなら、それが一番だろう。一年や二年のことであろうと、読み書きを身につけられるのだからね。教育に勝るものはない。私たちの祖国には、国民を率いていけるような、教育のある若い世代が必要だ」

姉は泣くのをやめた。牧師が自分の味方をしようとしているのだと思った。樟脳《しょうのう》の匂いをさせた無思慮な中年男、吉川さんとこれからも会いたいというわけではないが、こうして大阪に来たのは、将来の安定のために自分は働き、弟は学校を出るという崇高な目標あってのことだと考えていた。

イサクは感嘆しながらユ牧師の声に聞き入った。思いやりに満ちた力強い言葉は、ユ牧師が優れた助言者である証だ。

「その吉川さんという人は、いまはきみと会うだけで満足しているのだろう。しかし、いつかほかのことも望むようになるかもしれない。そうなったとき、きみは負い目を感じるのではないかね。恩義が重くのしかかってくるのではないか。仕事を失うのではと怖くもなるかもしれない。そのときにはもう引き返せないかもしれないのだよ。きみは自分が相手を利用しているつもりでいるのだろうが、それは人として正しい姿だろうか。自分が利用されたからといって相手を利用していいのだろうか」

イサクは同意のしるしにうなずいた。老牧師の優しさと深い知恵に敬服した。自分なら、助言に困って黙りこんでいただろう。

「イサク、この二人のために祈ってやってくれないか」ユ牧師が言った。イサクは二人のために祈りを捧げた。

姉弟は不満一つ述べずに帰っていった。きっと次の日曜の朝にはまた、そろって礼拝に顔を見せることだろう。

どこかへ消えていた教会用務員が、豆豉《トウチ》で和えたうどんを盛った大きなどんぶりを三つ運んできた。三人は食前の祈りを捧げた。脚を組んで床に座り、フーが廃品の木箱を再利用して自作した座卓に、湯気の立つ昼食を並べた。部屋は寒かった。座布団がないため、なおのこと冷えびえと感じられた。自分がそれに気づいたことにイサクは驚いた。これまで、自分はその種の快適さにこだわらない人間のつもりでいたが、コンクリートの床にじかに座るのは快適とは言いがたかった。

「さあ、食べなさい。フーは料理上手でね。彼がいなかったら、私は飢え死にしてしまうよ」ユ牧師はそう言って食べ始めた。

「さっきのお姉さんは、工場長と会うのをやめると思いますか」フーがユ牧師に尋ねた。

「あの子が妊娠でもしたら、吉川という工場長は彼女を捨てるだろうね。そうなったら、弟はどのみち学校に通えなくなる。その工場長はのぼせた中年男にすぎない。若い女に相手をしてもらって、恋をしている気分に浸っているだけだよ。じきに嘘をつくしかなくなって、やがてはあの子に飽きるだろう。男と女のことを理解するのはさほどむずかしいことではない」ユ牧師は言った。「姉は工場長と会うのをやめなくてはならないし、弟は働き口を見つけなくてはならない。姉はすぐにでも別の勤め先を探すべきだろう」

ユ牧師の口調の変化にイサクは驚いた。さっきとは違って冷ややかで、人を見下しているようにさえ聞こえた。

フーはうなずき、ユ牧師のいまの発言を反芻《はんすう》しているかのように無言でうどんを食べた。

ユ牧師がイサクのほうを向いた。「似たようなことは何度も見聞きしたよ。その種の男は与《くみ》しやすく見えるから、若い女は自分に主導権があるものと思いこむ。ところが、あとで大きな代償を支払うことになるのは女のほうだ。主は過ちを許してくださるが、世間は許さない」

「おっしゃるとおりです」イサクはつぶやくように答えた。

「奥さんはこちらになじめそうかね。お兄さんの家は、二人増えても大丈夫な広さがあるのかい」

「はい。兄の家にはゆとりがあります。妻は出産を控えています」

「早いね。楽しみだ」ユ牧師はうれしそうだった。

「楽しみですね」フーも目を輝かせた。彼が若者らしい声を出したのは初めてだった。

フーにとって礼拝に出る一番の楽しみは、小さな子供たちが教会の裏を駆け回る姿を眺めることだった。日本に来る前、フーは大きな孤児院で暮らしていた。子供の声を聞くといまだにほっとする。

「お兄さんの家はどのあたりかな」

「ここからほんの数分のところです。よい家はなかなか見つからないそうですね」

ユは笑った。「誰も朝鮮人には貸さないだろうからね。牧師の仕事をしていると、日本に来た朝鮮人の生活ぶりを垣間見る機会が多くなる。想像を絶するよ。二人でいっぱいいっぱいの部屋に十何人も住んでいて、男とその家族が交代で眠ったりしている。豚や鶏まで家のなかで一緒だ。水道は引かれていない。暖房もない。朝鮮人は不潔だと日本人は思っているが、不潔な環境で生活するよりほかにないのだよ。ソウルから来て、無一文になった両班《ヤンバン》を見たことがある。銭湯に行く金もなく、服の代わりにぼろ布を体に巻きつけて、靴は履いていなかった。市場の下働きの仕事にさえ就けずにいたよ。どこにも行く当てがなかった。たとえ仕事と金があっても住むところは見つからない。なかには空き家にもぐりこんで住み着いている者もいる」

「日本の会社に連れてこられた労働者もいますよね。会社は住宅を用意しないのですか」

「北海道あたりの炭鉱や大きな工場なら飯場《はんば》があるが、家族で暮らすには向いていない。まあそういった飯場も似たり寄ったりだ。住環境はひどいものだよ」ユ牧師は淡々と言った。このときもまた、老牧師の口調はどこか冷ややかで、イサクは驚いた。少し前にあの姉弟がいたときは、二人の悩みに心から共感しているように見えた。

「先生はどちらにお住まいですか」イサクは尋ねた。

「この事務室に寝泊まりしている。そこの隅に」ユ牧師はストーブのそばの一角を指さした。「フーはそっちの隅で寝る」

「布団や枕がないようですが――」

「戸棚にしまってあるのだよ。フーが毎晩敷いて、朝になると片づける。きみらが住むところに困ったら場所を空けるよ。それも報酬のうちだ」

「ありがとうございます。当面は心配なさそうです」

フーはうなずいた。赤ん坊も一緒ならにぎやかでいいだろうが、教会の建物は隙間風がひどくて子育て向きではない。

「お食事は」

「この家の奥に調理台があって、そこでフーが作っている。流しには水道も引いてあるよ。便所は裏に出てすぐだ。台所も便所も、宣教師が造ってくれた」

「ご家族はいらっしゃらないのですか」イサクはユ牧師に尋ねた。

「女房は、大阪に来て二年後に死んだ。十五年前だね。子供はいなかった」ユ牧師は続けた。「しかし、フーは実の息子のようなものだから。ありがたいことだよ。そしているま、きみという恩恵を賜った。私たち二人ともが感謝している」

イサクは顔を赤らめた。そんな風に言ってもらえるとうれしい。

「金はあるのか」ユ牧師が尋ねた。

「ご相談しようと思っていました」イサクは言った。フーのいる場で話していいものか迷ったが、目の役割を果たすフーは、ユ牧師にとってなくてはならない存在なのだと思い出した。

ユ牧師が顔を上げてきっぱりと言った。まるで抜け目ない商人のような調子だった。

「手当は月十五円だ。おとな一人分の生活費にも満たないだろう。フーと私は給金を取っていない。生活費だけをもらっている。それに、月十五円をかならず払うと約束はできない。カナダの教会からいくらか補助金が送られてはくるが、それも不定期でね。しかも信者からの献金もさほど多くない。そのような条件でやっていけそうか」

イサクは返事に詰まった。生活費として兄にどれくらいの金額を渡すべきか見当もつかない。自分と妻と子供の生活を兄に頼るなど、考えたくもない。

「実家は頼れないのかね」ユ牧師がイサクを雇うことにしたのは、それも計算に入れてのことだった。イサクの両親は平壌《ピョンヤン》の地主だ。イサクをユ牧師に紹介した平壌の人物は、実家が裕福だからイサクには月々の手当はあまり必要ないだろうと言っていた。イサクが信徒伝道者を務めていたときも手当を求めたことは一度もなかった。体の弱いイサクを雇いたがる教会はほかにそうない。ユ牧師はイサクの実家からの経済的な支援を期待していた。

「その……兄に頼ることはできないのです、先生」

「ほう。そうなのかね」

「いまとなっては両親にも頼れません」

「そうか」

フーは若い副牧師が気の毒になった。その表情には衝撃と恥辱の両方が垣間見えた。

「税金を納めるために所有していた土地のかなりの分を売却していますし、いまは経済的に不安定な状況にあります。食べていけるように、兄が仕送りをしているくらいです。思うに、兄は義姉の実家にも仕送りしているのではないかと」

ユ牧師はうなずいた。想定外の事態だったが、当然の話ではある。イサクの実家も、総督府による調査で過大に評価されたほかの人々と変わらない。イサクなら手当がなかろうと生活していけるだろうとユ牧師は決めてかかっていた。目がほとんど見えないいた

が必要だった。め、説教の準備や役所との事務的なやりとりを手伝ってもらえる二カ国語に堪能な牧師

「献金ではまかなえないわけですね……」イサクは言った。

「無理だ」ユ牧師はちぎれんばかりに首を振った。日曜の朝の礼拝には七十五人から八十人ほどの決まった顔ぶれが集まるが、献金の総額の大半を占めるのは、五人から六人の裕福な信者が教えに従って十分の一献金をする分だ。

フーがテーブルから空のどんぶりを集めた。

「主はこれまでどんなときも支えてくださいました」フーは言った。

「そうだな、フー。よく言った」ユ牧師はフーに微笑んだ。この若者にきちんとした教育を受けさせてやれたらどんなによかったか。フーは優れた知性と計り知れない才能に恵まれている。優秀な生徒になったことだろう。牧師にだってなれたかもしれない。

「まあ、何か手を考えよう」ユ牧師は言った。「きみにはさぞかしがっかりする話だっただろうね」少し前にあの姉を諭したときと同じ口調に戻っていた。

「いいえ、仕事を与えてくださって感謝しています、ユ先生。手当については家族と話してみます。フーの言うとおりです。きっと主が支えてくださるでしょう」イサクは言った。

「大いなるは主の真実《まこと》ぞ、朝に夕に絶えせず御恵みもて支え給《たも》う、たたえまつらんわが主を」ユ牧師はよく響く高い声で歌った。「主はきみをこの教会に与えてくださったのだ。物質的な必要も満たしてくださるに違いない」

15

すぐに夏が来た。大阪の太陽は釜山《プサン》のそれよりも容赦がなく、すさまじい湿気はソンジャの動きをいっそう鈍らせた。しかし家事の負荷は軽く、子供が生まれるまで、ソンジャとキョンヒは自分や、夜遅くまで家を空けている夫たちの身の回りのことだけすればすんだ。イサクは増え続ける信者に対応するために朝早くから夜遅くまで教会に詰めていて、ヨセプは日中はビスケット工場で職工長として働き、夜は猪飼野のほかの工場を回って機械修理をして副収入を得ていた。四人分の毎日の料理や洗濯や掃除は、下宿屋を切り盛りすることを考えれば何でもなかった。釜山での生活を思うと、いまの暮らしは贅沢に思えた。

ソンジャはキョンヒをお義姉さんと呼んだ。義姉と一緒の時間は楽しかった。二カ月ほどがあっというまに過ぎ去るころには、二人は固い友情で結ばれていた。大きな幸せを期待することも求めることもなかった二人の女にとって、それは思いがけない授かり物だった。キョンヒはもう朝から晩まで一人きりで家に閉じこもっていなくてすむ。ヨセプはイサクが下宿屋の娘を妻として連れてきたことをありがたく思った。

ヨセプとキョンヒは、ソンジャが妊娠した事情についてもっともらしい説明をつけて納得していた――ソンジャは乱暴されたのであって彼女に落ち度はないのだろう、自己犠牲の精神に満ちたイサクは彼女の窮状に手を差し伸べたのだろう。誰も細かく尋ねようとしなかったし、ソンジャもそれについて語ろうとしなかった。

これまでのところ子宝に恵まれていないとはいえ、キョンヒはあきらめていなかった。聖書に出てくるサラは年老いてから子供を産んでいる。だから、神は自分を忘れてなどいないはずだと信じていた。キョンヒは敬虔《けいけん》なキリスト教徒で、教会で貧しい母親を支援する活動に精を出していた。節約上手な主婦でもあり、ヨセプから預かったお金が一銭でも余れば貯金した。ヨセプが実父からもらったお金に自分の持参金を足して猪飼野のこの家を購入しようと提案したのもキョンヒだった。ヨセプは反対したが、キョンヒは「大家さんに家賃を払って、毎月お給料日前に生活費が尽きてしまうよりいいでしょう?」と言って説得した。耕作に適した土地をすべて失ってしまった双方の実家への仕送りができているのも、キョンヒが毎月の予算を守っているおかげだ。

キョンヒには、鶴橋《つるはし》駅近くの屋根付き市場にキムチや野菜の漬物を売る店を持ちたいという夢があった。ソンジャが同居するようになって初めて、自分の計画を打ち明ける相手ができた。妻が生計の足しにするために働くことにヨセプは顔をしかめる。仕事から帰ったら、はつらつとして美しい妻が夕飯の支度をして出迎えてくれるほうがいい。男が一生懸命に働く理想的な理由はそれだとヨセプは信じていた。キョンヒとソンジャは毎日三食、きちんと作った。朝はスープのついた温かい伝統的な食事を夫たちに食べさせ、昼食には弁当を持たせ、夜はやはり温かい食事を作って待つ。冷蔵庫がなく、平壌《ピョンヤン》のように寒い土地でもない大阪では、無駄を出さないために食事の都度、料理をしなくてはならなかった。

まだ初夏だというのに例年になく暑く、家の奥まった位置にある石のかまどでスープを作ると考えただけでふつうの主婦ならうんざりしそうなものだが、キョンヒはいやな顔をしなかった。市場を歩きながら献立を考えるのは楽しかった。猪飼野に住む大多数の朝鮮人女性とは違って、キョンヒは日本語にそこそこ堪能で、市場の商人と交渉もできた。

キョンヒとソンジャが連れだって精肉店に行くと、年若い店主の田中《たなか》さんがさっと姿勢を正して「いらっしゃい」と言った。

店主と店員の浩二《こうじ》は、美しい朝鮮人女性と妊娠中の義妹を歓迎した。大のお得意というわけではない。それどころかいつもわずかな買い物しかしなかったが、それでも常連だった。父や祖父から教えられたとおり——田中はこの店の八代目だった——たまに来て大量の買い物をする客より、毎日来て少しずつ買ってくれる客のほうがありがたい存在だ。店の経営を支えているのは近所の主婦であり、日本人女性のように面倒くさいことを言わないこの朝鮮人の二人組は、なおのこと歓迎すべき客だった。もう一つ、田中の曾祖父の一人が朝鮮人あるいは被差別部落出身だったのではないかという話が伝わっていて、田中はどんな客にも公平に接するようにと父母から教えられて育ったということもある。なるほど時代は変わったが、それでも動物の死体を扱う精肉業はいまなお卑しい職業とされていた。街の仲人好きが田中に見合いの話を持っていきにくい最大の理由がそれだ。そんな事情もあって、田中は外国人に自然と親しみを抱いた。

男たちはキョンヒに物欲しげな視線を向けたが、ソンジャには目もくれなかった。どこであれキョンヒと出かけると、周囲の人々がまるでソンジャが存在しないかのようにふるまうことにもとうに慣れていた。ふくらはぎ丈のスカートに清潔感のある白いブラウスという垢抜けた服装のキョンヒは、美貌も手伝って、学校教師や実業家の慎み深い妻といっても通用し、たいがいの行き先で歓迎された。口を開くまで、誰もがキョンヒを日本人と勘違いした。朝鮮人だとわかっても、日本人の男は愛想よく応対した。ソンジャはいやになるほど平凡な自分の容姿や周囲になじまない服装を生まれて初めて意識した。大阪にいると田舎者丸出しに思えた。着古した民族服は、違いを明白に伝える目印であり、近隣の年配の貧しい朝鮮人のなかにはいまも韓服《ハンボク》を着ている人も大勢いるとはいえ、とくに人目を引こうというつもりはないのに、どこへ行ってもこれほどあからさまな蔑みの視線を浴びるのは初めてだった。韓服で歩いていても、猪飼野の朝鮮人街ではじろじろ見られることはないが、朝鮮人街を出て、鉄道駅から離れて遠くへ行けば行くほど、一目で朝鮮人とわかる相手に向けられる目は冷ややかになった。西洋風の服かもんぺを着たいところだったが、いま新しい服を作るための布地にお金を使うのは惜しかった。キョンヒは、赤ちゃんが生まれたら新しい服を作ろうと約束してくれていた。

キョンヒは店主と店員の二人に丁寧にお辞儀をし、ソンジャは店の片隅に引き下がった。

「朴《ぼく》さん。今日は何にしましょう」田中さんが言った。

もう二カ月たつのに、日本式の発音で夫の姓を呼ばれると、ソンジャは虚を突かれる。総督府の方針で、朝鮮人はみな少なくとも二つか三つの名前を持っているのがふつうだったが、釜山にいたころ、ソンジャが身分証明書に記載された日本式の通名《つうめい》——金田宣子《かねだのぶこ》——を使ったことはほとんどなかった。ソンジャは学校に通っておらず、公的な書類が必要になる場面もめったになかった。ソンジャの姓はキムだが、妻が夫の姓を名乗ることの多い日本ではパク・ソンジャと呼ばれ、これを日本式に読むとパク・ノブコとなる。そして身分証明書上の通名は坂東《ばんどう》宣子だった。朝鮮の人々がそれまでの姓を日本式の氏に変えるよう強制されたとき、イサクの父は〝坂東〟を選んだ。朝鮮語の〝反対《パンデ》〟と音が似ているからで、押しつけられた日本名にちょっとした皮肉をこめたというわけだ。新しい名前にもすぐ慣れるわよとキョンヒは言う。

「今日の夕飯は何にしはるんですか、朴さん」若い店主が尋ねた。

「すねの骨と、お肉を少しいただけますか。スープを作ります」キョンヒはラジオのアナウンサーのような日本語で答えた。発音に磨きをかけようと、日ごろから日本のラジオ番組を聴くようにしていた。

「はい、ただいま」田中さんは、朝鮮人の客のために牛骨や尾を保管してある冷蔵庫からすねの骨の大きな塊を三つ取った。日本人は牛骨を料理に使わずに捨ててしまうのだ。それからシチュー肉をひとつかみ包んだ。「ほかには」

キョンヒは首を振った。

「三十六銭です」

キョンヒは小銭入れを開いた。ヨセプが給料袋を持って帰るまであと八日、残り二円六十銭でやりくりしなくてはならない。

「すみません、骨だけいただくとすると、おいくらですか」

「十銭です」

「間違ってしまってすみません。今日は骨だけにします。お肉はまた今度」

「かまやしませんよ」田中は肉をケースに戻した。客の手持ちが足りないことはよくあるが、ほかの客と違い、この朝鮮人女性がつけを頼んでくることはなかった。まあ、頼まれたところで、田中は断っただろうが。

「スープの出汁にしはるんですね」田中は、こんな美人の奥さんに自分の食事の心配をしてもらえたらどんなにいいだろうと思った。しかも節約上手の奥さんだ。田中は長男で、結婚したい気持ちは大いにあるが、いまも独身で母親と二人暮らしだ。「どんなスープやろか」

「ソルロンタンです」キョンヒは問うような目を田中に向けた。ソルロンタンがどんな料理か知っているだろうか。

「へえ、どないして作るんですか」田中は軽く腕を組んでカウンターにもたれ、キョンヒの美しい顔をしげしげと眺めた。歯並びがよくてきれいだなと思った。

「まず冷たい水で骨をよく洗います。次に骨を茹でます。このときのお湯は捨てます。血や汚れが混じっていて、スープには入れたくないからです。水を替えてまた茹でて、そのまま長い長い時間、ぐつぐつ煮こみます。スープがお豆腐のように白くなったら、大根と刻んだネギを加えて、塩を足します。おいしくて、体にもいいです」

「肉が入ってるほうがうまそうですね」

「ええ、せっかくなら、白いご飯や麵もね」キョンヒは笑った。反射的に口もとを手で覆った。

キョンヒが冗談を言っていると察し、男二人は楽しげに笑った。白米は日本人にとっても贅沢品なのだ。

「やっぱりキムチも一緒に?」田中は尋ねた。キョンヒとこれほど長く話をしたのは初めてだった。店員やキョンヒの義妹がその場にいるおかげか、安心して話せる気がした。

「僕にはキムチはちょっと辛すぎるんやけど、焼いた鶏肉やら豚肉と一緒に食べたらうまそうですよね」

「キムチはどんな食事とも合います。次に来るとき、家から持ってきましょう」

田中は骨の紙包みをまた開き、さっきケースに戻した肉を半分だけ載せて包み直した。

「大したおまけやないけど。赤ちゃんの分くらいやろか」田中はソンジャに微笑みかけた。自分がいることに気づいていたとわかって、ソンジャは驚いた。「お母さんになるんやから、ぎょうさん食べて、天皇陛下のために働く元気な子を育ててくださいよ」

「無料でいただくわけにはいきません」キョンヒは困惑して言った。田中がどういうつもりでいるのかよくわからないが、今日は肉を買うお金がないというのは嘘ではなかった。

ソンジャはなりゆきに戸惑っていた。キムチの話が出たのは聞き取れたが、それだけだった。

「今日最初のお客さんやからね。ここで色をつけとくと、縁起がよさそうや」田中は言った。気が向けば魅力的な女にちょっとした贈り物ができるのだと思うと得意な気分だった。

キョンヒはカウンターの上の汚れひとつない会計皿に十銭を置き、にっこり微笑んでお辞儀をしてから店をあとにした。


外に出るなりソンジャはいきさつを尋ねた。

「お肉の分の代金を受け取ってもらえなかったの。断りきれなくて」

「お義姉さんに気があるのね。プレゼントのつもりなのよ」ソンジャはくすくす笑った。

実家の下働きの姉妹の妹のほう、ドクヒを思い出した。ドクヒは何かというと色恋にこじつけた冗談を言った。ソンジャは母のことはしじゅう思い出しているが、姉妹のことを思い出したのは久しぶりだった。「これからは田中さんをお義姉さんの恋人って呼ぶことにしよう」

キョンヒはふざけてソンジャをぴしゃりと叩き、首を振った。

「あなたの赤ちゃんにって言ってたのよ。元気に育ってお国のために働けるようにって」キョンヒはしかめ面をした。「わたしが朝鮮人だってことは、田中さんも知ってるのに」

「そんな違い、いまどき誰も気にしないのよ。お隣のキムさんから聞いたけど、突き当たりの家の人は日本人なのに、旦那さんは朝鮮人で、家でお酒を密造してるんですって。あの家の子供は半分日本人ってことね」それを初めて聞いたときはびっくりしたが、家で豚を飼っているお隣の奥さんから聞かされる噂話は、どれも驚くようなことばかりだった。ヨセプからは、日曜も教会に行かないお隣の奥さんとは話さないようにと言われている。突き当たりの家の日本人女性とも話さないように言われていた。夫が酒の密造の罪でしょっちゅう留置場に放りこまれているからだ。

「お義姉さんが肉屋の田中さんと駆け落ちしたりしたら、さみしくなるな」ソンジャは言った。

「たとえわたしが独身だったとしても、あの人は選ばない。愛想がよすぎるもの」キョンヒは茶目っ気たっぷりな表情を作って言った。「わたしはね、うちの偏屈な主人が好きなの。他人にあれこれ指図したがる心配性の主人がね。さあ、次は野菜を買いに行かなくちゃ。お肉を買わなかったのはそのためよ。焼き芋にできそうなさつまいもを探しましょうよ。お昼にちょうどよさそうでしょ？」

「お義姉さん——」

「なあに」キョンヒが言った。

「わたしたち、生活費を入れてないでしょう？　食費、光熱費、銭湯の料金。何もかも見たことがないくらい高いのに。釜山の実家には家庭菜園があったから、野菜にお金を払ったことがないのよ。それにお魚の高いこと。値段を知ったら、母は二度とお魚を食べないんじゃないかって思うくらい。実家では生活費を切り詰めてたけど、いま思えばまだゆとりがあったわ。お魚は下宿のお客さんからもらえたし。それに、ここではリンゴ一つが釜山で牛のあばら肉を買うより高いわ。母もお義姉さんと同じように倹約してたけど、料理上手の母でも同じ予算ではお義姉さんが作ってくれるようなおいしい節約料理は作れなかった。イサクもわたしも、せめて食費くらいはイサクのお給料から入れたいと思ってるの」

義兄夫婦はイサクやソンジャから一銭たりともお金を受け取ろうとせずにいるが、いつまでもそれに甘えるのは心苦しかった。かといって別に家を借りる金銭的なゆとりがあるわけではない。たとえその余裕があったとしても、イサクとソンジャがいまの家を出ようとしたら、キョンヒの気持ちを傷つけてしまうだろう。

「実家ではもっと栄養のあるものをお腹いっぱい食べられていたでしょうね」キョンヒは悲しげに言った。

「違うの、そういう意味じゃないの。生活費がものすごく高いのに、一銭も受け取ってもらえないのを申し訳なく思ってるだけ」

「あなたたちからお金は受け取れないわ。それはヨセプもわたしも同じ意見よ。だって、赤ちゃんのために貯金しておかなくちゃ。服やおむつがいるだろうし、大きくなったら学校を出てりっぱな紳士になるのよ。そう考えると楽しみじゃない？　お父さんみたいに勉強が好きな子になるといいわ。おじさんみたいに本は見向きもしないような子供じゃなくて」もうすぐ赤ん坊のいる暮らしが始まるのだと思うと、キョンヒの顔はついほころぶ。生まれてくる子は自分の願いが聞き届けられた証《あかし》だと思えた。

「母がこの前の手紙に三円入れてくれたの。それに釜山から持ってきたお金もあるし、大阪に来てからイサクがもらったお給料もあるから、お金は出させて。二人――もうじき三人ね——増えた分の出費をそこまで気にしないですむようになるし、キムチを売ったりしなくてすむ」

「いいことソンジャ、生意気を言わないでちょうだい。わたしのほうが年上なんだから。大丈夫、ちゃんとやっていけるわよ。それに、キムチを売ってお金を稼ぎたいって話をするたびに、それなら生活費を入れさせてって言われると、鶴橋駅のキムチ売りのおば《アジ》ちゃん《ユンマ》になりたいっていう大それた夢の話があなたにもできなくなっちゃう」キョンヒはそう言って笑った。「妹は妹らしくして、わたしの夢の話をおとなしく聞いていて。わたしはね、自分で商売を始めて、たくさん儲けたお金でお城を買って、あなたの子供を東京の医学校に通わせるつもりなんだから」

「でも、世の中の奥さんたちは、よその主婦が作ったキムチを買うと思う？」

「買うわよ。だって、わたしが作るキムチ、おいしいでしょ？　うちで雇ってたコックはね、平壌で一番おいしい漬物を作ってくれてたんだから」キョンヒはつんとあごを上げて自慢げに言ったあと、堪えきれなくなって笑い出した。キョンヒが笑うと、聞いているほうまで楽しくなる。「一流のキムチ・アジュンマになるわよ。わたしが作るキムチは、清潔でおいしいの」

「だったら、今日からでも始めない？　白菜や大根を仕入れるお金くらいはわたしが出せる。作るのだって手伝えるわ。たくさん売れれば、わたしが工場に働きに出るよりいいでしょう。出産後も家で子供の面倒を見ながら働けるわけだもの」

「そうね、あなたとわたしならきっとうまくやれると思う。でも、ヨセプに叱られちゃうわ。妻が外で働くのは絶対にだめだって言ってるから。絶対に。あなたが働くのもいやがるでしょうね」

「だけど、わたしは小さいころからずっと母や父の仕事を手伝ってたのよ。お義兄さんもそのことは知ってる。母はお客さんの身の回りの世話や料理を担当して、わたしは掃除や洗濯を――」

「ヨセプは頭が古いのよ」キョンヒはため息をついた。「わたしの主人はとてもいい人よ。わたしがいけないの。もしも子供がいたら、何かしなきゃってここまで焦《あせ》ることもなかったと思うもの。毎日がぼんやり過ぎていくのがとにかくいやなのよ。ヨセプのせいじゃない。あんなに一生懸命働いてくれる人はほかにいないわ。昔なら、わたしは離婚されていたでしょうね、男の子を産めない女だもの」キョンヒは一人うなずいた。幼いころ数えきれないくらい聞かされた子供を産めない女性の話を思い出していた。あのころは、自分も将来、同じ境遇に陥ることになるとは夢にも思わなかった。「主人の言うことには従うわ。いつもとても大事にしてもらってるから」

ソンジャは同意も反論もできなかった。だから黙っていた。義兄のヨセプが本当に言いたいのは、キョンヒのような両班《ヤンバン》出身の女性を外で働かせるわけにはいかないということだ。ソンジャは平凡な農民階級の娘だから、市場で働きたければ働けばいい。その区別に腹は立たなかった。キョンヒはいろいろな面で自分よりずっと優れているのだから。それでも、キョンヒと一つ屋根の下で暮らし、どんなことも正直に打ち明け合える仲だからわかる。望んでも恵まれなかったことに、キョンヒは傷ついている。〝キムチ・アジュンマ〟の夢を追えるものなら追ったほうがずっと幸せではないか。

しかし、たとえそうだとしても、ソンジャが口を出すべきことではない。こういった話はどれも、ヨセプがいうところの〝つまらない女のおしゃべり〟だ。義姉の気持ちを思いやって努めて明るい顔をすると、ソンジャは足取りが重くなりかけていたキョンヒの腕に腕をからませた。二人は腕を組んで白菜や大根を買いにいった。

16

キョンヒは戸口に現れた男二人に見覚えがなかったが、二人は彼女の名前を知っていた。

尖った顔をした背の高い男のほうが笑顔になる回数は多かったが、表情が優しげなのは背の低い男だった。二人とも勤め人風の似たような服装——黒っぽい色のスラックスに半袖シャツ——だが、足もとは見るからに高価そうな革靴だった。背の高い男の話し方にははっきりと済州島《チェジュド》の訛があった。男はスラックスの後ろポケットから折りたたんだ紙を引っ張り出した。

「おたくのご主人が署名した書類だ」男は正式な文書らしきものをキョンヒに突きつけた。一部は朝鮮語で書かれていたが、ほかは平仮名と漢字が並んでいる。右上の隅に、ヨセプの名前と判子があった。「支払いが遅れてるんだよ」

「わたしは何も知りません。主人は仕事に出かけていて留守です」

キョンヒは泣きそうな気持ちで引き戸に片手を置いた。おとなしく帰ってくれるといいが。「主人がいるときにまた来てください」

ソンジャはお腹に手を当ててキョンヒのすぐうしろに立っていた。男たちはさほど危険そうに見えない。体格は実家の下宿屋の客と大差なかった。しかしキョンヒは明らかにうろたえている。

「帰りは夜遅くなります。夜にまた来てください」ソンジャはキョンヒよりはるかに大きな声で言った。

「あんたはこの人の義理の妹だな」背の低いほうの男がソンジャに言った。笑うとえくぼができた。

ソンジャは答えなかった。続柄《つづきがら》を知られていることに驚いたが、表情に出さないように努めた。

背の高いほうの男はあいかわらずキョンヒに笑顔を向けていた。大きな四角い歯と薄ピンク色の歯茎がのぞいている。

「ご主人とはもう話したんだがな、前向きな返事がないもんだから、ちょっとこっちに寄って奥さんとも話してみようと思ったわけだ」そこでいったん言葉を切り、彼女の名前をゆっくりと発音した。「チェ・キョンヒ――俺のいとこもキョンヒって名前だったよ。通名は坂東公子《ばんどうきみこ》だな?」男は大きな手を引き戸にかけ、キョンヒが閉めた分を強引にまた開けた。それからソンジャに視線を移した。「義理の妹にまで会えるとは、うれしさも二倍になろうってもんだよ。なあ?」男たちは愉快そうに笑った。

キョンヒは、目の前に突きつけられた文書を読もうともう一度試みたが、やがて言った。「わたしにはわかりません」

「肝心なところを教えてやろう。パク・ヨセプは、うちの親分に百二十円の借金をしてる」男は二つ目の段落に漢字で書かれた〝百二十〟を指差した。「ここ二回の支払いが滞ってるんだ。今日中に払えって、あんたから言ってもらえるとありがてえんだがな」

「支払いの額は」キョンヒは尋ねた。

「元金の八円と、週ごとの利息」背の低いほうが言った。こちらは慶尚道《キョンサンド》地域の訛が強かった。「家に現金を置いてるなら、それで払ってくれてもいいぜ。合計で二十円ってとこだな」

ヨセプから二週間分の食費を預ったばかりだった。キョンヒの財布には六円入っているが、それを渡してしまったら食べるものを買えなくなる。

「全部で百二十円ですか」ソンジャは尋ねた。ソンジャも文書は読めない。

背の低いほうの男は、憂い顔で首を振った。

「利息を含めたら、ざっとその倍だな。だが、なんで訊く？　あんたが払うのか」

「今日、全額返すとしたら、しめて二百十三円だ」背の高いほうが言った。昔から暗算は得意だ。

「そんなに」キョンヒは思わず叫んだ。目を閉じて戸の枠に力なくもたれた。

ソンジャは進み出て穏やかに言った。「お金は用意します」下宿人のファッツォに洗濯物はいつ返してもらえると訊かれたときと変わらない口調だった。男たちに視線を向けることさえしなかった。「三時間後にまた来てください。外が暗くなる前に」

「わかった、じゃあまたあとでな」背の高いほうが言った。

義理の姉妹は鶴橋駅前の商店街に急ぎ足で向かった。生地屋のウィンドウをのぞきこむことも、煎餅の屋台に立ち寄ることもしなかった。野菜を売っている商人に愛想よく挨拶することもなかった。足並みそろえて目的地にまっすぐ向かった。

「こんなのやっぱりだめよ」キョンヒが言った。

「ああいう人たちのことは父から教えてもらったの。早いうちに全額返さないと利息がどんどん嵩《かさ》んでいって、永久に全額返せなくなってしまうって。最初に借りた金額よりはるかにたくさんの借金が残るんだって。だって考えてみて。百二十円だったものが、どうして二百十三円になるの」

キム・フニは、近所の住人が作物の種や農機具を買うために少額の借金をしたのをきっかけに全財産を失うのを何度も見た。貸金業者の取り立てが終わるころにはみな、当初借りた金に加え、収穫した農作物まで全て持っていかれた。フニは貸金業者を憎み、借金の恐ろしさをことあるごとに娘に教えた。

「お金を借りてるって知ってたら、実家への仕送りをやめたのに」キョンヒは独り言のようにつぶやいた。

ソンジャはまっすぐ前を見据え、二人をちらりと見る人がいても目を合わせないようにしながら、混雑した通りを歩き続けた。頭のなかでは、質屋でどう説明するか思案していた。

「お義姉さん、貸金業者の署名は朝鮮の文字でしてあったのよね」ソンジャは言った。

「つまり、朝鮮人だということよね」

「はっきりとは言えない。そこでお金を借りた人を誰も知らないし」

煉瓦造りの低層の建物の前面に掲げられた朝鮮語の看板を頼りに、二人は幅の広い階段伝いに二階に上った。質屋の入口の引き戸にはまったガラスはカーテンで目隠しされていた。ソンジャはその戸をおそるおそる開けた。

六月のその日は風がなくて暑いくらいだったが、カウンターの奥にいた年配の男性は、緑色のシルクのアスコットタイを白いシャツのなかにたくしこみ、茶色のウールのベストを着ていた。表通りに面した側にある四角い窓は三つとも開け放たれていて、電気扇風機が二台、左右の隅で静かに回っていた。ぽっちゃり顔がそっくりの若い男が二人、真ん中の窓の前でトランプで遊んでいた。三人は二人に気づいて笑みを作った。

「いらっしゃい。今日はどんなご用件で」店の主人が朝鮮語で言った。どこ地方の訛かわからなかった。「どうぞおかけください」そう言って椅子を勧めたが、ソンジャはこのまま立っていますと断った。キョンヒはソンジャと並んで立ち、目を伏せたままでいた。

ソンジャは手を開いて懐中時計を見せた。

「おじさん《アジョシ》、これはいくらくらいになりますか」

「こんなもの、どうしたの」

「母からもらったんです。銀無垢に金めっきです」ソンジャは言った。

「あなたが売ろうとしてること、お母さんは知ってるの」

「売りなさいって言ってくれたんです。赤ちゃんのものを買いなさいって」

「売るよりも、これを担保にして金を借りるほうがよくはないかい。手放すのはもったいないんじゃないかな」借入金が弁済されることはあまりなく、期日を過ぎれば質草《しちぐさ》は質屋のものになる。

ソンジャはゆっくりと言った。「売りたいんです。こちらで買い取ってもらえないなら、ほかを当たります」

質屋の主人は笑みを浮かべた。この若い妊婦は、この近くの同業店をすでに回ったということだろうか。すぐ近所に質屋は三軒ある。いずれも朝鮮人の経営ではないが、この若い女が日本語を話せるなら、懐中時計を売却するのは簡単だろう。お腹の大きな女の付き添いらしい美人の女は、日本人とも思えるような服装をしていた。朝鮮人なのか日本人なのか、どちらとも言えない。懐中時計はこのきれいな女の持ち物で、妊娠中の女を交渉役として伴ってきたということも考えられそうだ。

「どうしても売らなければならないなら」質屋の主人は言った。「ぜひ同郷のお客さんの役に立ちたいものですな」

ソンジャは無言でいた。売買の交渉では、最小限のことしか言わないほうが得策だと父に教えられた。

キョンヒは義妹の落ち着きぶりに驚いていた。ソンジャのこんな一面は初めて見た。

質屋の主人は懐中時計を丹念に調べた。銀無垢の蓋を開け、透明なガラス越しになかの動作機構《ムーブメント》を仔細《しさい》に眺める。めったにお目にかかれない素晴らしい品物だった。この大きなお腹を抱えた若い女の母親の持ち物だったとはとうてい信じがたい。買って一年もたっているのだろうか、すり傷一つなかった。表に返して文字盤を上にし、カウンターの上の緑色の革のマットにそっと置いた。

「最近の若い者は腕時計を好むからねえ。これをもらったところで、売れるかどうか」

そう言った後、質屋の主人が何度もまばたきをしたことにソンジャは気づいた。このときまではまばたき一つしなかった。

「見てくださってありがとうございました」ソンジャは言って向きを変えた。キョンヒは内心の不安を顔に出さないようにした。ソンジャは懐中時計を取り、丈の長いチマの裾を整え、出口に向かった。「お邪魔しました。失礼します」

「うちで力になれると思うが」店の主人はそれまでよりいくらか大きな声を出した。

ソンジャは振り返った。

「いますぐ金がいるなら、そのお腹を抱えてこの暑いなかあちこち歩き回るより、うちで売ってしまったほうが楽だろう。力になれるよ。赤ん坊はもうすぐ生まれるんだろう。お母さんを大事にするような男の子だといいね」店主は言った。

そして続けた。「五十円」

「二百円」ソンジャは応じた。「最低でも三百円の価値がある時計です。スイス製だし、新品ですから」

窓の前の二人がトランプを置いて立ち上がった。そんなことを言う若い女は見たことがない。

「そんな値段で売れると思うなら、うちより高い値で買い取ってくれる店をほかで探すといい」店主は女の生意気さにむっとして切り返した。女が口答えするなど許せない。

ソンジャは下唇の内側を噛んだ。日本人が経営する質屋で買い取ってもらったら、その店から警察に通報が行くのではないかと不安だった。ハンスから、日本ではあらゆる商売に警察が口を出してくると聞いていた。

「ありがとうございました。これ以上お手間は取らせません」ソンジャは言った。

店主は含み笑いをした。

キョンヒはふいに義妹を頼もしく思った。大阪に来た当初はあれほど不安げで、道に迷ったときに備えて自分の名前と住所を日本語で書いた紙を肌身離さず持ち歩いていたくらいなのに。

「お母さんは向こうでどんな仕事をしてるの」店主は尋ねた。「その話し方を聞くかぎり、あんた、釜山《プサン》の出身だろう」

ソンジャは言葉に詰まった。どう答えていいかわからない。

「釜山の市場で魚でも売っているのかね」

「下宿屋を経営しています」

「目端《めはし》の利く商売人なんだろうね」母親は売春婦か、日本の政府に進んで協力している商人か何かなのだろう。懐中時計は盗んだものかもしれない。話し方や服装から察するに、この娘は裕福な家の出ではない。「お嬢さん、この時計は本当にお母さんからもらったものなのかい。売りなさいと言われたというのは本当かな。あとで何か揉めた場合に備えて、あんたの名前と住所を控えさせてもらわなくちゃならないことはわかっているね」

ソンジャはうなずいた。

「それならいい。百二十五円では」

「二百円」その額で買い取ってもらえるかどうかはわからないが、質屋の主人が欲深な人物なのは間違いない。それに五十円から百二十五円まで上がったのだ、日本人の質屋もこの時計には価値があると見るだろう。

店主は笑い出した。カウンターまで出てきていた男二人も笑った。年下のほうが言った。「おねえさん、ここで働かないか」

店主は思案げに腕組みをした。この時計はぜひ欲しい。ほしがりそうな客の心当たりがある。

「父さん、こちらの妊婦さんの言い値を出してやったらどうだろう。この粘り強さに敬意を表してさ」若いほうの男が言った。負けず嫌いの父親には、譲歩する理由を何か与えてやらなくてはならない。この顔のむくんだ若い女に同情を感じた。何か面倒に巻きこまれるとすぐ金の指輪を売りに来る女たちの同類ではなさそうだ。

「あんたがここに来てること、ご主人は知ってるのかな」店主の下の息子が尋ねた。

「はい」ソンジャは答えた。

「酒を飲むとか、賭け事をするとか？」金に困った女たちを何人も見てきた。抱えている事情はみな一緒だ。

「そのどちらもしません」女はきっぱりと言った。

「百七十五円」店主が言う。

「二百円」ソンジャは言った。なめらかで温かな金属の感触が掌に伝わってきた。ハンスなら、この値段を絶対に譲らないだろう。

店主が抗議めいた声で言った。「買い取ったあと、誰かに売れるかわからないだろう」

「父さん」上の息子が笑顔で言った。「同郷の妊婦さんに手を差し伸べると思えば」

店のカウンターは、見たことのない木材で作られていた。深みのある茶色をしていて、子供の掌くらいの大きさの涙形の渦巻模様が入っていた。ソンジャはカウンターに目を落として渦巻きを三つ数えた。ハンスときのこ狩りに出かけたとき、数えきれないほどたくさんの種類の木を見た。地面を絨毯《じゅうたん》のように覆っていた濡れ落ち葉のむっとする匂い、きのこで満杯になったかご、彼と横たわったときの刺すような痛み——そういった記憶はいまなお消えていなかった。ハンスを忘れなくてはならない。ぜひとも忘れたい人物をいつまでもこうやって思い出すのをやめなくては。

ソンジャは一つ大きく息を吸った。キョンヒは手を揉みしだいていた。

「買い取ることはできないとおっしゃるなら、しかたがありません」ソンジャは静かに言って店を出ようとした。

質屋の店主が待ってくれと片手を挙げた。そして金庫のある奥の部屋に向かった。

取り立ての男たちが再訪したとき、ソンジャとキョンヒは玄関口で応対して、家のなかには招き入れなかった。

「お金を渡したとして、借金が全部なくなったという証拠はもらえますか」ソンジャは背の高いほうの男に訊いた。

「借用書に清算済みって書いて、うちの親分に署名してもらう」男は答えた。「その前に、全額用意できてるのを確かめたいね」

「親分にここに来てもらえますか」ソンジャは尋ねた。

「あんた、何様のつもりだよ」背の高い男はその要求に憤然とした様子で言った。

この二人にお金を預けてはいけないという気がした。そこでソンジャは引き戸を半分閉めてキョンヒと相談しようとした。しかし男はつま先を差しこんで戸を開けた。

「おい、本当に金の用意ができてるなら、一緒に来てもらってもいいぜ。いますぐ親分のところに連れていく」

「どこ?」キョンヒが震え声で訊いた。

「酒屋の近く。すぐそこだよ」

〝親分〟は朝鮮人のきまじめそうな若い男だった。年齢はキョンヒより少し上くらいと見える。医者か学校教師のような印象だった。体になじんだスーツ、金縁の眼鏡、きれいになでつけた黒髪、思慮深そうな顔つき。誰も金貸しだとは思わないだろう。事務所は質屋の店舗と同じくらいの広さで、奥の壁際に日本語と朝鮮語の本がずらりと並んだ書棚があった。座り心地のよさそうな椅子の隣で電気スタンドが光を放っている。少年が陶器の湯飲みで玄米茶を運んできた。キョンヒは、夫がこの男から金を借りた理由がわかったような気がした。

キョンヒが全額を差し出すと、男は礼の言葉を口にし、借用書に清算済みと記入して朱印を捺《お》した。

「また何かお役に立てることがありましたら、なんなりとお申し付けください」男はキョンヒを見て言った。「故郷から遠く離れた異国では、お互い助け合わなくちゃいけません。どんな相談にも乗りますよ」

「いつ……主人はいつこのお金を借りたんでしょうか」キョンヒは尋ねた。

「二月でしたね。ご主人とは友人づきあいさせてもらってますから、もちろんお貸ししました」

ソンジャとキョンヒはやはりそうかとうなずいた。ヨセプは、イサクとソンジャの旅費を借りたのだ。

「ありがとうございました。二度とご迷惑はおかけしませんから」キョンヒは言った。

「この件が落着して、ご主人も安心されることでしょう」男は、この二人はいったいどうやって短時間で金を用意できたのかといぶかりながら言った。

ソンジャとキョンヒは無言で事務所をあとにし、夕飯の支度のために家に帰った。

17

「そんな金、いったいどこで手に入れた」ヨセプは清算済みの借用書を握り締めて怒鳴った。

「ソンジャがお母さんからもらった懐中時計を売ったの」キョンヒは答えた。

夜になるといつも、近所のどこかしらの家から住人の騒ぐ声や子供の泣き声が聞こえてくるが、この家から怒声が聞こえたことはこれまで一度もなかった。めったに腹を立てることのないヨセプが激怒している。ソンジャは居間の奥の隅で身を縮め、うつむいて、石のように押し黙っていた。真っ赤に染まった頬を涙の粒がいくつも転がり落ちた。イサクはまだ教会から帰ってきていない。

「二百円以上もする懐中時計を持ってたということか。イサクは知ってるのか」ヨセプはソンジャに向かってわめいた。

キョンヒは両手を挙げ、夫とソンジャのあいだに立った。

「お母さんからもらったものなのよ。赤ちゃんのものを買うようにって」

ソンジャは立っていられなくなって、壁の上を滑り落ちるようにへたりこんだ。骨盤や背中を鋭い痛みが貫いた。目を閉じて、両腕で頭を抱えた。

「その時計をどこで売った」

「野菜の露店のそばにある質屋さん」キョンヒが答えた。

「おまえたち、どうかしてるんじゃないのか。質屋に行くような女がどこにいる」ヨセプはソンジャをにらみ据えた。「女のくせによくそんなことができるな」

床にうずくまったソンジャはヨセプを見上げ、懇願した。「お義姉さんは何も悪くありません——」

「質屋に行ってもいいか、イサクに訊いたのか」

「どうしてそんなに怒るの？　ソンジャはわたしたちを助けようとしただけじゃない。おなかに赤ちゃんがいるのよ。ソンジャにはかまわないで」キョンヒは夫と目を合わせないようにし、口答えしてはいけないと自分に言い聞かせた。ソンジャがイサクの許可などもらっていないことくらい、ヨセプにもとうにわかっている。なぜ何もかも自分が支払わなくては気がすまないのか。なぜお金を稼ぐのも遣うのもヨセプ一人でやろうとするのか。前回、口論になったきっかけは、キョンヒが工場で働きたいと言ったことだった。

「ソンジャはわたしたちを心配してくれたの。せっかくのすてきな時計を手放さなくちゃならなくて、申し訳なかったわ。ねえ、わかって、あなた《ヨボ》」キョンヒはヨセプの腕にそっと手を置いた。

「生意気な女どもだな。今度あの連中と街ですれ違ったら、どんな顔すりゃいいんだよ。自分が借りた金を馬鹿な女どもに勝手に返された身にもなってみろよ。いまからタマが縮み上がっちまうよ」

ヨセプがこれほど乱暴な話し方をするのは初めてだった。夫はソンジャに暴言を浴びせているのだとキョンヒにはわかった。生意気な女、馬鹿な女と罵られているのはソンジャだ。同時に、ソンジャを引き留めなかったキョンヒも責められている。しかし、借金を清算したほうが得策なのは間違いないし、もしキョンヒが働きに出るのを許してもらえていたら、いまごろは貯金だってできていただろう。

　ソンジャは涙を止められずにいた。下腹部の激痛にふたたび襲われた。さっきよりも痛みが強まっていた。口を開こうにも言葉が出てこない。自分の体に何が起きているのかよくわからなかった。

「あなた《ヨボ》、お願い。お願いだからわかって」キョンヒが言った。

　ヨセプは黙っていた。見ると、ソンジャは道ばたの酔っ払いのようにだらしなく両脚を投げ出し、はちきれんばかりにふくらんだ腹部をむくんだ両手で抱えていた。この女をこの家に迎え入れたのは間違いだっただろうか。あの下宿屋のおかみが金の懐中時計など持っているわけがない。もう何年も前のこととはいえ、ソンジャの父母にヨセプも会っている。足の不自由なキム・フニは、吹けば飛ぶような小さな借家で下宿屋を営む貧しい父母のあいだに生まれた息子だった。そのフニの妻が、そんな高価な品物をどこで手に入れたというのか。下宿の客は漁師や市場の労働者ばかりだった。母親からもらった指輪が二つ三つあって、それが三十円、四十円で売れたというならまだわかる。十円くらいの値のつく翡翠の指輪でもいい。しかし懐中時計？　盗んだものだろうか。イサクが結婚した相手は、泥棒や娼婦だということか。そう考えたものの、さすがに口に出すことはできず、ヨセプはトタン板の粗末な戸を開けて家を出た。

イサクが帰宅すると、驚いたことに女たちが二人とも泣きじゃくっていた。イサクは二人をなだめながら筋道を立てて話を聞き出そうと努め、二人の途切れとぎれの説明にじっと耳を傾けた。

「で、兄さんはどこに」イサクは尋ねた。

「わからない。いつもなら夜に出かけたりしないから。まさかあんな風に――」キョンヒは口をつぐんだ。これ以上ソンジャを動揺させたくない。

「ヨセプなら心配ないさ」イサクはそう言ってソンジャに向き直った。「実家からそんな貴重品を持ってきたなんて知らなかった。お母さんからもらったんだね」そう優しく尋ねた。

ソンジャはあいかわらず泣くばかりで、キョンヒが代理でうなずいた。

「そうか」イサクはまたソンジャのほうを向いた。「お母さんはどこで手に入れたのかな、ソンジャ」

「訊かなかった。母がお金を貸していた人からもらったのかもしれない」

「なるほど」イサクはうなずいたものの、どう解釈していいかわからなかった。

キョンヒはソンジャの熱っぽい頭をなでた。「あなたからヨセプに説明してくれる？」そうイサクに言った。「どうしてこんなことをしたか、あなたはわかってくれるでしょう」

「もちろんわかるよ。兄さんは僕に送る金を借りた。ソンジャは懐中時計を売って借金の返済に充《あ》てた。つまり懐中時計を売ったのは、僕ら二人の旅費にするためとも言える。旅費は高かったのに、兄さんは短期間であれだけの額をかき集めた。なぜもっと早く気づかなかったのか。僕はいまだに世間知らずな子供だね。兄さんは僕のためを思って金を借りたんだ。ソンジャが時計を売却しなくてはならなかったのは残念だけれど、僕らが借りた金なのだから、僕らが返すのは当然だ。兄さんにはそう話すよ、お義姉さん。だから心配しないで」イサクは二人に向かって言った。

キョンヒはうなずいた。気持ちが少し楽になった。

そのとき、脇腹に激しい痛みが炸裂して、ソンジャは意識を失いかけた。「ああ、オモ《オモ》」

「まさか。まさか――?」

温かい水がソンジャの脚を伝い落ちた。

「産婆さんを呼んでこようか」イサクが訊く。

「オクジャねえさん――この通りのこちら側、三軒目」キョンヒが言い、イサクは家を飛び出していった。

「大丈夫。大丈夫だからね」キョンヒはソンジャの手を握って優しい声をかけた。「これもお母さんの仕事のうちよ。女は苦しむものだから。わたしの大切なソンジャ。ごめんね、とても痛いわよね」キョンヒは義妹に付き添いながら祈りを捧げた。「主よ、ああ主よ、我らをあわれみたまえ――」

ソンジャはスカートの生地を引き寄せ、口に押しこんで悲鳴をこらえた。何度も繰り返し刺されているような痛みだった。粗い布地をきつく噛み締めて声を漏らした。

「お母《オン》さん《マ》、オンマ」

オクジャねえさんは、済州島《チェジュド》出身の五十歳の女性で、この朝鮮人街の子供のほぼ全員を取り上げた助産婦だ。おばから教えを受け、助産婦、乳母、子守で稼いで自分の子供たちを育て上げた。六人の子供の父親は死んだも同然だった。無事に生きていて同じ家に住んではいるが、週に何日か泥酔して帰ってくるだけなのだ。ねえさんは、赤ん坊を取り上げる仕事のほかに、工場や市場で働いている近所の母親たちの子供を預かったりしている。

出産はしごく順調だった。男の赤ん坊は背丈があって均整の取れた体つきをしていた。分娩は、新米の母親にとっては恐ろしい体験だっただろうが短時間ですみ、助産婦としてはありがたいことに、生まれたのは真夜中などではなく、帰宅して晩ご飯の支度ができる時刻だった。一緒に暮らしている息子の嫁が麦飯をまた焦がしていなければいいがとオクジャは思った。

「いい子ね、いい子ね。よくがんばったわ」オクジャはまだ母親《オンマ》を求めて泣いている少女に声をかけた。「とても元気な美男子よ。ほら見て、このふさふさの黒髪。さあ、いまのうち少し休んでおきましょう。じきにお乳をあげなくちゃいけませんからね」そう言って帰ろうと立ち上がった。

「このところ膝が痛くてねえ」オクジャは膝小僧やすねをさすりながらわざとゆっくり

と立ち上がり、自分への礼金を用意する時間を一家に与えた。

キョンヒが財布から三円出してオクジャに渡した。

オクジャは落胆した。「何かわからないことがあったら、いつでも呼びに来なさいね」

キョンヒは礼を言った。自分も母親になった気分だった。赤ん坊はかわいらしかった。その小さな顔を見ているだけで胸がうずく。漆黒の髪、青みを帯びた真っ黒な目。聖書の登場人物サムソンを連想した。

ふだんは白菜を漬けるのに使っているへこみだらけのたらいで沐浴《もくよく》させたあと、清潔なタオルで赤ん坊をくるんでイサクに抱かせた。

「これでお父さんね」キョンヒは微笑んだ。「美男子だわ」

イサクはうなずいた。想像していた以上に大きな喜びが胸にあふれた。

「さてと、ソンジャにスープを作ってあげなくちゃ。すぐにスープを飲ませないと」キョンヒが確かめると、ソンジャはすでにぐっすり眠っていた。イサクと赤ん坊を居間に残して台所に立ったキョンヒは、海草《モ》を水で戻しながら、夫が早く帰ってきますようにと祈った。

夜が明けると、家のなかが昨日までと違っているような気がした。キョンヒは一睡もしていなかった。ヨセプは一晩中帰ってこなかった。イサクも起きて待っていようとしたが、キョンヒは彼を眠らせた。朝一番に説教をする予定があり、日曜は夜まで教会にいなくてはならない。ソンジャはいびきをかくほどよく眠り、起きたのは授乳のときだけだった。赤ん坊はおっぱいに吸いついてよく飲み、ほとんどむずからなかった。キョンヒは台所の掃除をして朝食を作ると、赤ん坊のためにシャツを縫いながらヨセプの帰りを待った。数分おきに表通りに面した窓に目を向けた。

イサクが朝食を終えようとしたころ、ヨセプが帰宅した。たばこの匂いをぷんぷんさせていた。眼鏡のレンズは汚れ、顔は無精ひげだらけだ。キョンヒは夫に気づくなり台所に立って朝食を用意した。

「兄さん」イサクは立ち上がった。「大丈夫かい」

ヨセプはうなずいた。

「赤ん坊が生まれたんだ。男の子だよ」イサクは微笑んだ。

ヨセプはアカシア材の座卓の前に座った。その座卓は、実家から持ってきた数少ない家財の一つだ。木目を指でたどって故郷の両親を思った。

キョンヒが朝食を並べた盆をヨセプの前に置いた。

「わたしに怒ってるのは知ってる。でも、何かおなかに入れて少し休んで」キョンヒはヨセプの背中にそっと手をやって言った。

イサクが言った。「兄さん、今度のこと、謝らせてくれ。ソンジャはまだ若い。僕らのことを心配したんだ。お金は僕が借りたようなものだし――」

「この家族の面倒は俺が一人で見られる」ヨセプがさえぎった。

「それはわかってるよ。しかし、僕は兄さんの予定になかった負担をかけてしまった。兄さんを追い詰めたのは僕だ。いけないのは僕なんだよ。ソンジャは役に立ちたい一心だった」

ヨセプは手を組んだ。イサクに反論はできないし、イサク相手に腹を立てることもできない。弟の悲しげな顔を見るのはつらかった。イサクは、壊れやすい磁器を大切に扱うように守ってやらなくてはならない。ゆうべはずっと、駅前の朝鮮人がひいきにしている酒場でどぶろくをちびちび飲みながら考えていた。体の弱いイサクを大阪に呼び寄せて、果たしてよかったのか。イサクはいつまで生きられるだろう。もしソンジャがまっとうな女ではなかったら、イサクはどうなる？　キョンヒは早くもソンジャをかわいがっているが、赤ん坊が生まれたら、ヨセプが養わなくてはならない口がまた一つ増える。父母や義父母も彼を頼りにしていた。満員の酒場では大勢の男が飲み、冗談を言い合っていたが、あのむさ苦しい店――焼きイカとアルコールのにおいが染みついた店に、金の心配をしていない男、この何もかもが違う困難な土地でどうやって家族を養っていけるのかという不安を隠していない男は一人たりともいなかった。

ヨセプは両手で顔を覆った。

「兄さん。兄さんはとてもりっぱな人だ」イサクは言った。「一生懸命働いてくれてるよね」

ヨセプは声を立てずに泣いた。

「ソンジャを許してもらえるかい。ソンジャはまず兄さんに相談すべきだったね。兄さんに借金させてしまった僕を許してもらえるかい。僕らを許してもらえるかい」

ヨセプは何も答えなかった。あの金貸しは、工場で働いたり家政婦をしたりしている妻の稼ぎを当てにするような男たちとヨセプを同じ目で見るだろう。ヨセプの妻と妊娠中の義妹は、おそらく盗品の懐中時計で彼の借金を清算したのだ。彼はいったいどうしたらいい？

「おまえ、仕事に行くんじゃないのか」ヨセプは言った。「今日は日曜だぞ」

「そのあいだ、お義姉さんが家にいてソンジャと赤ん坊を見ていてくれるって」

「そうか、じゃあ行くか」ヨセプは言った。

許すつもりだった。許すほかに、いまさらできることはない。

玄関を出ると、ヨセプは弟の手を取った。

「今日から父親か」

「ああ」イサクは笑顔で応じた。

「やったな」ヨセプは言った。

「名づけを頼みたいんだ」イサクは言った。「父さんに手紙を書いて返事を待っていたら、時間ばかり過ぎてしまうからね。それにこっちでは兄さんが家長なわけだから――」

「俺なんかだめだ」

「いや、僕は兄さんに頼みたいんだ」

ヨセプは大きく息を吸いこみ、誰もいない通りの先を見つめた。ふと頭に浮かんだ。

「ノア」

「ノア、か」イサクが微笑んだ。「それにしよう。いい名前だ」

「ノア――神に従い、神に頼まれたとおりのことをした男。ノア――信じることが困難な場面でも信じた男」

「今日の説教は兄さんにまかせよう」イサクは兄の背中をぽんと叩いた。

兄と弟は、体を寄せ合って教会に向かった。一方は長身で華奢で、目的ありげな足取りで、もう一人は背は低いが力強く、機敏な足取りで。

第二部　母国

一九三九－一九六二年

いくつの丘、いくつの小川を越えようと世界の果てまで朝鮮であり、
そこに暮らしているすべてが朝鮮の人々なのだと思っていた。

――朴婉緒《パクワンソ》

1

一九三九年　大阪

ヨセプは深く息を吸い、玄関前でしっかりと足を踏ん張った。まる一週間、バターと砂糖を煮詰めたタフィーのおみやげを心待ちにしていた六歳の子供の体当たりにそうやって備えてから、引き戸を開けた。

突進してくるものはなかった。

表通りに面した居間は無人だった。ヨセプはにやりとした。ノアはどこかに隠れているに違いない。

「おーい、帰ったぞ」台所の方角に向けて声をかけた。

それから玄関を閉めた。

コートのポケットからタフィーの袋を取り出し、芝居がかった調子で言った。「あれ、ノアはどこかな。どうやらうちにはいないらしい。とすると、そうだ、ノアの分のタフィーを食っちまってもばれずにすむな。それともノアの弟に取っておいてやろうか。そろそろモーザスに初めてのタフィーを食べさせてやってもいいころだし、いくら赤ん坊だって甘いものをもらえば喜ぶだろう。生まれてもうひと月になる。きっとあっというまに大きくなって、ノアと同じように俺と取っ組み合いをするようになるさ。かぼちゃ味のタフィーを食べさせて、強い子に育てるとしよう」しかし家のなかから何の物音も聞こえず、ヨセプは大げさに音を立てて袋を開け、タフィーをひとつかみ頬張るふりをした。

「うわあ、うまいな、こいつはブタおばちゃん《アジュンマ》の最高傑作だぞ。おーい、おまえ《ヨボ》」ヨセプは声を張り上げた。「ちょっと来いよ。このタフィー、食ってみろって。本当にうまいぞ」タフィーを噛み砕く音を立てながら、簞笥《たんす》やふすまの陰など、ノアのいつもの隠れ場所をのぞいた。

生まれたばかりの弟モーザスの名前を聞いただけで、ノアは隠れ場所から飛び出してくるはずだ。基本的に行儀のよい子供ではあるが、このところ隙を見ては弟をつねったりして家族に叱られてばかりいる。

ヨセプは台所を確かめたが、そこも無人だった。かまどは冷えきっている。入口そばの小さなテーブルに副菜の皿が並んでいた。飯釜は空っぽだ。ヨセプが帰宅する時間にはいつも夕飯の支度ができている。スープ用の大きな鍋をのぞくと、水、小さく切ったじゃがいもやたまねぎが鍋の半分くらいまで入っていて、あとは火にかけるだけの状態になっていた。土曜の夕飯の食卓にはヨセプの好物が並ぶ。ところが夕飯の支度は何一つできていなかった。翌日の日曜は仕事が休みだから、土曜の夜はゆっくり食事をしたあと、家族そろって銭湯に出かけるのが毎週のならわしだった。ヨセプは台所の勝手口を開けて外を確かめた。汚水の流れるどぶがあるだけだった。隣家の開けっぱなしの窓越しに、ブタおばちゃんの一番上の娘が夕飯の支度をしているのが見えたが、目を上げることさえしなかった。

家族で市場に出かけたのかもしれない。ヨセプは居間の座布団に腰を下ろし、たくさん買いこんできた新聞の一紙を広げた。戦争について伝える活字の連なりが視界を漂っていく――日本は閉鎖的な経済に技術革新をもたらして中国を救うだろう、日本はアジア圏の貧困を終わらせて繁栄に導くだろう、日本は西欧の帝国主義による悪の支配からアジアを守り抜くだろう、恐れを知らぬ真の日本の同盟国であるドイツだけが邪悪な西欧諸国に戦いを挑もうとしている……。ヨセプは新聞に書かれている内容を一言たりとも信じなかったが、そういったプロパガンダをまったく目にせずに過ごすのは不可能だ。毎日三紙から四紙に目を通し、どの新聞にも書かれていないこと、重複して書かれていることから、わずかでも真実を摘み取ろうと努めている。今夜はどの新聞も事実上同じ内容を報じていた。ゆうべ、検閲官はふだん以上に仕事に精を出したらしい。

しんと静まり返った家にいると落ち着かなかった。夕飯はどうなっているのか。仮にキョンヒは何か買いに市場まで出かけたのだとしても、ソンジャやノア、赤ん坊までそろって留守にする理由はない。きっとイサクは教会の仕事が忙しいのだろう。ヨセプは靴を履いた。

同じ通りの住人に訊いてみたが、キョンヒの行き先を知っている者はいなかった。教会にも行ったが、弟のイサクはいなかった。裏の事務室をのぞくと、常連の女性たちが集まって床に座り、頭を垂れて祈りの言葉を静かにつぶやいているだけだった。

ヨセプは女性たちが気配を察して顔を上げるまで辛抱強く待った。

「お邪魔して申し訳ない。パク先生やユ先生を見かけませんでしたか」

毎晩のように教会に来て祈りを捧げている中年のおばちゃん《アジュンマ》たちは、ヨセプを見て、パク牧師の兄だと気づいた。

「弟さんなら連れていかれてしまいましたよ」最年長の一人が叫ぶように言った。「ユ先生と、中国から来た若者のフーも。行って助けてあげてください――」

「はい？　誰がどう――？」

「三人とも今朝、警察に逮捕されてしまったんです。地域の人で神社に参拝したとき、フーは声を出さずに主の祈りを唱えていたらしくて、それを町の顔役の一人に気づかれてしまって。監督していた警察官に尋問されて、フーは、神社参拝は偶像崇拝に当たるから、自分は二度と参加しないと答えたんです。ユ先生があいだに入って、フーは何か誤解しているようだと弁解しました。悪意があってのことではないと。ところがフーは、ユ先生の言うとおりだと認めようとしなかったんです。パク先生もとりなそうとしたのに、フーは、偶像の前にひれ伏せ、さもなければ熱い炉で焼かれろというなら、進んで炉に入ってやると言いました。偶像崇拝を拒んだシャデラク、メシャク、アベデネゴの逸話そのままですよ。知ってますよね」

「ええ、知ってますよ」ヨセプは、聖書に出てくる話とそっくりだといって感激している女性たちにいらだちながら答えた。「三人とも警察署にいるわけですか」

女性たちはうなずいた。

ヨセプは教会を飛び出した。

警察署前の階段にノアが座っていた。ノアに抱かれた弟モーザスは眠っていた。

「おじさん」ノアは小声で言い、ほっとしたように微笑んだ。「モーが重たくて」

「優しいお兄ちゃんだな、ノア」ヨセプは言った。「おばさんはどこだ?」

「このなか」ノアは警察署のほうに首を傾けた。両手がふさがっているからだ。「ねえ、おじさん、モーザスを抱くの、交代してよ。もう腕が痛いんだ」

「あとほんの少しだけここで待てるか。すぐ戻るからな。それか、おまえのお母さんに来てもらおう」

「モーをつねらないでいい子にさせていられたら、ご褒美《ほうび》をくれるってお母《オン》さん《マ》から言われたの。赤ちゃんは警察に入れないんだって」ノアは真剣な面持《おもも》ちで言った。「だけど、おなか空《す》いちゃったよ。もう何時間もずっとここにいるんだよ」

「あと少し我慢したら、おじさんからもご褒美をやるぞ、ノア。すぐ戻るからな」ヨセプは言った。

「だけど、おじさん――モーが重くて――」

「重いよな、ノア。だが、おまえは強い子のはずだぞ」

ノアは肩を怒らせ、背筋を伸ばした。おじさんを失望させたくない。ノアはヨセプおじさんが大好きだった。

入口のドアを開けようとしたとき、ノアの声が聞こえて、ヨセプは振り向いた。

「おじさん、モーザスが泣いちゃったらどうすればいい」

「そっと揺すりながら歌を歌ってやるといい。おまえがモーザスくらい小さかったころ、おじさんも歌ってやったろう。覚えてないか」

「忘れちゃったよ」ノアはいまにも泣き出しそうな顔で言った。

「すぐ戻るからな」


警察はイサクとの面会を拒んだ。キョンヒと署内で待たされているあいだ、ソンジャはときおり外に出てノアとモーザスの様子を確かめていた。子供は署内には入れない。そこで、日本語を話せるキョンヒが受付のそばで待機していることになった。ヨセプが待合室に入っていくと、キョンヒが息をのみ、それから吐き出した。隣のソンジャは体を二つに折って泣いていた。

「イサクはここか」ヨセプは確かめた。

キョンヒがうなずく。

「声を低くして」ソンジャの背中をさすりながらキョンヒは言った。「誰に聞かれてるかわからないから」

ヨセプはささやくような声で言った。「教会のおばちゃんたちから聞いて来た。フーのやつ、たかが頭を下げる程度のことで、なんだってそこまで」朝鮮半島では、植民地政府が毎朝キリスト教徒を神社に駆り集め、御真影に頭を下げさせていた。日本国内では、週に一度から二度だけ、地域の指導者が自発的に同じことをしている。「どうかな、罰金を払ってすみそうか」

「無理だと思う」キョンヒは言った。「警察の人から、家族は家に帰っていなさいと言われたの。でもここで待ってることにしたのよ、もしかしたら釈放されるんじゃないかと――」

「イサクを留置場に入れておくわけにはいかない」ヨセプは言った。「絶対にだめだ」

ヨセプは受付デスクに行き、肩を丸めて深々とお辞儀をした。

「弟は病弱なんです。子供のころから体が弱くて、留置場で過ごすのはかなりしんどいと思います。肺炎が治ったばかりですし。今夜はいったん家に帰らせてもろうて、また明日にでも出頭して取り調べを受けるわけにはいきませんやろか」ヨセプは敬語をまじえた日本語で言った。

警察官は儀礼的に首を振った。ヨセプの訴えを斟酌《しんしゃく》する様子はなかった。留置場は朝鮮人や中国人だらけで、それぞれの家族に言わせれば、ほぼ全員が深刻な健康問題を一つは抱えていて、留置場の環境には耐えられない。病弱な弟の窮状を訴えるこの男性に同情を感じたものの、彼にしてやれることは何もなかった。この男性の弟は、これから長期にわたって留置されるだろう――宗教活動家は例外なくそうだった。戦時には、国家の安全を考え、騒動を引き起こした人間を厳しく取り締まらなくてはならない。朝鮮人は騒ぎを起こしておいて、あとで言い訳をする。

「あなたも奥さんたちも、家に帰ったほうがいいですよ。牧師さんはいま取り調べ中ですから面会できません。いつまで待っても同じです」

「そやかて、弟は天皇陛下や日本政府に反抗するつもりなんてないんですよ。政府に反対する活動に関わったことだって一度もありません」ヨセプは言った。「そもそも政治にまったく興味がなくて、そやから――」

「面会は許可されません。容疑がすべて晴れたら、釈放されて帰宅を許されるはずですよ」警察官はお義理程度に微笑んだ。「こっちかて無実の市民を留め置きたいわけではありませんから」それは事実だと警察官は信じていた。日本政府は公平で、道理をわきまえている。

「何かできることはありませんかね」ヨセプは声を落として言い、ポケットの上から財布を軽く叩いた。

「いまできることは、あなたにも私にもありませんね」警察官は気分を害した様子で言った。「警察官の買収をほのめかしているのでなければいいんですが。そのような申し出は、弟さんの罪をいっそう重くするだけですよ。弟さんと同僚の二名は、天皇陛下への忠誠を拒みました。それは重大な罪です」

「悪気はなかったんです。馬鹿げたことを言うてしまいました、申し訳ありません。二度とあなたを侮辱するようなことはしませんから」それでイサクが釈放されるのなら、警察署の床に腹這いになって行けと言われれば従っていただろう。長兄のサモエルは勇敢だった。警察官が相手であろうと、ひるむことなく堂々と行動する人間だった。しかし自分は英雄になれないことをヨセプは知っていた。警察が賄賂《わいろ》を条件にイサクを釈放するなら、どこかからもっと金を借りてきただろう。いま住んでいる家だって売っただろう。祖国のために、あるいはそれ以上に大きな理想のために命を投げ出す心理は、ヨセプには理解しがたい。しかし生き残ること、家族を守ることなら理解できる。

警察官は眼鏡を押し上げ、ヨセプの背後にいる誰かを見つめるような目をした。「奥さんたちを家に連れて帰ったほうがいい。ここにいてもできることはありませんから。男の子と赤ん坊は外で待っていますよ。あなたたちは夜になったらいつも子供を道で遊ばせますよね。でも、日が暮れたら家に入れるべきでしょう。きちんとしつけておかないと、いつか刑務所に行くことになりますよ」警察官は疲れた表情で言った。「弟さんは今夜は帰れません。

わかりましたね」

「はい。ありがとうございます。お仕事の邪魔をしてすみません。今夜のうちに弟に荷物を届けてやってもかまいませんやろか」

警察官は辛抱強く答えた。「明日の朝やったら。着替えと食事は渡せますが、宗教書の持ち込みは禁止です。ついでに、読み物は日本語で書かれたものしか差し入れられません」警察官の口調は穏やかで気遣いにあふれていた。「残念ながら面会は許可されません。たいへんお気の毒ですが」

この制服警官は悪い人間ではないのだろう。ほかの多くの人々と同じように、自分でも気の進まない仕事を黙々とこなしているだけのことで、疲れた様子なのはきっと、一週間の終わりだからだ。もしかしたらこの警官も、夕飯を食べて風呂に浸かりたいのだろう。ヨセプは自分を良識のある人間だと思っている。日本の警察官は一人残らず悪意に満ちていると決めつけるのは短絡的にすぎる。それに、弟を監禁しているなかには話の通じる人間もいると信じたかった。そうでなければやりきれない。

「明日の朝、差し入れに来ます」ヨセプは警察官の用心深い目をのぞきこんだ。「お気遣いありがとうございます」

「どういたしまして」

警察官はごく小さく会釈《えしゃく》をした。


タフィーを全部食べてかまわない、遊んできなさいと言われてノアは外に行き、ソンジャは台所で夕飯の支度を始め、ヨセプはキョンヒの矢継ぎ早の質問に一つずつ答えた。キョンヒは細長い毛布をおんぶひも代わりにしてモーザスを背負っていた。

「お願い、誰かに相談してみて」キョンヒは静かに言った。

「誰に」

「カナダの宣教師とか」キョンヒが言った。「何年か前に会ったでしょう。覚えてる？とても親切な人たちで、いまでも定期的に教会に支援金を送ってくれてるってイサクが言ってた。あの人たちから警察に説明してもらったらいいんじゃないかしら。イサクたち三人は何も悪いことはしていませんって」キョンヒは部屋の中で小さな円を描いて歩き回っていた。モーザスは満足げにばぶばぶ言っていた。

「どうやって連絡するんだよ」

「手紙とか」

「朝鮮語で書いて向こうは読めるのか。それに、こっちの手紙が届いて返事が来るまでにどのくらいかかると思う。イサクがいつまでもつと——」

ソンジャが部屋に入ってきてキョンヒの背中からモーザスを下ろし、台所で授乳を始めた。麦飯の炊けるにおいが家いっぱいに広がった。

「朝鮮語はわからないかも。誰かに頼んで、日本語できちんとした手紙を書いてもらったら」キョンヒが言った。

ヨセプは答えなかった。書けと言われれば手紙くらい書くが、いまは戦争中だ。カナダの宣教会が何を言おうと、日本の警察が耳を貸すわけがない。それに手紙が届くのに一カ月はかかるだろう。

ソンジャがモーザスを抱いて戻ってきた。

「差し入れの荷物をまとめておいたわ。明日の朝なら届けに行っていいのよね」

「俺が持っていこう」ヨセプは言った。「仕事の行きがけに」

「工場の上役に頼れないかしら。日本人の言うことなら聞いてもらえるかも」キョンヒが言った。

「島村さんが留置場に放りこまれた人間に手を差し伸べるわけがないよ。キリスト教徒は反乱分子だと思ってるんだ。三・一運動の指導者はキリスト教徒だった。日本人なら誰でも知ってる。島村さんには教会に通ってることさえ話してない。個人的な話はいっさいしてないんだ。抗議活動にちょっとでも関わってると思われたら、即座に解雇されるだろう。そんなことになったら、俺たちはどうなる？　俺みたいな人間は仕事にありつけない」

それ以上は誰も何も言わなかった。ソンジャは前の通りで遊んでいたノアを呼び入れた。子供は夕飯の時間だ。

2

ソンジャは毎朝、警察署に行き、麦ときびのおにぎりを三つ差し入れた。お金の余裕があって卵が買えたときは固茹でにし、殻をむいて酢醬油に漬け、イサクの質素な弁当に添えた。弁当がきちんとイサクに渡されているのかどうか確かめようがなかったが、かといって渡されていない証拠があるわけでもない。近所の住人全員に留置場に入れられたことのある知り合いが一人はいて、彼らの口から漏れる噂は、気がかりな内容くらいならまだいいほうで、なかには恐ろしい話もあった。ヨセプはイサクのことを話題にしなかったが、それでも弟の逮捕の前後でヨセプは大きく変わってしまった。以前は真っ黒だった髪に白いものが目立ち始め、ひどい胃の痛みに悩まされるようになった。両親に手紙を書くのもやめてしまった。イサクの件を知らせるわけにいかないからだ。そこでキョンヒが代理で言い訳の手紙を書き送った。食卓では、ヨセプは自分の分の料理の大半を隣で静かに座っているノアの皿に取り分けた。ヨセプとノアは、イサクの不在に言葉で言い尽くせない悲しみを分かち合っていた。

警察署に行って何度も懇願したにもかかわらず、イサクとの面会は一度もかなわなかった。それでも、死んだとは聞かされていないからというだけで、イサクは生きているとみなで信じた。ユ牧師とフーも釈放されておらず、三人でどうにか支え合っているだろうと祈るような気持ちだった。とはいえ、三人がどのような環境に閉じこめられているのか見当もつかなかった。逮捕の翌日、警察が来て、数少ないイサクの本や書類を押収していった。一家の動静は監視されていた。数週間おきに刑事が家に来て質問を浴びせかけた。教会の入口には南京錠がかけられたが、信者は少人数のグループに分かれ、古参の信者の指導のもとひそかに礼拝を続けていた。キョンヒ、ソンジャ、ヨセプは、彼らを巻きこむことを恐れて信者の誰とも会わないようにしていた。このころには、朝鮮と日本に布教に来ていた外国人宣教師の大部分がそれぞれの国に帰っていた。大阪ではもうまれにしか白人を見かけない。ヨセプはカナダの宣教会に手紙を書いてイサクの苦境を訴えたが、返事は届かなかった。

対応に窮した長老教会の執行部は、天皇は国家宗教の頂点であり、現人神であるとされていても、神社参拝は宗教上の義務ではなく市民としてのそれであるとの見解を示していた。信仰に忠実で実際的な人物でもあるユ牧師は、町内の住民が集まって儀式を行う神社参拝は、国民感情発揚を目的とした事実上の偶像崇拝の儀式であると考えていた。偶像にぬかずく行為は、いうまでもなく神に対する侮辱だ。それでもユ牧師は、神社参拝とはより大きな善の前に伏す行為であると考えなさいとイサクやフー、教区の信者に言い聞かせていた。神社参拝に抵抗した場合の日本政府の対応――監獄と死――は予想がつく。ユ牧師は、入信してまもない人が少なくない教区の信者がその犠牲になることを恐れた。自らの主張の根拠として、使徒の一人、パウロの書簡を挙げた。そして、頻度は町ごとに違うとはいえ、近所の神社で参拝の集まりが行われると、ユ牧師、イサク、フーは、必要に応じて、たまたま教会に来ていた人を誘って参加した。しかし老牧師は視力が弱っていたこともあり、フーがほかの人々と同じように頭を垂れ、手水を遣い、柏手を打ちながらも、ひそかに主の祈りを繰り返し唱え続けていたことに気づかなかった。イサクはむろん気づいていたが、何も言わなかった。むしろフーの信仰心と不服従の行動に感心したくらいだった。

イサクの逮捕をきっかけに、ソンジャは想像を超えた事態が起きたらどうなるだろうかと考えずにいられなくなった。ヨセプは、子供を連れて出ていってくれと言うだろうか。どこへ行けばいいだろう。どうやって行けばいいだろう。子供たちをこれからどう育てていけばいいのか。キョンヒは出ていけとは言わないだろうが、キョンヒの立場はあくまでも妻だ。ソンジャは子供二人を連れて実家へ帰るしかなくなったときに備え、計画と貯金を用意しておかなくてはと考えた。

となれば、仕事が必要だ。屋台で何か売ろう。ソンジャの母は下宿人を住まわせ、夫と並んで働いてお金を稼いだが、ソンジャのような若い女が露天市場に立ち、声を嗄《か》らして客を呼び、見も知らぬ人々に食べものを買ってもらうとなると、話はまったく変わってくる。ヨセプはソンジャが働くことに反対したが、おとなしく言うことを聞くわけにはいかなかった。イサクなら、ソンジャが働いて息子二人の学費を蓄えることを望むはずだと、涙ながらに義兄に訴えた。さすがのヨセプも折れた。ただし、キョンヒが屋外で働くことは許さなかった。キョンヒはこれに従った。ソンジャを手伝って漬物を作るのはかまわないが、市場に行って売るのは許さない。ヨセプがさほど強固に反対しなかったのは、家計が苦しく、現金収入がすぐにでも必要だったからだ。二人の女たちは、ある意味、不服従によってヨセプに従ったといえる——ヨセプの主張をはねつけて彼を傷つけることは望まないが、金銭的な負担をヨセプ一人が引き受けるのはあまりにも無理がある。

ソンジャが初めて市《いち》に立ったのは、イサクが逮捕された一週間後だった。イサクの食事を警察署に届けたあと、木の手押し車にキムチを詰めた大きな陶器の壺を載せて市場に向かった。猪飼野の露天市場には、家庭用品や衣類、畳、電気製品を販売する小さな商店と、自家製のネギ入りチヂミ《パジョン》や海苔巻き《キムパプ》、味噌などを呼び売りするソンジャのような行商人の屋台とが一緒くたに寄り集まっていた。

キョンヒは家でモーザスを見ていた。コチュジャンやテンジャンを売っている屋台のそばに、煎餅《せんべい》を売る朝鮮人の若い女性が二人いた。ソンジャは手押し車を押してそこに向かった。煎餅の屋台と味噌の屋台のあいだに割りこもうと思った。

「ちょっと、そこらじゅうが臭くなるじゃないの」煎餅売りの女性の一方が言い、鮮魚店が並んだ一角を指さした。「あっちに行きなさいよ」

そこで煮干しや海藻を売っている屋台のほうに行くと、こちらの年配の朝鮮人女性たちの反応はさらに冷たかった。

「そんなみっともない手押し車を持ってくるんじゃないよ、うちの息子たちを呼んで壺におしっこさせるよ。さっさとあっちに行くんだね、田舎者」白いネッカチーフを頭に巻いた長身の女性からそう言われた。

ソンジャは驚きのあまりなにも言い返せなかった。キムチを売っている人がほかにいるわけでもないし、テンジャンのにおいはキムチに負けないくらい強烈ではないか。

しかたなくおばちゃんたち《アジュンマ》が陣取っていない一角を探して歩き続け、ついには生きた鶏が売られている駅前まで来た。動物の死骸のすさまじい悪臭に思わず鼻を覆いたくなった。豚肉の露店と鶏の囲いのあいだに、ちょうどソンジャの手押し車が収まりそうな空間があった。

豚肉を売っている男性は日本人で、人間の子供くらいありそうな大きな豚を巨大な包丁で解体していた。足もとの大型バケツは血でいっぱいになっている。前のテーブルに豚の頭が二つ並んでいた。店主は年配の優しそうな男性で、腕は筋肉質でたくましく、静脈がくっきりと浮き出ていた。全身が汗みずくだった。ソンジャを見て微笑んだ。

ソンジャはその隣の空きスペースに手押し車を入れた。駅に電車が止まるたび、サンダルを履いた足の裏に振動が伝わってきた。降りてきた乗客の流れはすぐ目の前の出口から市場にまっすぐ向かってきたが、ソンジャの手押し車の前で足を止める人はいなかった。ソンジャは泣くまいとした。乳房は母乳がたまってはち切れそうで、キョンヒやモーザスと家で過ごす時間が恋しくなった。袖で涙を拭い、釜山《プサン》の市場で抜群の売上を誇っていたアジュンマたちがどんな風に客を引いていたか、記憶を掘り起こした。

「キムチ！　おいしいキムチ！　おいしいキムチをお試しあれ！　手作りするよりおいしいですよ！」ソンジャは朝鮮語でそう声を張り上げた。通りすがりの人たちが振り返った。ソンジャは気後《きおく》れして目を合わせられなかった。誰も買ってくれなかった。隣の店主は肉を切り分ける作業を終えて手を洗うと、ソンジャに二十五銭差し出した。ソンジャは容器にキムチを取り分けて渡した。ソンジャが日本語を話せないことを気にしている様子は男性にはなかった。店主はキムチの容器を豚の頭の隣に置き、屋台の裏から弁当を取り出した。ソンジャが見ている前で箸を器用に動かしてキムチを白飯に載せ、一口食べた。

「うまい。うまいな。ほんまに」店主は微笑んだ。

ソンジャは頭を下げた。

お昼の授乳の時間になると、キョンヒがモーザスを連れてきた。息子の顔を見て、白菜や大根、香辛料を仕入れた分のお金をかならず取り返さなくてはいけないのだといやでも思い出した。つまるところ、経費分以上に売り上げなくてはならないのだ。

キョンヒに店番をまかせ、ソンジャは建物の壁のほうを向いてモーザスにお乳を飲ませた。

「わたしにはそんな度胸はないわ」キョンヒは言った。「前に話したわよね、キムチお《ア》ばちゃん《ジュンマ》になりたいって。いま思うと、こうやって実際に市場に立つのがどれほど勇気のいることか、ちっともわかってなかったみたい。あなたは本当に強いわ」

「だって、やるしかないもの」ソンジャは愛おしい赤ん坊を見下ろして言った。「お義姉さんはノアが学校から帰ってくる時間には家にいなくちゃならないし、夕飯の支度もしなくちゃならないのに、お手伝いできなくてごめんなさい」

「わたしの担当分は簡単なことばかりよ」キョンヒは言った。

午後の二時になろうとしていた。日が傾いて肌寒くなってきた。

「壺にある分を売り切るまで、帰らないから」

「本気？」

ソンジャはうなずいた。赤ん坊のモーザスはイサクにそっくりだった。黄みがかった肌に豊かな黒髪のノアとは似ても似つかない。ノアの明るく輝く目は何一つ見逃さなかった。口もとを除けば、ノアは若いころのハンスに生き写しだ。教室では、自分の発言の順番が来るまでじっと静かに待つノアは、最高にできのいい生徒だと褒められる。とても育てやすい子供だった。モーザスもいつも上機嫌な子供で、初めての相手に抱かれてもにこにこしていた。息子二人がどれほど愛おしいかを考えるたびに、ソンジャは自分の両親を思い出した。父や母からずいぶんと遠いところまで来てしまった。こうしてにぎやかな鉄道駅の前に立ってキムチを売ろうとしている。この仕事を恥ずかしいとは思わないが、父や母が娘に思い描いていた仕事とはずいぶんかけ離れているだろう。それでも、両親は娘にお金を稼いでほしいと思ったはずだ。いまの状況を考えればなおさらだ。

ソンジャが授乳を終えると、キョンヒが砂糖をまぶしたロールパンを二つと還元粉乳を詰めた瓶を手押し車に置いた。

「何かおなかに入れないと、ソンジャ。授乳中だもの。体に負担がかかるわ。水分や牛乳をたっぷりとってね」

キョンヒが背中を向け、ソンジャはモーザスを背負わせておんぶひもをキョンヒに渡した。キョンヒはおんぶひもを胴体にしっかり巻きつけた。

「わたしは家でノアの帰りを待ちながら夕飯の支度をしてるから。あなたも早く帰ってきてちょうだい。わたしたち、うまくやっていけるわよね」

モーザスはキョンヒの薄い肩甲骨のあいだに小さな頭をもたせていた。ソンジャは遠ざかっていく後ろ姿を見送った。二人が声の届かないところまで行ってしまうと、また声を張り上げた。「キムチ！　おいしいキムチ！　キムチ！　おいしいキムチ！　おいしいですよ！　おいしいキムチ！」

その音を——自分の声を、身近に感じた。自分の声だからではなく、おとなになる前に市場に通った記憶を呼び覚ましたからだ。初めは父と、次に年ごろの娘として一人で、のちには愛おしい人のまなざしを期待して市場に通ったころのことを。客を呼ぶ女性たちの合唱はいつも身近にあった。いま、ソンジャもその合唱に加わった。「キムチ！　キムチ！　自家製のキムチ！　猪飼野で一番おいしいキムチ！　おばあちゃんの手作りキムチよりおいしいですよ！　おいしいです！　おいしいキムチ！」朗らかな声を心がけた。釜山の市場では、自分もいつも一番感じのいいアジュンマのところで買い物をしたからだ。通行人がこちらを振り返ると、ソンジャは軽くお辞儀をして微笑み、日本語で言った。「おいしいです！　おいしいキムチ！」

豚肉の屋台の店主が顔を上げ、ソンジャを見て誇らしげな笑顔を作った。

その夜、ソンジャがようやく家に帰ったのは、キムチの壺が空っぽになってからだった。

キョンヒと一緒に作った分はかならず売り切ることができるようになって、ソンジャは少し自信を持った。もっと大量に作ったとしてもきっと売り切れるだろうが、キムチを発酵させるには時間がかかるうえ、必要な材料がつねに手に入るとは限らなかった。そこそこの利益が出ても、翌週には白菜の値が急激に上がってしまったりする。へたをすると、まったく手に入らないことさえあった。市場で白菜が買えなかったときは、大根やきゅうり、にんにく、浅葱《あさつき》を漬けた。またキョンヒがにんにくや唐辛子を使わずににんじんやなすの漬物を作ることもあった。日本人は香辛料の入っていない漬物を好むからだ。ソンジャは土地のことをよく考えた。実家では、裏に小さな家庭菜園があったおかげで、下宿人の男たちが支払っている部屋代の倍くらい食べたとしても困らなかった。生鮮食品の価格は上昇する一方で、労働者階級の人々は生活必需品さえ買えずにいる。常連客のなかには、大きな容器ではなく茶碗単位でキムチを買っていく人もいた。高くてたくさんは買えないからだ。

キムチや漬物を作れないとき、ソンジャはほかのものを売った。焼き芋や焼き栗、茹でとうもろこし。このころには手押し車は二台に増え、列車のように連結されていた。一台には手作りの石炭ストーブが積まれ、もう一台には漬物の壺だけを積んでいた。手押し車が二台も入ると、台所はほとんどいっぱいになった。家の外に置いておくと盗まれるのではと心配で、家のなかで保管していたからだ。ソンジャは利益をキョンヒときっちり等分し、一銭でも余れば息子二人の学費として積み立てるか、万が一、祖国に帰らなくてはならなくなった場合の旅費として貯金するかした。

モーザスが五カ月になるころ、ソンジャは市場で黒飴を売り始めた。農作物がいよいよ乏しくなったという事情もあるが、日本人の義兄が軍で働いているという朝鮮人の食料雑貨商から業務用の黒砂糖の大袋を二つ、キョンヒがたまたま手に入れたからだ。ソンジャは豚肉の屋台の横の定位置で火を熾《おこ》し、金属のボウルをその上で熱して黒砂糖を溶かした。鋼の箱を石炭ストーブの代わりにしていたが、扱いにくかった。資金がたまったら、手押し車でも使いやすいストーブを作ろうと思った。腕まくりをし、真っ赤に焼けた石炭を動かして空気を循環させ、火勢を強めた。

「おねえさん《アガシ》、今日はキムチはあるかな」

男の声が聞こえて、ソンジャは顔を上げた。イサクと同年代くらいの男で、ヨセプと同じように、こざっぱりとしているが目立ちすぎない服装をしていた。ひげはきれいにあたっていて、爪もきちんと整えられていた。眼鏡のレンズは分厚く、太い縁が整った顔立ちを隠していた。

「いいえ。今日はキムチはありません。飴だけです。まだ作っている途中だし」

「そっか。次にキムチを買えるのはいつ」

「まだわかりません。白菜が手に入りにくくて。それに、最後に漬けたキムチはまだ味がしみていないので」ソンジャは言って、また石炭を動かした。

「明日とか、明後日とか。それとも一週間後？」

男の押しの強さに驚いて、ソンジャはまた顔を上げた。

「あと三日くらいでできると思いますけど。このまま気温が上がるようなら、二日かもしれません。でも、そんなに早くできないと思います」ソンジャは平板な口調で言った。早く飴作りを始めたい。このくらいの時間に電車から降りてくる若い女性たちが飴を買ってくれることがある。

「次にできる分はどのくらいあるの」

「お客さん一人が買う分は確実にありますよ。どのくらいほしいですか。たいがいのお客さんは自分の入れ物を持ってきます。どのくらい必要になりそうですか」キムチを買っていく客の大半は、工場で働いていておかず《パンチャン》を自分で作る時間がない朝鮮人の女性だった。甘いものを売っているときは、それが子供や若い女性に変わる。「三日後にまた来てください。入れ物を持ってきてくれれば──」

若い男は笑った。

「実を言うと、おねえさんが作るキムチを全部買いたいなと思ってるんですよね」

そう言って眼鏡を押し上げた。

「キムチばかりそんなにたくさん食べられないでしょう。それに、残った分の味が落ちてしまいます」ソンジャはなんと馬鹿なことを言うのかと首を振りながら答えた。「あと二月もすれば夏になります。いまの時点だってもう暑いくらいです」

「すみません。初めからちゃんと説明すればよかったな。僕はキム・チャンホといって、鶴橋駅前の焼肉店で店長をしています。おねえさんが作るキムチは最高にうまいって評判は遠くまで伝わってますよ」

ソンジャは石炭から目を離さないようにしながら背子《ベジャ》の上に着けたエプロンで手を拭

いた。

「料理上手は義姉なんです。わたしはそれを手伝って、ここで売るだけです」

「ああ、そうそう、そんな話も聞いてますよ。うちの店で出すキムチとおかず《パンチャン》を作ってくれる人を探してるんです。白菜なら調達できるし――」

「でも、どこで？　白菜をどこから調達するんですか。だって、わたしたちもあちこち探しました。義姉は朝一番に市場に行ってますけど、それでも――」

「まかせてください」キム・チャンホは微笑んだ。

　ソンジャは言葉に詰まった。金属のボウルはすっかり温まって、砂糖と水を入れるころあいだったが、飴を作るのは後回しだ。この男が本気で言っているのだとすれば、ぜひとも最後まで話を聞きたい。電車が駅に入ってくる音が聞こえた。今日の客の第一陣はあきらめるしかないだろう。

「お店はどこにあるっておっしゃいましたか」

「駅の裏側の脇道にある大きな店ですよ。薬局がある通りです――ほら、岡田《おかだ》さんっていう痩せた日本人の薬剤師がやってる薬局。僕と似たような黒縁の眼鏡をかけてる人です」

「ああ、その薬局なら知ってます」

　我慢できないほど具合が悪く、高いお金を払ってもよく効く薬がほしいとき、この界隈の朝鮮人が頼りにする薬局だ。岡田はお世辞にも愛想がよいとはいえないが正直な人物だった。たいがいの病気は治してくれると評判だ。

目の前の青年は、ソンジャをだまそうとしているようには見えないが、それでも不安だった。呼び売りを始めて数カ月のあいだに、つけで買い物をしてそれきり支払いにこない客が何人もいた。世の中には、相手の迷惑を顧みずに小さな嘘をつく人があふれている。

キム・チャンホはソンジャに名刺を渡した。「番地はそこに書いてあります。キムチができたら持ってきてもらえませんか。できた分を全部。現金で支払って、次の分の白菜を渡します」

ソンジャは無言でうなずいた。一人の客がキムチを全部買ってくれるのなら、空いた時間でほかの売り物を作れるだろう。いま何より難儀しているのは白菜の調達だ。この青年が代わって仕入れてくれるなら、ソンジャの仕事はぐんと楽になる。キョンヒはモーザスをおんぶして市場に出かけ、手に入りにくい材料を探し回ったあげく、ほとんど何も入っていないバスケットを持って帰ってくることも少なくなかった。ソンジャは、キムチが食べごろになったら全部持っていくと約束した。

焼肉店は、線路と平行に走る短い脇道に並んだ店のうちで一番大きかった。ほかの店と違って、ちゃんとした職人が作ったらしい洗練された看板を掲げていた。ソンジャとキョンヒは、木の板に彫って黒く塗った大きな漢字を感心しながら見上げた。どういう意味だろう。朝鮮焼肉店《カルビ》であることは確かだ——焼いた肉のにおいが二つ先の通りまで漂っている——が、看板に並んだ漢字は難しくて、二人のどちらにも読めなかった。ソンジャはここ数週間かけて作ったキムチを積んだ手押し車の取っ手を握り締め、大きく息を吸った。この焼肉店で定期的にキムチを買ってもらえれば、固定収入を得られることになる。イサクやノアにもっと頻繁に卵を食べさせてやれるし、ヨセプやノアに新しいコートを縫ってやりたいと言っているキョンヒも厚手のウール地を買えるだろう。

　このところヨセプは家に寄りつかないでいた。台所に収まりきらないほど大量のキムチの材料を見たくない、においもきつすぎる、うちはキムチ工場じゃないんだ、と言う。ソンジャとキョンヒがキムチより飴を売るほうを好む最大の理由は、ヨセプの不満だった。しかし砂糖は、白菜やさつまいも以上に品薄だった。本人は不平を口にしないが、キムチのにおいで最大の被害をこうむっているのはノアだった。公立小学校に通っている朝鮮人の子供はみなそうだったが、ノアは学校でいじめに遭っていた。しかもいまは、着ているものは一見清潔そうなのに、たまねぎや唐辛子、にんにく、アミの塩辛のにおいをぷんぷんさせているのだ。教師はノアに教室の一番後ろの席に移動するように言い、家庭内で豚を飼っている朝鮮人の生徒と一緒に座らせた。学校の生徒たちは、豚を飼っている家の子供を〝ブタ〟と呼んだ。通名を宣男《のぶお》というノアは〝ブタ〟たちと一緒に座らされ、〝にんにくうんこ〟というあだ名をつけられた。

　家に帰ると、ノアはにんにくの入っていないおやつや食事をキョンヒにせがんだ。それなら陰口を言われなくなるだろうと期待してのことだった。なぜとキョンヒに尋ねられ、ノアは本当のことを打ち明けた。お金はよけいにかかったが、キョンヒはノアの朝食用にパン屋で大きなミルクロールを買い、学校に持っていく弁当にはポテトコロッケや焼きそばを詰めた。

子供は残酷だったが、ノアは相手にしなかった。代わりにそれまで以上に勉強に励み、二年生の年には学年で一位か二位の成績をとって教師たちを驚かせた。学校では友達は一人もおらず、朝鮮人の子供たちが道ばたで遊んでいても、ノアは加わらなかった。ノアが会うのを楽しみにしているのは伯父のヨセプ一人で、ヨセプが家にいると、やたらにはしゃいだ。

ソンジャとキョンヒは焼肉店の前に無言で立ち尽くした。入るに入れない。ドアは開いていたが、まだ営業時間前のようだった。キョンヒはキムチを売る量を増やせるかもしれないと期待して胸を高鳴らせてはいたものの、その申し出を当然のことながら怪しみ、見知らぬ場所に一人で行こうとするソンジャを引き留め、モーザスをおんぶしてソンジャについてきた。焼肉店に来ることはヨセプには伝えていない。最初の顔合わせがすんだらきちんと話すつもりではいる。

「わたしはここで手押し車を見ながら待ってる」キョンヒは右手を背中に回してモーザスをリズミカルに叩きながら言った。おんぶひもで背負われたモーザスはおとなしくしていた。

「キムチを持ってなかに入ったほうがよくないかしら」ソンジャは言った。

「向こうに出てきてもらいましょうよ」

「お義姉さんも一緒に入らない？」

「わたしは外で待ってる。あなたがなかなか出てこなかったら、そのときはわたしも入る。それでいいでしょ？」

「だけど、手押し車も押さなくちゃならないし――」

「手押し車くらい押せるわよ。モーザスのことは心配しないで」赤ん坊はキョンヒの背中に頭を預けてうとうとしていた。キョンヒは規則正しく赤ん坊を揺すっていた。

「ほら、入って。わたしはここで待ってるから。キム・チャンホって人にここに出てきてもらって。いつまでもなかで話してちゃだめ。いい？」

「だけど、二人一緒に話すものだと思ってたから」

ソンジャはどうしていいかわからずに義姉の顔を見つめた。まもなく思い当たった。キョンヒは焼肉店に入るのを怖がっているのだ。このことをヨセプから訊かれたとき、自分はずっと外で待っていたと胸を張って答えられるようにしておきたいのだろう。

3

一九四〇年四月

ソンジャが飲食店に入るのは人生で二度目だった。この店の食堂は、釜山《プサン》でイサクと入ったうどん店の五倍くらい広かった。前夜から消え残った焼肉やたばこのにおいが喉を痛めつけた。一段高くなった座敷にテーブルが二列並んでいる。上がり口に客が脱いだ靴を置く場所が設けられていた。開放型の厨房《ちゅうぼう》で、白い下着姿の十代の若者がコップを一度に二個ずつ洗っている。水が流れる音やグラスがぶつかり合う音にかき消されて、ソンジャが入ってきた気配には気づいていないようだった。ソンジャは洗い物に没頭している若者の鋭角的な横顔を見つめ、こっちを向いてと念じた。

市場で声をかけてきた青年は、キムチを届ける時刻を指定しなかったし、ソンジャのほうも午前中が都合がいいのか、それとも午後なのか、確かめるところまで気が回らなかった。キム・チャンホは店にはいないようだった。今日は休みだったら、午後や夜しか店に出てこないのだったら、どうしよう。誰とも話をしないまま出ていったら、キョンヒを困らせてしまうだろう。心配性の義姉を不安にさせたくない。

流しの水が止まり、深夜から朝まで働きづめで疲れきった若者は、首を左右に倒して筋肉をほぐした。いつのまにか若い女性が来ていたことに気づいてぎくりとした。女性は、日本風のズボンと着古してすり切れた青い綿入れの上着という服装だった。

「お嬢《アガシ》さん、まだ営業時間前なんです」若者は朝鮮語で言った。女性は客ではなさそうだが、物乞いに来たわけでもなさそうだ。

「お仕事中にすみません。キム・チャンホはどこにいるか知りませんか。キムチを届けに来るように言われたんですけど、時間を聞いていなくて――」

「ああ。キムチの」若者はほっとして微笑んだ。「キム・チャンホならすぐ近くまで出てます。今日、あなたが来たら呼びに来てくれって頼まれてるんです。座って待っててください。キムチ、持ってきてくれたんですよね。何週間も前から、お客さんから付け合わせの文句をたくさん言われてて。あなたもここで働くんですか。あ、でも、年齢《とし》はいくつですか」若者は濡れた手を拭き、奥の勝手口を開けた。今度の女性は感じがいいなと思った。この前までのキムチ・アジュンマは歯の欠けたおばあちゃんで、しじゅうわけのわからないことで彼を怒鳴りつけた。そのアジュンマは酒の飲みすぎでお払い箱になった。今度の人は自分より若く見えた。

ソンジャは困惑した。「待って。キム・チャンホはここにいないの」

「とにかく座っててください。すぐ戻りますから！」

若者は勝手口から飛び出していった。

ソンジャは店内を見回し、一人きりだとわかると外に出た。

キョンヒが小声で言った。「モーザスは眠ったわ」

キョンヒは、ふだんは手押し車の横にかけてある市場用の小さな椅子に腰を下ろしていた。まばゆい日射しの下、かすかな風が吹いてモーザスのふわふわした髪やなめらかな額をなでている。早朝とあって、通りを行く人はほとんどいない。薬局はまだ店を開けていなかった。

「お義姉さん、店長さんはいまから来るって。それでもやっぱり外で待っていたい？」ソンジャは訊いた。

「わたしはここで大丈夫。あなたはなかに入って、わたしからも見える窓際の席で待つといいわ。店長さんが来たら、外に出てくるのよ」

店内に戻ったものの、座るのも心細くて、入ってすぐのところで立って待つことにした。市場に持っていってもキムチは今日のうちに全部さばけただろう。それでもここに来たのは、あの青年が次の分の白菜を渡せると言ったからだ。それだけでも、こうして待つ甲斐がある。白菜がなければ商売にならない。

「来てくれたんですね」キム・チャンホが勝手口から入ってきて大きな声で言った。

「キムチ、持ってきてくれました？」

「外の手押し車に。義姉が見てくれてます。たくさん持ってきました」

「もっともっと作ってもらえたらありがたいな」

「まだ味見もしてないのに」ソンジャはチャンホの熱意に気圧《けお》され、ささやくような声で言った。

「心配してませんよ。予習はばっちりですからね。大阪で一番うまいキムチだって聞いてます」チャンホはきびきびとした足取りで近づいてきた。「外に出ましょう」

チャンホに気づくなり、キョンヒはお辞儀をしたが、口は開かなかった。

「どうも。キム・チャンホです」チャンホは自己紹介した。キョンヒの美貌に目をみはった。年齢は見当もつかないが、おんぶした赤ん坊は生後半年といったところか。

キョンヒは無言だった。きれいだが臆病な動物といったたたずまいだった。

「あなたの赤ちゃんですか」チャンホは尋ねた。

キョンヒは首を振り、ソンジャをちらりと見た。食料品や生活用品を買うとき、店の人と話をしなくてはならないから慣れているとはいえ、日本人の商人と話をするのとは勝手が違う。金銭や商売は男の仕事だとヨセプから何度も言われている。ふいに自分には何か言う資格がないように思った。ここに来る前は、ソンジャが交渉するのを手伝うつもりだったが、いまは何を言っても邪魔になるか見当違いになるかだろうという気がした。

ソンジャが尋ねた。「ほしいのはどのくらいの量ですか。その、定期的にという意味ですけど。それとも、注文は今日持ってきた分の味見をしてからにしますか」

「作れる分は全部買いますよ。ここに来て作ってもらえるとなおありがたいな。冷蔵庫もあるし、地下室はすごく寒いから、キムチを作るのにちょうどよさそうだ」

「お店の厨房で？　白菜を漬ける？　ここで？」ソンジャは店の入口を指さした。

「そうです」チャンホは笑みを浮かべた。「毎朝、二人でここに来て、キムチやほかの付け合わせを作ってください。店のコックは午後から出てきて肉を切ったり、漬け汁を作ったりしますけど、キムチやおかず《パンチャン》は作れないんですよ。料理の腕がないとできないから。お客さんはもっと家庭料理っぽい漬物をほしがります。肉の漬け汁を作ったり、肉を焼いたりならどんな馬鹿でもできるけど、お客さんに王様気分を味わってもらうには、やっぱりうまい付け合わせがずらっと並ばないとね。そういうものでしょ」

二人が焼肉店の厨房で働くことにまだ不安を拭いきれずにいるのがチャンホにも伝わった。

「それに、おたくに白菜やら野菜やらの箱が何十個も届いたら困るでしょう。いる場所がなくなってしまいますよ」

キョンヒは小声でソンジャに言った。「レストランで働くなんて無理よ。キムチはうちで作って、ここに届けましょう。わたしたちが全部運ぶのが無理なら、さっきの男の子に取りに来てもらうとか」

「話が通じていませんね。これまで作ってた量の何倍も何倍も作ってもらいたいんですよ。僕が店長をやってる焼肉店はあと二軒あって、三軒分のキムチと付け合わせがいるってことです。ただ、こっちが本店だし、厨房も広い。材料は全部用意します。必要なものを教えてください。報酬もたっぷり払いますよ」

キョンヒとソンジャはチャンホを見つめた。話の内容がいまひとつのみこめなかった。

「週給三十五円。二人とも同額で。つまり、合わせて七十円」

ソンジャは驚いてあんぐりと口を開けた。ヨセプの週給は四十円だ。

「ときどき肉を持って帰れる日もあると思いますよ」キム・チャンホは微笑んだ。「楽しく働いてもらえるように、これからもいろいろ考えます。米なんかの穀類もいいかもしれないな。持って帰りたいものがたくさんあるなら、仕入れ値で譲りますしね。まあ、そういう細かい話は追々《おいおい》」

原価を差し引くと、ソンジャとキョンヒは呼び売りでだいたい週に十から二十円の利益を上げていた。週給七十円なら、お金の心配はなくなる。鶏肉や魚は高く、この半年ほど家族の誰も口にしていなかった。牛肉や豚肉にはとても手が出ない。いまでも毎週、出汁用にすねの骨は買っているし、贅沢に卵を買って男性たちに出すこともたまにはあった。それでもソンジャは、息子たちやイサク、ヨセプにじゃがいもときび以外のものも食べさせたいと思っていた。週七十円ももらえるなら、どれほどつらくても口に出さずにいる親たちに仕送りもできるだろう。

「上の息子のノアが学校から帰ってくる時間に家にいられるってこと?」ソンジャは思わずそう訊いていた。

「もちろんです」キム・チャンホは、それもあらかじめ考えていたとでもいうように答えた。「仕事が終わったら帰ってもらってかまいませんよ。たぶん、昼休みより前に終わっちゃうんじゃないかな」

「下の息子は」ソンジャはキョンヒの背中で眠っているモーザスを指さした。「連れてきてもかまいませんか。厨房で寝かせておきますから」働きに出ている母親たちの子供を手に余るほど預かっている近所のおばあちゃん世代にモーザスを預けるなんて、考えたくもない。市場で呼び売りをしている女性のなかには、子供を見ていられる人が家族にいなくて、あるいはおばあちゃんたちの誰かに預かってもらうお金がなくて、小さな子供を市場に連れてきて、ひもで手押し車につないでいる人も大勢いた。胴回りをひもでくくられた子供たちは、大喜びで周辺を歩き回ったり、母親のそばに座って安っぽいおもちゃで遊んだりしている。

「手間のかからない子なんです」ソンジャは言った。

「どうぞどうぞ。仕事さえちゃんとやってもらえるなら、僕はかまいません。仕事をしてもらう時間帯にはまだお客さんがいないから、邪魔になることもないし」チャンホは続けた。「仕事が長引くようなときは、上の息子さんも学校からここに来てもらっていいですよ。お客さんが来るのは夕飯時ですから」

ソンジャはうなずいた。これからはもう、冬の寒風のなか、ノアやモーザスの心配をしながら屋外に突っ立って客を待たなくていいのだ。

キョンヒの表情をうかがうと、喜んでいるというより動顚しているようだった。この申し出によって何もかもが一変するだろう。ソンジャは言った。「家に帰って相談してみないと。働いてもいいか、訊いてみないと――」


夕飯を終えて食卓を片づけたあと、キョンヒは夫に麦茶を注ぎ、食後の一服のために灰皿を持ってきた。ノアはヨセプのとなりに脚を組んで座り、ヨセプが買ってきた鮮やかな色のコマで遊んでいた。その回転の速さに心を奪われたように見入っている。コマの軸と床がこすれる音が耳に心地よかった。ソンジャはモーザスを腕に抱き、コマで遊ぶノアを見守りながら、イサクはどうしているだろうかと考えた。イサクの逮捕以来、ヨセプを刺激しないよう、ソンジャは家ではほとんど口をきかずにいた。ヨセプはまるで人が変わったようだった。怒ると、家を出てどこかに行ってしまう。そのまま夜更けまで帰ってこないときもあった。妻たちが焼肉店で働くことにヨセプが反対するのはわかりきっていた。

ヨセプがたばこに火をつけたところで、キョンヒが仕事の件を話した。〝お金〟が、ではなく、この〝仕事〟がぜひとも必要だと強調した。

「おまえたち、気でもふれたか。食い物を作って駅前の橋の下で売るって言い出したかと思えば、今度は二人そろってレストランで働きたいだと? 男の客が酒を飲んだり賭けごとをしたりするような店で? そんな場所にのこのこ出かけていく女がどこにいるっていうんだ。次は男に酒を注ぐ仕事をしたいとでも言い出すか――?」指でつまんだまま吸っていないたばこが小刻みに震えていた。ヨセプは暴力に訴えるような人間ではないが、忍耐の限界に達しかけていた。

「その焼肉店に行って、なかに入ったのか」ヨセプは訊いた。こんな会話をしていること自体が信じがたかった。

「いいえ」キョンヒは答えた。「わたしはモーザスと一緒に外で待ってたの。大きくて清潔そうなお店だった。窓からなかが見えたから。ソンジャと一緒に行ったのは、一人で行かせて、ちゃんとしたお店じゃなかったらたいへんだと思ったからよ。店長のキム・チャンホは、丁寧な感じの若い男性だった。あなたもぜひ会ってみて。あなたがだめと言うならあのお店には行かない。あなた《ヨボ》――」ヨセプがひどく機嫌をそこねているのがわかって、キョンヒはいたたまれない気持ちになった。ほかの誰より夫を尊敬していた。世の女性たちは夫の愚痴をこぼすが、ヨセプには悪く言いたくなるようなところなど一つもない。誠実で、約束を決して破らない人だ。せいいっぱいの努力をしてくれている。尊敬に値する夫だった。家族を養うために全力を尽くしている。

ヨセプはたばこの火を消した。ノアはコマを回すのをやめた。怯えた顔をしていた。

「あなたもキム・チャンホに会えばきっと……」この仕事を逃すわけにいかない。一方で、夫に屈辱的な思いをさせることにもなるだろう。結婚して以来、キョンヒが何かやりたいと言ったときヨセプがそれを禁じたことは一度もない。ただし、お金を稼ぐことだけは別だった。勤勉な男なら自分の稼ぎだけで家族を養えるのが当然だし、女は家庭を守るべきだとヨセプは信じている。

「お給料はわたしたちにではなく、あなたに渡してもらうようにもできると思うの。そのお金はイサクの子供たちのために貯金したり、あなたの実家に仕送りしたりするのに使いましょう。イサクにもっと栄養のあるものを買ってあげられるだろうし、服も差し入れられる。イサクがいつ――」キョンヒは口をつぐんだ。ノアが伯父を守ろうとするように体をぴたりと寄せていた。そして伯父の脚を優しく叩いた。ノアが転んだときや学校で何かいやなことがあって落ちこんでいるとき、ヨセプがいつもやるように。

ヨセプの頭のなかで言いたいことが渦を巻いていたが、どれ一つ口に出せなかった。

ヨセプは常勤の仕事を二つ掛け持ちしていた。給料は同じ仕事をしている日本人の半分しかもらえないが、島村さんが経営する工場二つで職工長を務めている。しばらく前からそれに加えて、朝鮮人が経営する工場でプレス機を夜間に修理する仕事も請け負っているが、こちらは定収入として当てにできない。修理の仕事をしていることはキョンヒに話していなかった。機械修理工ではなく、工場勤務の管理職と思われるほうが気分がいいからだ。修理の仕事のあとは、薄めた苛性ソーダと毛の堅いブラシを使って両手をこすり洗いし、爪の下に入りこんだ機械油を落としてから帰宅していた。骨惜しみせずにどれほど働こうと、金はいつだって足りない。ポケットに穴でも空いているかのように、紙幣も硬貨ももらったそばからどこかに消えてしまった。

　日本は追い詰められている。政府はそれを知っていながら決して負けを認めようとしない。中国での戦いは激しさを増している。島村の息子たちは国のために戦地に赴いた。満州に送られた上の息子は去年、片脚を失い、壊疽《えそ》がもとで命を落とした。下の息子はその兄に代わって南京に派遣された。日本が中国で闘っているのは、アジア情勢の安定と平和のためだ――島村が何気なくそんな風に言ったことがあったが、ヨセプの印象では、島村自身、それが事実とはまったく思っていないようだった。日本はアジア地域の戦争を拡大し続けている。近いうちにドイツ軍と同盟を結んでヨーロッパ戦線にも参加するだろうという噂も広まっていた。

　どれもヨセプには関係のない話だ。島村が戦争の話をするたび、ヨセプは適切なタイミングでうなずいたり相づちを打ったりした。上司が話しているときはそうするのが礼儀だからだ。しかしヨセプの朝鮮人の知り合いはみな、日本がアジアで戦争を拡大するのは無謀だと考えていた。中国は朝鮮とは違う。中国は中華民国とも違う。中国は、自国民をたとえ百万人失ったとしてもまだ戦いを続けられる。一部の地域は陥落するかもしれないが、国土は無限といえるほど広大だ。数の多さと強固な意志に支えられて耐え抜くだろう。朝鮮人は日本の勝利を望んでいるか。まったく望んでいない。とはいえ、日本の敵が勝ったら、朝鮮はどうなるだろう。国を守れるだろうか。まず無理だ。だから自分の身は自分で守れ——口には出さずとも、朝鮮人はみなそう自分に言い聞かせている。自分の家族を守ろう。自分の空腹を満たそう。油断するな、指揮官を疑え。朝鮮の民族主義者が祖国を取り返せないなら、自分の子供に日本語を学ばせ、よい仕事に就けるようにしろ。順応せよ。そういう単純な話ではないか。朝鮮の独立を求めて闘っている愛国者一人の背後に、あるいは日本のために戦場で戦っている不運な朝鮮人一人の背後には一万の同胞がいて、朝鮮半島で、あるいはほかのどこかで、今日食べるものにも困っている。結局のところ、胃袋がその人の王なのだ。

ヨセプは朝から晩までお金の心配をしていた。もしも自分がぽっくり死んだりしたら、どうなるだろう。妻を飲食店で働かせる夫がどこにいる？　その焼肉店《カルビ》ならヨセプも知っていた。誰だって知っている。三軒あって、駅前にあるのが本店だ。夜遅くになるとやくざ者が食事に集まる店。一般市民や日本人が入りにくいよう、価格をわざと高めに設定している。イサクとソンジャが日本に来たときの旅費を借りたとき、ヨセプはその店に行った。果たしてどちらのほうがみじめだろう。高利貸しの店で妻を働かせることか。それとも、高利貸しから金を借りることか。朝鮮人の男にとってはどちらも屈辱だった。

4

一九四二年五月

パク・ノアは、近所に住む八歳の子供のなかで異質だった。毎朝の登校前に頬がピンク色になるまでごしごしと顔を洗い、黒い髪に油を三滴なじませ、母親に教えられたとおり生え際から後ろに梳かしつけた。麦粥と味噌汁で朝食をすませ、流しで口をすすぎ、小さな丸い手鏡を使って白い歯を確認した。洗濯してアイロンをかけた服を着ると、すぐ前の貧しい通りで遊んでいる薄汚れた子供たちとは似ても似つかない、町のもう少し豊かな地域で暮らす日本の中流家庭の子供のように見えた。

学校では算数と国語が得意で、体育の教師が驚くほど反射神経に優れ、走るのが速かった。放課後には、自発的に教室の棚を整頓し、教室の床掃除をしたあと、よけいな注目を集めないよう用心しながら一人で下校した。いじめっ子グループを恐れていない風を装いつつ、他人を寄せつけない静謐《せいひつ》な空気を防壁のごとくまとって彼らを遠ざけていた。近所の子供たちは夕飯まで道ばたで遊んでいたが、ノアはまっすぐ家に入って宿題をすませた。

母や伯母が焼肉店でキムチを作るようになって、以前は家に染みついていた白菜やきゅうりを漬けるにおいは消えた。これでもう〝にんにくうんこ〟と呼ばれずにすむだろう。最近では、母と伯母が焼肉店から調理済みの食事を持って帰るようになって、近隣のほかの家よりも料理のにおいがしなくなっているくらいだった。店の焼肉や白飯といったご馳走も週に一度、味わえた。

どんな子供も秘密の一つや二つ持っているものだが、ノアの秘密はほかの子供たちのそれと性質が違っていた。学校では、パク・ノアではなく日本名の朴宣男で通していた。朴という姓から、ノアが朝鮮人であることを同級生はみな知っていたが、新しい知り合いにはそれを伏せた。ノアはほとんどの日本人の子供よりきちんとした日本語を話し、書いた。教室では、父や母が生まれた半島の話題が出やしないかとつねに怯え、教師が朝鮮の植民地支配に触れると、目を伏せて机の上の紙を見つめた。ノアにはもう一つ秘密があった。プロテスタントの牧師である父は投獄されていて、二年以上、一度も家に帰っていないことだ。

父の顔を思い浮かべようとしてもできない。学校で家族史を語る課題があれば、父はビスケット工場で職工長を務めていると話した。ヨセプ伯父のことを父と誤解されても放っておいた。母や伯母、そして大好きな伯父にも隠している大きな秘密は、もう神を信じていないということだ。神は、何一つ悪いことなどしていない物静かで優しい父が監獄に放りこまれるのを黙認した。神様は子供の祈りにとくに注意深く耳を傾けているのだよと父は言っていたのに、これまでのところ神はノアの祈りに応えてくれない。だがほかの何より大きな秘密、決して口に出せない秘密は、日本人になりたいという願いだった。どこか遠くに行って、猪飼野には二度と戻らない——それがノアの夢だ。

春の終わりのある日の午後だった。ノアが帰宅すると、家族の食卓とノアが宿題をする勉強机を兼ねた座卓に、母が仕事に出かける前に用意してくれたおやつがあった。喉が渇いていたノアは台所に行って水を飲んだ。居間に戻ったところで悲鳴を上げた。玄関から入ってすぐの床に、痩せ衰えて汚れにまみれた男が倒れていた。

体力が尽きて立ち上がれないらしく、男は左肘を床について上半身を起こそうとしたが、それも無理だった。

もう一度、大きな声を出すべきだろうか。それで誰か助けに来てくれるだろうか。母も伯母も伯父も仕事に出かけているし、近所の誰にもさっきの悲鳴は聞こえていないようだった。物乞いらしき男は危険そうには見えなかった。具合が悪そうで不潔だが、泥棒でもなさそうだ。空き巣狙いが食べものや金目のものを探して家に入りこんでくることがあるから気をつけるようにと、伯父から注意されている。ズボンのポケットに五十銭あった。挿絵入りの弓術の本がほしくて貯めたお金だ。

男はむせび泣いていた。ノアは気の毒になった。この通りには貧しい人が大勢住んでいるが、ここまでひどいなりをしている人はいない。物乞いの男の顔は赤い傷や黒いかさぶただらけだった。ノアはポケットから硬貨を取り出した。腕をつかまれたらと怖くて、できるだけ近づかないようにしながら男の手に硬貨を置いた。後ろ向きに歩いて台所まで逃れ、勝手口から飛び出して助けを求めるつもりだったが、男が泣いていることが気になって、足を止めた。

灰色のひげに覆われた男の顔をまじまじと観察する。服は破れ、垢じみているが、形からすると、小学校の校長先生が着ている黒っぽいスーツに似ていた。

「お父《アッパ》さんだよ」男が言った。

ノアは息をのみ、まさかと首を振った。

「お母さんはどこだ」

たしかに父の声だった。ノアは一歩前に出た。

「お母《オンマ》さんなら焼き肉屋さんだよ」ノアは答えた。

「どこだって？」

イサクは困惑顔をした。

「ちょっと行ってくる。オンマを呼んでくるから。大丈夫？」ノアはどうしていいかわからなかった。まだ少し怖かった。しかし、父であることはまちがいない。突き出た頰骨の奥の優しい目、垢にまみれた肌は、昔と変わっていない。そうだ、きっと腹が減っているだろう。服に隠れた肩や肘の骨は、先をとがらせた木の枝のようだった。「何か食べる、アッパ」

ノアは母が用意しておいてくれたおやつを指さした。麦ときびのおにぎり二つ。

イサクは首を振り、息子の気遣いに微笑した。

「坊《アガ》や――水をもらえないか」

台所でコップに冷たい水をくんで戻ると、父は力なく床に倒れこんでいた。目は閉じている。

「アッパ！　アッパ！　起きて。水を持ってきたよ。水を飲んで、アッパ」ノアは叫んだ。

イサクのまぶたが震えながら開いた。ノアを見て微笑む。

「アッパは疲れたよ、ノア。アッパは寝ることにする」

「アッパ。水を飲んで」ノアはコップを差し出した。

イサクは顔を上げて一口大きく飲むと、また目を閉じた。

ノアは父の口のそばにかがみこみ、息をしているかどうか確かめた。自分の枕を持ってきてイサクのもじゃもじゃした灰色の頭をそこに載せた。厚い布団を父の体にかけ、外に出て玄関の引き戸を静かに閉めた。それから焼肉店へと全速力で走った。


焼肉店に駆けこんだが、誰もノアに気づかなかった。仕事に忙しいおとなの男性たちは、はいといいえ以外ほとんどしゃべらない行儀のいい子供を気にとめていない。歩き出したばかりのモーザスは物置部屋で眠っていた。起きているときは二歳の子供らしく食堂をぱたぱたと歩き回っているが、眠っているあいだはまるで天使の彫像のようだった。店長のキムは、ソンジャの子供たちについて文句を言うどころか、おもちゃや漫画本を買ってきてくれたり、奥の事務室で仕事があるときなどモーザスをそこで見ていてくれたりすることもあった。

「あら」厨房にいたキョンヒが仕事の手を止めて顔を上げ、青ざめて息を切らしているノアの様子に驚いた表情をした。「そんなに汗をかいて。何かあったの？　もうじき終わるからね。おなか空いてる?」しゃがんでいたキョンヒは立ち上がってノアにおやつを用意しようとした。家で一人でいるのが心細くて来たのだろうと思った。

「アッパが帰ってきた。病気みたい。いまうちの床で寝てる」

ノアが何か言うのを黙って待っていたソンジャは、それを聞いて濡れた手をエプロンで拭った。「帰ってもかまわない? ノアと一緒に行ってもいい?」これまでソンジャが早退したことは一度もなかった。

「あとはわたし一人でやれる。行って。ほら、急いで。仕事が終わったらわたしもすぐ帰るから」

ソンジャはノアと手をつないだ。

道のりを半分ほど行ったところで、ソンジャは叫んだ。「モーザス。どうしよう」ノアがソンジャを見上げた。

「オンマ、伯母さんが連れて帰ってきてくれるよ」ノアは冷静に言った。

ソンジャはノアの手をしっかりと握り直し、急ぎ足で家に向かった。

「あなたといると安心ね、ノア。あなたがいれば安心だわ」

二人きりのときなら、息子に優しくできる。親は子供を褒めてはいけない。それは知っていた。ちやほやするのは子供のためにならない。しかしソンジャの父は、娘が何かを上手にこなすと褒めた。たとえうまくできなかったときでも、いつもの癖で、ソンジャの頭のてっぺんをなでたり、背中をそっと叩いたりした。ほかの家の親なら、娘を甘やかさないほうがいいと近所の人から叱られていただろうが、体が不自由なソンジャの父、娘の左右対称な顔立ちや健常な手足をほれぼれと眺める父には誰も何も言わなかった。父はソンジャがただ歩いているだけで、あるいは簡単な暗算をやってのけるだけで目を細めた。父が亡くなったあと、ソンジャは父の心の温かさや優しい言葉を磨き抜かれた宝石のように大切にした。他人に褒め言葉を期待するものではない。女であればなおさらだ。しかしソンジャは幼いころ、まさしく宝物として大事に育てられた。ソンジャは父の歓喜の源だった。親から大切にされる感覚をノアにも教えたい。息子たちを与えてくれた神に全身全霊で感謝していた。たとえあと一日だけであっても夫の兄の家で暮らすのは無理だと思えるとき——朝から晩まで働き、夜明け前に起床して同じ一日を繰り返し、夫の食事を留置場に届ける毎日はつらすぎると感じたとき——ソンジャは、娘の前で声一つ荒らげたことのない父を思った。父は、子は親の喜びであると、息子たちの存在は喜びであると教えてくれた。

「アッパはとても具合が悪そうだった?」ソンジャは尋ねた。

「初め、誰だかわからなかったよ。アッパはいつも清潔できちんとした服装をしてたよね」

ソンジャはうなずいた。ずいぶん前から最悪の事態を覚悟していた。通っている教会の古参信者から、逮捕された朝鮮人が家に帰されるのはたいがい余命わずかになってからだと聞いていた。留置場で死なれては面倒だからだ。逮捕者は暴行を受け、食べものを与えられず、服も取り上げられて、体力を失っていく。ソンジャはちょうどその朝、留置場に寄って、食事と今週分の洗濯したての下着を差し入れたばかりだった。となると、古参信者の言うとおり、家族からの差し入れは何一つイサクに届いていなかったことになる。ノアを連れ、行き交う人々には目もくれずに混雑した通りを歩きながら、イサクが帰宅したときの心構えをノアに教えておくべきだったのに、そこに考えが及ばなかったことにソンジャは初めて気づいた。イサクが死んだ場合に備えて働き、お金を貯めることにばかり忙しくて、イサクが帰ってきたとき、あるいは不幸にも死んだとき、ノアがどう思うだろうということには気が回らなかった。このときに備えさせてやらなかった自分を申し訳なく思った。ノアにはたいへんな衝撃だったに違いない。

「今日はおやつは食べた？」ソンジャはノアに訊いた。ほかに言うことを思いつかなかった。

「ううん。アッパに食べてもらおうと思って」

学校の制服を着た子供たちが駄菓子屋から出てきた。楽しそうにおやつを食べている。ノアは無言で下を向いたが、ソンジャの手は離さなかった。知っている生徒たちだが、そのなかに友達と呼べる子はいない。

「今日は宿題は」

「あるよ。家に帰ったらやるから、オンマ」

「あなたは本当にしっかりしてて助かるわ」ソンジャは言った。非の打ちどころのない五本の指をしっかりと握った。頼りがいのある息子の存在がありがたかった。

ソンジャはそろそろと戸を開け、床で眠っているイサクの頭のそばに膝をついた。まぶたや頰の皮膚はくすんでシミだらけになっている。髪もあごひげもほとんど真っ白に変わっていた。兄のヨセプよりずっと老けて見える。ソンジャを不面目《ふめんぼく》から救った美しい青年の面影《おもかげ》はもうどこにもない。ソンジャはイサクの靴と穴だらけの靴下を脱がせた。足の裏の皮膚はひび割れ、乾いた血がこびりついていた。左足の小指は黒く変色している。

「オンマ」ノアが言った。

「何」ソンジャはノアのほうを振り返った。

「おじさんを呼びにいく?」

「そうね」ソンジャは涙をこらえてうなずいた。「島村さんは早退を許可してくれないかもしれない。もしすぐに帰れないようなら、お父さんにはお母さんがついてるからって伝えてね。おじさんが叱られたりしたら困るもの。わかった?」

ノアは玄関から飛び出していった。きちんと閉まりきらなかった引き戸から風が入ってきて、イサクが目を覚ました。目を開き、すぐとなりに座っている妻に気づいた。

「おまえ《ヨボ》」イサクは言った。

ソンジャはうなずいた。「お帰りなさい。帰ってきてくれて本当にうれしい」

イサクは微笑んだ。以前は白い歯がきれいに並んでいたのに、いまは変色したり抜けたりしていた。下の歯はほとんど残っていなかった。

「さぞつらかったでしょう」

「フーとユ先生は昨日死んでしまった。僕がまだ生きているのが不思議なくらいだよ」

ソンジャは首を振った。言葉を失った。

「ようやく帰ってこられた。毎日、この日を空想していたよ。それこそ朝から晩まで。こうして帰ってこられたのはそのおかげかもしれない。きみにたいへんな苦労をさせてしまったね」イサクは気遣いのこもったまなざしをソンジャに向けた。

苦労なんてとソンジャは首を振り、涙で濡れた頰を袖で拭った。

工場で働いている朝鮮人や中国人の若い女性たちがノアに気づいて微笑んだ。焼きたてのビスケットのおいしそうな香りがノアを出迎えた。入口の近くでビスケットを箱詰めしていた女性は、背が伸びたわねと朝鮮語でささやいた。それからヨセプの背中を指さした。ヨセプはビスケット製造機のモーターの上に屈みこんでいた。細長い形をした工場はまるで大きなトンネルのようで、工員の作業を監視しやすくなっている。経営者の事務室のすぐ前に巨大な製造機が設置され、そこから伸びるコンベアベルトの両側に工員が並んでいた。ヨセプはゴーグルを着けて点検パネルをのぞきこみ、ペンチで内部をいじっていた。職工長と機械工を兼任しているのだ。

大型機械が騒々しく、ふつうの音量で話しても聞こえない。工場内は私語禁止だが、小声で話したり、顔の表情で意思疎通を図ったりしていれば気づかれずにすむ。手先の器用さと几帳面さを買われて雇われた四十名の独身女性が薄いビスケットを二十枚ずつ木の箱に詰めていた。出荷された製品は、中国に駐屯している陸軍将校に届けられる。

割れたビスケット二枚につき一銭が給料から差し引かれる決まりになっているので、手際のよさはもちろん、慎重に箱詰めすることを求められた。ビスケットの小さなかけらを一つつまみ食いしたら、それだけで解雇だ。一日の作業の終わりに、最年少の工員がビスケットのかけらを内側に布を張ったかごに集め、小さな袋に分けて値引き販売する。売れ残った分は、ミスなくもっとも多く箱詰めをこなした工員たちに格安で購入する権利が与えられた。ヨセプが割れたビスケットを持ち帰ったことはない。割れビスケットであろうと、薄給の女子工員にとっては手に入るだけありがたいからだ。

工場主の島村は、納戸ほどの広さのガラス張りの事務室に座っていた。そこからガラス越しに工員の働きぶりを監視できる。何か気になるとすぐヨセプを呼び、女子工員に警告を与えさせた。二度目の警告でその工員は帰宅を命じられ、たとえその週すでに六日勤務していたとしても週給は支払われない。島村は青い布張りの帳面に全工員の氏名を美しい文字で書き、その横に警告の内容を記入していた。職工長であるヨセプは工員に罰を与えるのをいやがった。島村はそれを朝鮮人の弱さの一例と考えていた。効率がよく、きめ細やかで、高レベルな日本式の組織をもってアジア各国を運営すれば、アジアの繁栄と発展のレベルは向上し、悪辣な西洋諸国に打ち勝てるだろうというのが島村の持論だった。自分は偏見のない人間で、もしかしたら情にもろすぎるところがあると考え、外国人を雇用しない同業者が多いなかで積極的に雇うのはそのためだと思っている。外国人はだらしないと指摘されると、だからこそ無能さや怠惰を憎むことを日本人が教えてやるのだと反論した。後代のために高い水準を保たなくてはならないと島村は信じている。

ノアが工場のなかに入るのはこれで二度目だった。前回、島村は不愉快そうにした。一年ほど前、キョンヒが市場で高熱を出して倒れ、ノアがヨセプを呼びに来たときのことだった。ヨセプが妻の看病のために早退するのを島村はしぶしぶ許した。翌朝、こういうことは二度とあっては困るとヨセプを注意した。有能な修理工がいなくて、どうやって機械が頼りの工場を二つ運営していけるのか。ヨセプの妻がまた体調を崩したら、そのときは近所の住人なり家族なりに頼ってくれ。昼日中《ひるひなか》に突然早退するなど、二度と許さない。ビスケットは軍の注文品なのだ。納品が遅れるなどあってはならないことだ。兵士たちはお国のために命をかけて戦っている。家族が犠牲を払うのは当然だ。したくもない不愉快な演説からたった一年後の今日、またもノアが現れたことに気づいて、島村の頭に血が上《のぼ》った。音を立てて新聞を広げ、おじの背中をつつくノアを見ないふりをした。

背後からそっと触れられてヨセプは驚き、振り返った。

「うわ、脅かすなよ、ノア。何しに来た」

「アッパが帰ってきた」

「本当か」

「すぐ帰ってこられる?」ノアは尋ねた。唇が小さな赤い円を描いた。

ヨセプはゴーグルを外して吐息をついた。

ノアは口を閉じて下を向いた。おじは許可をもらわなくては帰れない。母のソンジャがキョンヒおばさんやキムさんに早退してかまわないか尋ねたように。ノアが授業中にトイレに行きたくなったら、先生に許可を求めなくてはならないように。よく晴れた日、ノアは誰にも内緒で大阪湾に行く空想をした。まだ小さかったころ、土曜の午後に父と一度だけ行ったことがあって、また行けたらどんなに楽しいだろうといつも思っている。

「イサクは大丈夫そうか」ヨセプはノアの表情を探るように見た。

「髪の毛は灰色になってた。すごく汚い。オンマがついてるよ。おじさんが帰れそうになければかまわないって言ってた。とにかく知らせておきたいって。アッパが帰ってきたことを知らせたいって」

「そうだな。来てもらってよかった。帰ってきたとわかってうれしいよ」

ヨセプは島村のほうをさりげなくうかがった。目の前に新聞を広げて読んでいるふりをしているが、全神経をとがらせてこちらを観察しているのは間違いない。早退など絶対に許さないだろう。それに、キョンヒが倒れたときとは違い、教会の使用人が神社での儀式を拒んだせいでイサクが逮捕されたことは島村も知っている。警察がときどき工場を訪ねてきて、ヨセプだけでなく島村からも話を聞いていくからだ。島村は、模範的な朝鮮人だといってヨセプを擁護した。しかし、もし早退すれば解雇されるだろうし、警察に呼ばれて取り調べを受けるようなことがあれば、新しい就職先を探そうにも、島村は推薦状を書いてくれないだろう。

「いいか、ノア。おじさんの仕事はあと三時間くらいで終わる。そのあと大急ぎでうちに帰るよ。仕事の途中なのに帰るとしたら無責任だ。終わったらすぐ、おまえに負けないくらい速く走って帰るからな。おまえのオンマには、できるだけ急いで帰るからと伝えてくれ。アッパから訊かれたら、ヨセプ兄さんはもうじき帰ってくると言うんだ」

ノアはうなずいた。しかし、おじさんはどうして泣いているのだろう。

「おじさんは仕事を最後までやらなくちゃならないんだ、ノア。だからおまえは急いでうちに帰れ。いいな」ヨセプはゴーグルを着け、ノアに背を向けた。

ノアは急ぎ足で出入口に向かった。ビスケットの甘い香りが工場の外までついてきた。ここで製造されているビスケットを食べたことは一度もなかった。食べてみたいとせがんだこともない。

5

ノアは玄関に飛びこんだ。ずっと全力で走ってきたせいで頭と心臓がどくどく脈打っていた。何度か大きく息を吸いこんでから、母に伝えた。「おじさん、早退できないって」

ソンジャはうなずいた。予想していたことだ。ソンジャは濡らした手ぬぐいでイサクの体を拭っていた。

イサクは目をつむっていたが、胸は小さく上下を繰り返していた。ときおり苦しげな咳が出て、呼吸のリズムが乱れた。長い脚には薄手の毛布をかけてある。両肩や紫がかった色を帯びた上半身にいくつもの傷痕が斜めに走り、でたらめな格子柄を描いていた。咳をするたびに首が赤く染まった。

ノアは静かに父に近づいた。

「だめよ。下がっていなさい」ソンジャは険しい声で言った。「アッパは重い病気なの。ひどい風邪を引いているのよ」

体の汚れはまだまだ取りきれていないが、毛布をイサクの肩まで引き上げた。強力な石鹸を使い、たらいの水を何度も取り替えたのに、イサクの体はいやな臭いをさせている。髪やあごひげにはシラミがたかっていた。

ひどい咳が出て目を覚まし、数分だけ意識が戻ったことが何度かあった。いまも目を開けていたが、今回は何も言わなかった。その目はソンジャを見ているのに誰だかわからないらしかった。

ソンジャはイサクの熱っぽい額に載せた湿布を替えた。一番近い病院は、路面電車で行っても遠いところにある。仮にソンジャ一人でイサクを運んでいけたとして、しかも一晩中待っていたとしても、医師の診察を受けられる保証はない。キムチの手押し車にイサクを乗せれば停留場までは行けるかもしれないが、路面電車に移すのは無理だろう。それに、手押し車をどうしたらいい？　路面電車の扉を通せないだろう。ノアが手押し車を押して家に持ち帰るという手はあるが、そうなると今度は停留場から病院にイサクを運べない。路面電車の運転士に乗車を断られたら。具合の悪そうな乗客が降りてくれと言われているところをソンジャも何度か見かけた。

ノアは咳から逃れて父の脚の側に座った。鋭くとがった膝小僧をそっと叩きたい衝動に駆られた。父に触れて、本物だと確かめたい。ノアは鞄からノートを出すと、父の息づかいに注意を払いながら宿題を始めた。

「ノア、靴を脱いだばかりなのにごめんね。薬局に行って、コン先生を呼んできて。緊急だって伝えてね――倍のお金を払うってオンマが言ってるって」ソンジャは、もしも朝鮮人薬剤師のコンが来てくれないなら、キョンヒに頼んで日本人薬剤師に往診に来てもらおうと思った。とはいえ、おそらくその必要はないだろう。

ノアは立ち上がり、無言で家を出た。通りを猛然と走っていく規則正しい足音がソンジャにも聞こえた。

ソンジャはイサクの体を拭うのに使っていた小さな手ぬぐいを真鍮のたらいの上で軽く絞った。イサクの広く骨張った背中は、最近の暴行の痕跡であろうできたばかりのみみず腫れや古い傷痕だらけだ。痣《あざ》で紫色に染まった体を拭っていると、胸が張り裂けそうになった。イサクほど善良な人はほかにいない。イサクはソンジャを理解し、ソンジャの気持ちを尊重しようと努めた。恥ずべき過去を話題にすることは決してなかった。ノアのあと、モーザスを出産するまでのあいだに何度か流産したが、そのときも辛抱強くソンジャを慰めた。ようやく二人のあいだにできた息子が生まれたとき、イサクは大喜びしたが、ソンジャは家族が生きていくためのお金の心配ばかりしていて、その喜びを分かち合えなかった。イサクが死を前に家に帰されたいま、たとえお金があったとして、何の役に立つのだろう。もっとイサクに尽くせばよかった。イサクがソンジャを理解しようと努力したように、ソンジャも彼を知る努力をもっとすべきだった。だが、もう手遅れだ。肉体は生傷だらけで痩せ衰えていても、イサクの美しさは見落としようがなかった。イサクとソンジャは対照的だ。ソンジャは背が低くがっちりとしている。イサクは華奢で手足が長い。彼の足は、傷だらけになったいまもきれいな形をしていた。ソンジャの目は小さくて臆病だが、イサクの目は大きくて思いやりにあふれている。たらいの水は灰色に濁っていた。ソンジャは水を取り替えようと立ち上がった。

イサクは目を覚ました。もんぺ姿のソンジャが遠ざかる後ろ姿が見えた。イサクは呼び止めようとした。「おまえ《ヨボ》」しかしソンジャは振り返らない。どうすれば大きな声を出せるのだったか。心と頭はまだ生きているのに、声は死にかけているかのようだった。「ヨボ」イサクはくぐもった声で言った。ソンジャのほうに手を伸ばす。ソンジャは台所に消えようとしていた。ここは大阪のヨセプの家だ。これは夢ではないだろう。たったいま、子供のころの夢を見ていて目が覚めたのだから。夢のなかのイサクは、子供のころ住んでいた家の庭にそびえる栗の木の低い枝に座っていた。鼻の奥にまだ栗の花の香りが残っている。監獄で見たたくさんの夢に似ていた。監獄では、夢を見ているさなかにも、これは夢であって現実ではないと知っていた。現実のイサクは木登りなど一度もしたことがない。子供のころ、外の空気を吸わせてやろうと、家の庭師がイサクを抱いてその栗の木のところに連れていってくれたが、ヨセプのように木に登る体力は彼にはなかった。庭師はヨセプを〝おサル坊や〟と呼んでいた。夢のなかのイサクは、大きな枝にしっかりとしがみついていた。深緑色の葉を茂らせ、真ん中が濃いピンク色をした白い花を満開に咲かせている大枝から手を離すのが怖かった。家のなかから、彼を呼ぶ女たちの朗らかな声が聞こえた。子守係や自分の妹に会いたくなった。二人とも何年も前に死んでいるのに、夢のなかでは少女のように笑っていた。

「ヨボ――」

「あら《オモ》」ソンジャは台所の入口にたらいを置き、急いでイサクのもとに戻った。「大丈夫？　何かほしいものがあったら言って」

「僕のソンジャ」イサクはゆっくりと言った。「元気だったかい」眠気は強烈で意識はもうろうとしていたが、それでも安堵を覚えた。ソンジャの顔は彼の記憶と違っていた。

いくらか老けこみ、やつれている。「苦労をかけただろうね。申し訳なかった」

「いいから——体を休ませて」ソンジャが言った。

「ノア」何かすてきなことを思い出したような調子で息子の名前を言った。「ノアはどこかな。さっきまでそこにいたのに」

「薬剤師を呼びにいってるわ」

「とても元気そうだった。それに頭の回転が速い」ろれつが回らない。それでもふいに頭のなかの霧が晴れたようで、ソンジャに話したかったことを一気に吐き出したくなった。

「レストランで働いているそうだね。料理をしているの」咳が出て、止まらなくなった。ソンジャのブラウスに血の染みが点々と散った。ソンジャは手ぬぐいでイサクの口もとを拭った。

イサクが起き上がろうとするのを見て、ソンジャは左手で彼の頭を支え、右手を胸に置いて落ち着かせようとした。起きたりしたらどこか痛めやしないかと心配だった。激しい咳で体中がばらばらになってしまいそうだ。肌が熱を持っているのが毛布越しにも伝わってきた。

「いまは休んで。またあとで——話はまたあとでゆっくり」

イサクは首を振った。

「だめだ。いま——いま話しておきたいことがある」

ソンジャは両手を膝に置いた。

「僕の命に価値はない」イサクはソンジャの目の表情を読み取ろうとした。そこには苦悩と疲労があふれていた。彼女に感謝していると伝えたかった。自分の帰りを待っていてくれたことに、家族を守り抜いてくれたことに。外で働いて家族を支えてくれているのだと思うと、自分のふがいなさが身に染みた。自分が不在で、しかも戦時中とあって物価は高騰する一方だ。お金に苦労しただろう。監獄の看守たちは、何を買うにも高すぎる、食べるものもろくに手に入らないとしじゅう不満を漏らしていた。粥に虫が入っている程度のことで文句を垂れるなと言われた。家族がきちんと食べられていますようにとイサクは毎日祈っていた。「きみをここに連れてきたせいで、よけいに苦労させてしまったね」

ソンジャは微笑んだ。あなたはわたしを救ってくれたのよと伝えたかったが、どう言えばいいのかわからない。だから代わりにこう言った。「かならず元気になってください」ソンジャは厚いほうの毛布をイサクの体にかけた。イサクの肌は焼けるように熱かったが、それでも全身が震えていた。「子供たちのために、元気になってください」「あなたがいなくて、あの子たちをどうやって育てていったらいいの？」

「モーザス――モーザスはどこに」

「お店にいるわ。お義姉さんと一緒に。お店に連れてきてかまわないと言ってもらってるの」

ふいに視界が晴れたような気がして、イサクは息子たちのことをもっと知りたくなった。

「モーザス」そうささやいて口もとをゆるめる。「モーセは人々を奴隷の身分から救った――」頭の奥が激しくうずいて、イサクはまた目を閉じた。息子たちが成長し、学校を卒業して、結婚するまで見届けたい。生きたいとこれほど強く思ったのは初めてだった。年老いるまで生きていたいと思い始めたいま、皮肉にも、死を迎えるために家に帰された。「僕には息子が二人いる」イサクは言った。「息子が二人。ノアとモーザス。息子たちの上に神の恵みがあらんことを」

ソンジャはイサクを注意深く観察した。顔は別人のもののようではあったが、穏やかな表情をしていた。ほかにどうしていいかわからず、ソンジャは話を続けた。

「モーザスは体が大きくてね、いつも上機嫌で人なつこいのよ。気持ちのいい笑い声をしてる。どこにいても走り回るの。すごく速いんだから」ソンジャは幼児が走る姿を真似して両腕を動かした。いつのまにか笑っていた。イサクも笑った。そしてその瞬間、ソンジャは悟った。モーザスが元気に育っているという、それだけの話に喜んで耳を傾ける人はこの世にたった一人しかいない。息子たちの成長に感じる誇りや喜びを自分の胸にしまっておかなくてもいいのだと、いまのいままで忘れていた。義兄や義姉も子供たちの成長を喜んではくれるが、子供を持てなかった二人の悲しみを軽んじてはならない。自慢のように受け取られるのではないかと怖くて、内心の喜びを二人から隠すこともあった。祖国では、健康で賢い男の子二人に恵まれるのは莫大な富を持つことと同じだ。家やお金がなくとも、ソンジャにはノアとモーザスがいる。

イサクが目を開き、天井を見つめた。「神よ、二人に会うまでは逝けません。息子たちに会い、二人のために祈るまでは。神よ、それまでどうか――」

ソンジャは頭《こうべ》を垂れ、一緒に祈った。

イサクはまた目を閉じ、苦しげに肩をふるわせた。

ソンジャは右手をイサクの胸に置いて、弱々しい息づかいを確かめた。


玄関が開く気配がして、予想どおり、ノアが一人で帰宅した。薬剤師はいますぐ来られないが、今日のうちに来ると約束した。ノアはまたイサクの足もとに座り、眠っている父のそばで算数の宿題を始めた。父に宿題を見てもらいたかった。ノアの学年を担当する教師のうちで一番厳しい星井《ほしい》先生でさえ、ノアは字を書くのが上手だと褒め、識字率の低い朝鮮民族の未来のためにがんばって勉強しなさいと言っていた。「勤勉な朝鮮人が一人いれば、一万の朝鮮人が奮い立って怠惰な性質を捨て去るでしょう」

イサクは眠り続け、ノアは宿題に没頭した。

夕刻、キョンヒがモーザスを連れて帰宅すると、イサクが逮捕されて以来初めて、家に生き生きとしたエネルギーがあふれた。イサクは短時間だが目を覚ましてモーザスと対面した。骸骨のような男を見てもモーザスは泣かなかった。モーザスはイサクを「パパ」と呼び、相手を気に入ったときいつもするように、両手でイサクの顔を叩いた。ぽっちゃりした白い両手で、モーザスはイサクのげっそりと肉の落ちた頬を何度もぱたぱたと叩いた。イサクの前にしばらく座っていたが、イサクが目を閉じてしまうと、キョンヒがモーザスを抱き上げた。病気がうつってしまってはたいへんだ。

ヨセプが帰宅するなり、家はまた暗く打ち沈んだ。ヨセプは目の前の現実を見て見ぬふりをしようとしなかったからだ。

「よくもこんな」ヨセプはイサクの体を見つめて言った。

「なあイサク、連中が聞きたがってるとおりのことを言ってればこんなことにはならなかっただろうに。天皇を崇拝してるって、嘘でもいいから言えばよかったんだよ。生き延びるにはそれが何より大事なんだって、おまえにもわかるだろう」

イサクは目を開けたが、何も言わないまま目を閉じた。まぶたがひどく重たくて、開けているだけでつらかった。ヨセプと話がしたくても、言葉が喉につかえたように出てこない。

キョンヒがはさみと長いかみそり、油を入れた茶碗と酢を入れたたらいを持ってきてヨセプに言った。

「シラミやシラミの卵は放っておいても死なないわ。髪を剃るしかない。きっとものすごくかゆいと思うの」キョンヒは目に涙をためていた。

いますぐやれることを与えてくれたキョンヒに感謝しつつ、ヨセプは袖をまくり、油をイサクの頭に注いで頭皮によく揉みこんだ。

「イサク、動かないでくれよ」ヨセプはふだんどおりの調子を心がけながら言った。「この見るからにかゆそうなやつらを皆殺しにしてやるからな」

手際よくかみそりを動かし、剃り落とした髪を金だらいに放りこんだ。

「そうだ——なあ、イサク」思い出がよみがえって、ヨセプは微笑んだ。「覚えてるか。

子供のころ、散髪はうちの庭師にやってもらってたよな。俺は追い詰められた動物みたいに大声で叫び回ったが、おまえはいつだっておとなしくしてた。ちっちゃな坊さんって風情で落ち着き払ってさ、文句一つ言わなかったよな」ヨセプはしばし黙りこんだ。いま目の前にあるものが現実でなければいいのにと思った。「なあ、イサク。なんだって俺はおまえをこんな地獄に引っ張りこんじまったんだろう。おまえが恋しくてたまらなかった。だからって、おまえをこんなところに呼び寄せるなんてな。これは手前勝手なことをした俺に対する罰だ」ヨセプはかみそりをたらいに置いた。

「おまえが死んだりしたら、俺はどうかしちまうだろう。いいな。死んだりしたら許さない。頼むよ、イサク。死なないでくれ。だって、俺はどうやって生きていったらいいんだ。父さんや母さんになんて言ったらいいんだよ」

イサクは、家族がそろって自分の布団を囲んでいることに気づかないまま眠り続けた。ヨセプは目もとを拭って口を閉じ、歯を食いしばった。かみそりをまた手に取り、イサクの頭に残った灰色の毛を剃った。頭髪がなくなると、今度は弟のあごひげに油をなじませた。

ヨセプとキョンヒ、ソンジャは夜までかかってイサクの体についたシラミや卵を取り、灯油を入れたガラス瓶に落とした。手を休めたのは、子供たちを寝かしつけるときだけだった。夜遅くになって薬剤師が来たが、覚悟していたとおりの診断が下っただけだった。病院や医師がイサクにしてやれることはもう何一つない。

夜明けと同時にヨセプはふたたび工場に戻った。ソンジャはイサクと家に残り、キョンヒは焼肉店の仕事に出かけた。キョンヒが一人で仕事に行ってもヨセプは文句すら言わなかった。言い争う気力はなく、焼肉店からもらう給料はどうしても必要だった。玄関を出ると、出勤途中の男女や学校へ駆けていく子供たちで通りはにぎやかだった。居間で眠っているイサクの呼吸は浅く速かった。全身の毛という毛が剃り落とされて、まるで子供のように清潔でつるりとしていた。

ノアは朝食を終え、箸をきちんとそろえて置くと、ソンジャを見上げた。

「オンマ、今日は家にいてもいい？」学校でどれほどいやなことがあっても、これまで休みたいとは一度も言ったことがない。

縫い物をしていたソンジャは驚いて顔を上げた。

「具合でも悪いの」

ノアは首を振った。

うとうとしていたイサクもノアの声を聞いていた。

「ノア──」

「はい、アッパ」

「オンマから聞いたよ。将来りっぱな学者になりそうだって」

ノアは満面に笑みを浮かべたものの、いつもの習慣で目を伏せた。

試験で高得点を取るたびに、ノアは父のことを考えた。

おまえのお父さんは天才なんだぞとヨセプから何度も聞かされていた。先生に教わったことはほとんどないのに、本を読んで独学で朝鮮語と古典中国語、日本語を身につけたんだ、神学校に入るまでに、イサクは聖書を数度通読していたんだぞ。

学校でつらいことがあっても、父は学問のある人物なのだと思うと、勉強したい気持ちが高まった。

「ノア」

「はい、アッパ」

「今日も学校には行かなくてはいけないよ。小さかったころ、父さんはほかの子供たちと一緒に学校に行きたいと思っていた」

ノアはうなずいた。その話は周囲から繰り返し聞いていた。

「あきらめずに続けることが何より肝心だ。人は誰しも持って生まれた才能を伸ばさなくてはならない。アッパを喜ばせたいなら、これまでどおりのことを続けなさい。どこへ行こうと、おまえはうちの家族の代表だ。りっぱなふるまいをしなくてはいけない。学校でも、町でも、世界へ出ても。誰が何を言おうと関係ない。誰が何をしようと関係ないんだよ」咳が出て、イサクの言葉はしばしば途切れた。日本の学校に通うのはさぞつらいだろうと理解していた。

「謙虚な心を持った勤勉な人間になりなさい。誰に対しても思いやりを忘れてはいけない。たとえ敵であってもだ。わかるね、ノア。人間は公平ではないかもしれないが、神は公平だ。おまえにもきっとわかる。かならずわかる日が来る」イサクの声はしだいに力を失った。

「はい、アッパ」星井先生からは、きみには朝鮮人に対する義務もあるのだよと言われていた。いつか朝鮮人社会のために尽くし、朝鮮人を情け深い天皇陛下の忠実な子供たちにするのだと。ノアは父の剃ったばかりの頭を見つめた。毛のない頭頂部は、黒みがかって落ちくぼんだ頬と対照的に、透けるように白かった。生まれたばかりのようにも、ひどく年を取っているようにも見えた。

ソンジャはノアを哀れに思った。ノアは両親がそろった家族水いらずの日を過ごしたことがない。ソンジャが子供だったころ、ほかの人が近くにいたとしても、三人だけの家族だった——父、母、ソンジャ。目に見えない三角形だった。実家での暮らしに思いをはせるとき、何より恋しく感じるものは、父母との距離の近さだった。学校に行きなさいというイサクは間違っていない。しかし、時間はそう残されていないのだ。イサクの命はまもなく尽きようとしている。ソンジャだったら、亡き父に会えるのならどんな犠牲でも払うだろう。だが、イサクの希望にそむくことなどどうしてできるだろう。ソンジャは学校鞄を取ってノアに渡した。ノアは力なくうなだれた。

「学校が終わったらまっすぐ家に帰ってきなさい、ノア。父さんと母さんは待っているからな」イサクが言った。

ノアはその場から動けなかった。目を離したら父が消えてしまうのではないかと怖かった。自分がどれほど父を恋しく思っていたか、父が帰ってきて初めてわかった。父に会えない悲しみが底のほうから浮かび上がってきて、小さくうつろな胸をうずかせた。同じ心の痛みをまた味わうのかと思うと怖い。自分がこのまま家にいれば、父はきっと大丈夫だろうという気がした。黙ってそばにいるだけでいいのだ。子供のころの父と同じように、家で勉強するのではどうしてだめなのか。そう尋ねたかったが、ノアは言い返すような子供ではなかった。

一方のイサクは、父親のこんな姿をこれ以上息子に見せたくないと思った。ノアはすでに怯えている。このうえさらに苦しめたくない。人生について、息子に話していないことがまだたくさんあった。学ぶことについて。神との対話について。

「学校はたいへんなのかな」イサクが訊いた。

ソンジャは振り返ってノアの表情をうかがった。いままで本人に尋ねようと思ったことがなかった。

ノアは肩をすくめた。勉強はそうたいへんではない。がんばればできる。優秀な生徒たち、ノアがすごいと思っている生徒たちはみな日本人で、ノアには話しかけてこない。ノアのほうを見ようとさえしなかった。自分がふつうの人間だったら、朝鮮人でなかったら、学校に行くのは楽しかっただろう。それは父にも誰にも言えなかった。ふつうの日本人になれないことはわかりきっているからだ。いつか朝鮮に帰ろうとヨセプおじさんは言う。朝鮮のほうが暮らしやすいだろうとノアも思っている。

教科書が入った鞄と弁当を持ち、玄関に行ったがそこで足を止め、父の優しい顔を記憶に焼きつけた。

「ノア、来なさい」イサクが言った。

ノアは父のそばに戻り、床に膝をついて座った。神様、お願いです。僕の父さんを元気にしてください。一生に一度のお願いです。神様、お願いします。ノアはきつく目をつむった。

イサクはノアの手を取って握った。

「おまえはとても勇敢だね、ノア。父さんよりずっと勇敢だよ。自分を人間として認めようとしない人々に囲まれて毎日を過ごすには、並外れた勇気がいる」

ノアは唇を噛み締めた。何も言わなかった。手で涙を拭った。

「息子よ」イサクはノアの手を離した。「大切な息子。私の宝物」

6

一九四四年十二月

　大阪の商店はどこも売り物らしい売り物がなく、一時的に店を閉めているところも多かった。焼肉店も開店休業状態だったが、残っている三人の従業員は以前と同じように週に六日、出勤していた。どの市場に行っても食べるものはまず手に入らなかった。たまに食品が入荷して半日だけ店が開くことがあっても、長い行列を作った客に行き渡るだけの品物はなく、品質もよくなかった。魚を買うのに六時間待っても、ひとつかみ分の煮干しが手に入ればまだいいほうで、何も買えずに終わることも珍しくなかった。軍の上層部につてがあれば、ほしいものの一部なら調達できた。もちろん、使いきれないほどのお金があるなら闇市という手段もある。都市部の子供は農業地帯に向かう列車に乗せられ、おばあちゃんの着物と物々交換で卵やじゃがいもを手に入れた。焼肉店の食材の調達を任されているキム・チャンホは、食材置き場を二つに分けていた。一方は、飲食店の厨房の抜き打ち検査が好きな町内会の指導部に見せるための空っぽの置き場、もう一つは地下室に作った見せかけの壁に隠された、闇市で調達した食材の置き場だ。地元大阪の、あるいは海外から来た裕福な実業家が、自分で食べる分の肉や酒を店に持ちこむこともあった。夜に調理を担当していたコックはいなくなっていた。キムがすべての役割をこなした。たまに訪れる常連客のために肉を焼くのも、皿を洗うのもキム一人だ。

その年の十二月だった。冬にしては暖かい朝だった。ソンジャとキョンヒが出勤すると、厨房の前の壁際の真四角のテーブルに座るようキムに言われた。ふだん食事や休憩のときに使っている席だった。キムがあらかじめお茶を用意していた。テーブルにつくと、キョンヒが三人分の茶を注いだ。

「明日で店を閉めることになった」キムが言った。

「いつまで」ソンジャは訊いた。

「戦争が終わるまで。今朝、最後の金物を供出したんだ。厨房にはもうほとんど何も残っていない。スチールのご飯茶碗、たらい、鍋、道具類、スチールの箸。みんな持っていかれた。新品が手に入ったとしても、店を開けていたら、まだ供出していない金属があるって警察にばれて、それもまた持っていかれるだけのことだ。徴発された分のお金がもらえるわけじゃないから、そのたびに新しく買い換えるのは無理だし――」キムはお茶を一口飲んだ。「そんなわけで、店を閉めるしかない」

ソンジャはうなずいた。肩を落としているキムが気の毒になった。キムはキョンヒをちらりと見た。

「これからどうするの」キョンヒがキム・チャンホに尋ねた。

イサクよりも年下のキムは、キョンヒをおねえさんと呼んでいた。しばらく前から、市場に買い出しに出かけるときキョンヒを連れていくことが多くなっていた。キョンヒと一緒にいるほうが、大の男が戦地に行っていない言い訳がしやすいからだ。警察や町内会の指導部は、軍服を着ていない成人男性を見かけると兵役逃れを疑い、呼び止めて質問した。疑いをそらすため、キムは町に出るときは濃い色のついた眼鏡をかけて盲人を装うようになった。

「新しい仕事は探せそう？」キョンヒが訊いた。

「僕の心配はいらないよ。少なくとも戦場には行かなくてすむわけだし」キムは眼鏡に手をやって笑った。ほかの朝鮮人が徴兵されたり、炭鉱労働に駆り出されたりしたときも、視力が悪いおかげで免れていた。「戦わずにすんで幸いだ。僕はほら、臆病者だから」

キョンヒは首を振った。

キムは立ち上がった。

「今夜は北海道から客が来る。鍋を二つと飯椀をいくつかそのために残しておいたから、それを使える。おねえさん、一緒に買い出しに来てください」キムはそう言ったあと、ソンジャのほうを向いた。「あなたはここで酒屋を待ってもらえるかな。配達を頼んであるんだ。ああ、今夜の客は、キキョウの根《トラジ》の和え物《ムチム》を出してもらいたいと言ってる。乾燥トラジは地下室の戸棚にあるから。ほかの材料もそこに」

ソンジャはうなずいた。トラジやごま油をよく手に入れられたものだと思った。

キョンヒが立ち上がり、セーターともんぺの上からくたびれた青いコートを着た。彼女はいまも美しかった。肌は透けるように白く、体つきはほっそりとしている。ただ、笑うと目の周りに小さな皺が、そして口角から下に向かって深い皺ができた。以前は真っ白で柔らかかった手は、厨房で働き続けたせいですっかり荒れているが、本人は気にしていなかった。夜、キョンヒの小さな右手を握って眠るヨセプも、毎日漬物を作り続けたおかげで掌の皮膚がうろこ状に剝がれて赤くなっているのに気づいていないようだった。イサクの死を境に、ヨセプは人が変わったようになってしまった。陰気にふさぎこみ、仕事にしか関心を示さない。ヨセプの変化によって家族や結婚生活も変わった。キョンヒは彼を元気づけようとしたが、ヨセプは陰気に黙りこんだままだった。家でおしゃべりをするのは子供たち二人だけだ。キョンヒが少女時代から愛した少年といまのヨセプはまるで別人だった。悲観的で投げやりな人になった。あのヨセプがこんな風に変わってしまうとは。キョンヒが自然にふるまえるのは焼肉店で働いているときだけだ。弟をからかうようにキムをからかい、料理をしながらソンジャと冗談を言って笑い合った。なのに、この焼肉店もなくなってしまうのだ。

買い出しに出かけるキムとキョンヒを見送り、ソンジャは店のドアを閉ざした。厨房に行こうと向きを変えたところで、ノックの音が聞こえた。

「どうしたの、忘れ物？」ソンジャはそう言いながらドアを開けた。

目の前にハンスが立っていた。灰色のウールのスーツの上に黒いコートを羽織っている。髪はいまも黒々としており、あご周りにいくらか贅肉がついたくらいで、顔の印象もほとんど変わっていなかった。ソンジャはとっさに彼の靴を確かめた。あのころと同じように白い革靴を履いているのだろうか。今日は黒革の紐靴を履いていた。

「久しぶりだね」ハンスは穏やかな声で言い、店に入ってきた。ソンジャは何歩か後ずさりした。

「どうしてここに」

「これは私の店だからね。キム・チャンホは私の下で働いている」

ソンジャはめまいを感じ、すぐそばの座布団にへたりこんだ。


ソンジャの行方は十一年前に把握した。ハンスが贈った銀の懐中時計をソンジャが質屋に持ちこんだときだ。質屋の主人はその時計を買わないかとハンスに持ちかけ、それが調査の手がかりになった。以来、ハンスは毎日のようにソンジャの様子を確かめた。イサクが逮捕されたあと、金に困っているだろうと考えてこの焼肉店で仕事をこしらえた。ヨセプが借金をした高利貸しもやはりハンスの配下の者だったらしい。ハンスの日本人の妻は関西有数の金融業者の長女で、ハンスは義父の守本《もりもと》と正式に養子縁組していた。義父には跡取り息子がいなかったからだ。コ・ハンスは戸籍上の氏名を守本晴夫《はるお》といい、妻と三人の娘とともに大阪郊外の豪邸で暮らしている。

ハンスは、ソンジャがほんの数分前までキムやキョンヒと一緒についていたテーブルに彼女を座らせた。

「お茶を淹《い》れようか。きみはここにいてくれ。茶碗を持ってくるから。動揺しているようだね、私がいきなり現れて」

ソンジャは彼を見つめた。まだ言葉一つ出てこない。

「ノアはとても頭のいい子だ」ハンスは誇らしげに言った。「美男子で、走るのもすばらしく速い」

ソンジャは怯えた顔をするまいと努めた。ハンスはなぜそこまで知っているのだろう。子供たちについてキム・チャンホにどんな話をしたか、記憶を辿《たど》った。学校が休みの日にノアとモーザスがソンジャと一緒に来て、焼肉店で過ごしたことも数えきれないくらいあった。

「何がしたいの」ようやく口がきけるようになって、ソンジャは言った。内心の動揺を隠して落ち着き払った表情を装う。

「いますぐ大阪を離れなくてはいけない。お義姉さん夫婦も一緒に来るよう説得しなさい。子供たちの安全のためだと言えばいい。しかし、もし二人に行く気がないなら、それはそれでしかたがないだろう。きみと子供たちの滞在先を用意してある」

「どうして」

「大阪でもまもなく本格的な空襲が始まるからだよ」

「いったい何の話なの」

「アメリカ軍は今日明日にも大阪の爆撃を開始する。これまでB29爆撃機は中国の基地に配備されていたが、アメリカは諸島部に新たな基地を確保した。日本はこの戦争に負ける。決して勝てないと日本政府もわかっているが、それを認めようとしないだろう。日本の軍部を止めなければならないとアメリカは認識している。軍部は自らの間違いを認めるくらいなら、日本の男子が一人残らず戦死するまでこの戦争を続けようとするだろう。幸い、ノアが召集される前に戦争は終わるよ」

「でも、戦況は日本に有利になってきてるってみんな言ってるのに」

「近所の住人の話や新聞に書いてあることを鵜呑《うの》みにしてはいけない。連中は何もわかっていない」

「黙って――」ソンジャはとっさにガラス窓や入口のほうを振り返った。いまの不敬な発言を誰かに聞かれていたら、ハンスは監獄に放りこまれかねない。子供たちにも口を酸っぱくして言い聞かせていた――日本や戦争について否定的な意見を言ってはいけない。「いまみたいなこと、もし警察に聞かれたら――」

「ここでは誰も聞いていないよ」

ソンジャは唇を噛んでハンスを見つめた。彼が目の前にいることがまだ信じられなかった。会うのは十二年ぶりだ。なのに、彼はあのころと変わらない顔をしている。ソンジャが本気で愛した顔だった。月の輝きを愛したように、海の青く冷たい水を愛したように、その顔を愛した。そのハンスはいま、真向かいの席に座り、ソンジャの視線を優しげな表情で受け止めている。動揺した様子はかけらもなく、言葉の一つひとつに確信がみなぎっていた。ハンスがわずかなりともためらいを見せたことは一度もなかった。彼はソンジャの父ともイサクとも違う。ヨセプとも、キムとも似ていない。ソンジャが知るどんな男性ともハンスは違っていた。

「いいかい、ソンジャ。大阪にいてはいけないよ。迷っている時間のゆとりはない。今日はそれを伝えに来た。爆撃を受ければ、この街は破壊されてしまうよ」

なぜもっと前に来なかったのだろう。ソンジャの人生にまるで影のようにまつわりついて、姿を見せずにいたのはなぜだろう。彼に見られていたのにソンジャは気づいていなかったことがいったい何度あったのだろう。

彼に対してこれほど激しい怒りを感じるとは、自分でも意外だった。「あの二人は大阪を離れないだろうし、わたしだって——」

「そう、きみの義兄は首を縦に振らないだろうね。あれは愚かな男だ。放っておけばいい。しかしお義姉さんは、きみが説得すれば一緒に行くだろう。この街は木と紙でできている。焼き払おうと思えばマッチ一本で炎に包まれる。アメリカの爆弾が落ちたらどうなるか、想像してみなさい」ハンスは一呼吸おいて続けた。「子供たちは死ぬぞ。それでもいいのか。私の娘たちはずいぶん前に疎開させた。親ならば思いきった決断が必要だよ。子供は自分の身を守れないのだから」

その瞬間、腑に落ちた。ハンスはノアの心配をしているのだ。彼には日本人の妻とのあいだに娘が三人いるが、息子はいない。

「どうしてわかるの。先のことがなぜわかるの」

「きみに仕事が必要なことがなぜわかったか。ノアが通っている小学校がなぜわかったか。算数の教師は日本人のふりをしている朝鮮人で、きみの夫が死んだのは監獄暮らしが長すぎたからで、きみはこの世で一人ぼっちだ。そういったことをなぜ私は知っていたのか。自分の家族をどうすれば守れるか、なぜ知っているのか。ほかの誰も知らない情報を手に入れるのが私の仕事なのだよ。キムチを作って街角で売るのがいいとなぜきみは知っていた？　生き延びたいと思ったからだろう。私だって死にたくない。死にたくないなら、世間が知らないことを知っておくしかない。私はとても大事な情報をきみに伝えた。きみの子供たちの命を守るために必要なものだ。この情報を無駄にしてはいけない。たとえ世界が地獄に落ちようと、きみには子供たちを守る義務がある」

「お義兄さんが自分の家を捨てるはずがないわ」

ハンスは笑った。「あの家もまもなく灰の山になる。あの家がなくなったところで、日本は見舞金など一銭たりとも渡さないよ」

「近所の人たちは、戦争はもうじき終わるって言ってる」

「戦争はまもなく終わるだろう。しかし、近所の連中が思っているような終わりかたはしない。金に余裕のある日本人はみなすでに家族を地方に疎開させている。現金は金《きん》に交換した。富裕層は政治のことなどこれっぽっちも考えていない。保身のためならどんなことだって言うさ。きみは金持ちではないが、利口な人間だ。そして私は今日にでも大阪を離れなさいと言っている」

「でも、どうやって」

「キムについて行きなさい。きみと、義兄夫婦、子供たちで大阪を離れて地方に行くんだ。私に借りのあるさつまいも農家があってね。家は広いし、食糧もたっぷりある。戦争が終わるまでそこで働かなくてはならないが、眠る場所、食うものには困らない。玉《たま》口《ぐち》さんには子供がいない。悪いようにはしない」

「あなたはどうして来たの」ソンジャは泣き出した。

「いまはそんな話をしている場合ではないよ。頼む、物わかりの悪い子供みたいな意地を張らないでくれ。きみは利口な女だろう。いますぐ思いきった行動に出なくてはいけないよ。この店も、きみたちの家と同じように跡形もなくなることだろう」ハンスは早口で言った。「この建物は木材とほんの少しの煉瓦でできているからね。きみの義兄は、別の愚かな男を探していまの家を売って、急いで疎開すべきだ。売るのが嫌なら、少なくとも権利書だけは持っていくことだ。もうじき人々がネズミの群れのように大阪から逃げ出そうとする。手遅れになる前に行きなさい。アメリカはこの馬鹿げた戦争を一気に終わらせる。今夜かもしれないし、数週間後かもしれないが、この無意味な戦争を長引かせまいとするだろう。ドイツの敗北も目前だ」

ソンジャは両手を組んだ。戦争はあまりにも長く続き、誰もがうんざりし始めていた。家族はみな働いてお金を稼いでいるが、それでもこの焼肉店がなかったら、いまごろ飢えに苦しんでいたことだろう。服はどれもすり切れて穴が開いている。布、糸、針は手に入らない。靴墨などどこを探したって売っていないのに、ハンスの靴はなぜこんなにぴかぴかなのか。ソンジャとキョンヒは町内会の会合がいやでたまらなかったが、出席しなければ腹いせに配給品を減らされる。最近の防空訓練は滑稽《こっけい》な内容になっていた。毎週日曜の朝、おばあちゃん世代と小さな子供たちが集められて、竹槍で敵を倒す練習をするのだ。アメリカ兵は大人の女性や少女を強姦するだろう、そのような野蛮な行為を許すくらいなら自害するほうがましだと言われる。焼肉店の奥の事務室にも、いざアメリカ軍が上陸したとき従業員や客が戦えるよう、竹槍が何本も用意されていた。キムは机の引き出しにハンティングナイフを二本隠している。

「家に帰るのではだめ？　釜山《プサン》の家に」

「食べるものは何もないよ。それに危険だ。小さな村から大勢の女たちが連れ去られている」

ソンジャは当惑して彼を見つめた。

「前にも話しただろう。中国や植民地のどこかの工場にいい仕事があると言って声をかけてくるやつがいても、ついていってはいけない。仕事があるというのは嘘だ。わかるね？」ハンスは険しい表情で言った。

「母は大丈夫なの」

「お母さんはもう若くないから、連れていかれることはないだろう。だが、念のために確かめてみるよ」

「ありがとう」ソンジャは小さな声で言った。

息子たちを心配するのに忙しくて、母が無事でいるかどうかを気にかけたことはほとんどなかった。困窮した学校教師に代筆を頼んだヤンジンからの手紙がごくたまに届くが、そこには元気でいる、それよりもソンジャや子供達が心配だと書かれていた。ハンスと何年も会っていなかったように、母ともう何年も会っていない。

「今夜、出発できるように支度できるか」

「わたしが何を言っても義兄は聞かないわ。だって、誰から聞いた話なのか説明できない――」

「今日のうちに家を出なくては危険だとキムから言われたと言いなさい。きみの義理のお姉さんにはいま、キムから話をしている。義理のお兄さんには、キムはこの極秘情報を上司から聞いたらしいとでも言えばいい。なんならあとでキムをきみの家に行かせて説得させよう」

ソンジャは黙っていた。誰が何を言おうとヨセプが納得するわけがない。

「迷っている時間はない。子供たちを守らなくては」

「でもお義姉さんは──」

「お義姉さんがなんだ？　いいか。ほかの誰でもなく、自分の子供たちを選びなさい。親ならそうすべきだと、きみにももうわかるだろうに」

ソンジャはうなずいた。

「日が暮れるころ、全員でこの店に来なさい。キムが店の入口を開けておく。疎開することを誰にも話してはいけないよ。ほかの住人が脱出を試みる前に大阪を離れなさい」

ハンスは立ち上がり、ソンジャをまっすぐに見つめた。「ためらう者は置いていくしかない」

7

一九四五年

子供たちを連れて地方に疎開しろとハンスから言われたちょうどその日、ヨセプは新しい仕事に誘われた。昼すぎにヨセプが勤めているビスケット工場に知り合いの知り合いが来て、求人の話をした――長崎のある鉄工場で、朝鮮人工員を監督する職工長を探しているという。男子寮があって部屋代と食事は無料だが、家族連れでは寮に入れない。給与はいまの三倍。家族はしばらく離れればなれになる。この話に興奮しながら帰宅したヨセプは、キョンヒとソンジャから疎開の相談を受けることになった。何から何までハンスが関わっているのだろうが、ソンジャは知らぬ顔をするしかなかった。

日没を待って、キョンヒとソンジャ、それに子供たちは、キム・チャンホとともに玉《たま》口《ぐち》の農園に向かった。翌朝、ヨセプはビスケット工場の仕事を辞め、旅行鞄をひとつ提げて家の戸締りをした。午後には長崎に到着した。平壌《ピョンヤン》から大阪に来た日のことを思い出した。一人で長旅をするのはそれ以来だった。

大阪への空襲が始まったのはその数カ月後だったが、いったん始まると夏まで続いた。ハンスは開始時期については間違っていたにしても、彼が予言したとおり市街一帯は灰と化した。

五十八歳のさつまいも農家、玉口は、働き手が増えて喜んだ。以前は常雇いと臨時雇いの労働者が何人もいたが、みな数年前に召集され、代わりが務まる健康な男性を見つけられずにいた。戦地に向かった元従業員の何人かは満州で戦死し、二人は戦闘で重傷を負った。シンガポールやフィリピンに送られた者たちの消息はわからない。玉口は毎朝、布団から起き上がるたびに加齢による慢性の腰痛に襲われた。しかし、歳を取っていてよかったと自分を慰めた。おかげで愚かな戦争に駆り出されずにすむ。せっかくさつまいもの需要は増加するばかりなのに、働き手が見つからないせいで農園の拡大計画は失速しかけていた。どれほど法外な値をつけてもさつまいもは売れ、玉口に濡れ手で粟《あわ》の富をもたらした。農場のあちこちに財産を分散して隠さねばならないほどだった。玉口はこの国難から黄金のしずくを搾《しぼ》り取れるだけ搾り取ってやろうともくろんでいた。

昼も夜もさつまいもの畑を耕して苗を植えた。農家では細々とした仕事が日々尽きず、男手がなければまず片づかない。そして男が少なければ、妻の妹二人の嫁のもらい手も見つからないわけで、玉口はしかたなく二人を——都会育ちで何の役にも立たない女たちを家に住まわせていた。妻は二人のおしゃべりの相手とありもしない病気の世話に忙しくて、仕事が手につかなかった。玉口は、二人がずっと居候《いそうろう》するようにならなければいいがと思っていた。妻の両親がすでに故人となっているのがせめてもの幸いだ。忙しい季節には村の年老いた男女を臨時に雇っていたが、暑い時期に苗を植え、寒い時期に収穫をするのはつらいとしじゅう文句ばかり言っている。

都会から疎開してくる日本人の受け入れすら断ってきたのに、都市で暮らす朝鮮人を雇ったり家に住まわせたりしようなどとは思ってもみなかった。しかしコ・ハンスの頼みとあっては断れない。

ハンスの電報が届くと、玉口と過労ぎみの妻の京子《きょうこ》は納屋を改造し、大阪から来る一家の仮住まいとした。一家が到着してわずか数日のうちに、これは自分に有利な取引だったようだと玉口は悟った。コ・ハンスがよこした二人の女は健康そのもので、料理も洗濯も畑仕事もできた。若い男は極度の近視だが、畑を掘り起こしたり、重量物を運んだりといった仕事は問題なくできる。利口な子供二人は、言われたことをきちんとやった。朝鮮人一家はたしかにたくさん食べたが、それに見合った働きをし、誰にも迷惑をかけなかった。しかも不平一つ漏らさない。

初日から、ノアとモーザスには牛三頭と豚八頭、鶏三十羽に餌をやる仕事を与えた。ほかにも、乳しぼりや卵集め、鶏小屋の掃除もさせた。子供たちは日本人と遜色《そんしょく》ない日本語を話せたので、玉口は二人を市場に連れていって仕事を手伝わせた。上の子は計算が得意で、読みやすい文字で帳簿をつけた。義理の姉妹だという朝鮮人の女二人は家事を手際よくさばき、屋外でのきつい労働もこなした。痩せた既婚のほうは若くはないが美人で、日本語がまずまず流暢だったため、妻の京子は料理や洗濯、つくろい物を彼女にまかせた。夫を亡くしたという背が低くて口数の少ないほうは家庭菜園の手入れがうまく、若い男と並んで畑仕事もした。二人は二頭の雄牛のようによく働いた。玉口は何年ぶりかで不安から解放された。ふだんは怒りっぽい妻の京子まで、玉口や妹たちにがみがみ言う回数が減った。

朝鮮人一家が疎開してきて数カ月後のある日、日暮れ時に、コ・ハンスのトラックが到着した。降りてきたハンスは、朝鮮人の年配の女性を連れていた。玉口は急いで迎えに出た。都会で売りさばく作物をハンスの部下が夜になってから受け取りに訪れることはあるが、ハンスが自らやってくるのは珍しかった。

「玉口さん」ハンスはお辞儀をした。年配の女性も玉口に向かって深々と腰を折った。民族服を着て両手に風呂敷包みを提げていた。

「コさん」玉口は頭を下げ、年配の女性に笑みを向けた。近づいてみると、そこまで年を取っているわけではないとわかった。もしかしたら自分よりも年下なのかもしれない。日に焼けた顔はやつれて骨張っていた。

「こちらはソンジャのお母さんです。キム・ヤンジンさん」ハンスが紹介した。「今朝、釜山《プサン》から到着したばかりでね」

「キム・ヤンジンさん」玉口は音を確かめるようにゆっくりと言った。どうやら新しい客人らしい。ヤンジンの顔をまじまじと眺め、子供たち二人の母親、夫を亡くした女と似ているところを探した。口もとやあごの輪郭がたしかに似ていた。指が太くてごつごつした茶色い手は、男のそれのように力強い。いい働き手になりそうだ。「そうですか、ソンジャさんのお母さんですか。よういらっしゃいました」玉口は愛想よく言った。

ヤンジンは不安げに目を伏せていた。疲れた様子だった。

ハンスが咳払いをした。

「子供たちの様子はどうですか。ご迷惑になってなければええんやが」

「いやいや、迷惑やなんてそんな。よう働いてくれてますよ。ほんまにいい子たちや」

玉口は答えた。嘘ではない。予想以上に役に立ってくれている。自分に子供がいないため、都会育ちの子供はみな義妹たちのように甘やかされた怠け者なのだろうと思っていた。玉口の村の裕福な農家はみな、うちの息子はできが悪くてねと愚痴ばかり言う。だから玉口夫婦は、子供がいる家がうらやましいと思ったことはほとんどなかった。加えて、朝鮮人に関して予備知識がなかった。玉口は偏屈な人間ではないが、知り合いと呼べる朝鮮人はコ・ハンス一人だけだったし、それも戦争とともに始まった特別なつきあいだ。大きな農家の一部がコ・ハンスの流通網を通じて作物を都市部の闇市に流しているのは公然の秘密だったが、表だってその話をする者はいない。闇市を牛耳《ぎゅうじ》っているのは外国人とやくざで、彼らと取引すればのちのちまで悪影響が及ぶ。そこでコ・ハンスの役に立てるとしたら願ってもないことだ。好意は恩義となる。玉口は、コ・ハンスのためなら何だってやるつもりでいた。

「コさん、入ってお茶でもよばれてください。喉が渇いたでしょう。今日は暑いさかい」玉口は家に入り、靴を脱ぐより先に客人二人に室内履きを勧めた。

　がっしりとしたポプラの老木の陰になった大きな母屋はほどよくひんやりとしていた。表替えをしたばかりの畳のすがすがしい香りが客人を迎えた。スギ材の壁に囲まれた一番大きな部屋に入ると、玉口の妻の京子が青い絹の座布団に座って夫のシャツを縫っていた。妻の妹二人は腹這いに寝転がって足首を組み、内容をそらで言えるくらい何度も読んだ古い映画雑誌をめくっていた。誰に見せるわけでもないのに上等な服を着た三人は、農家には不似合いだった。布は配給制になっているのに、京子と妹二人は好きなだけ調達できた。京子は東京の商人の妻に似つかわしいような綿の優雅な着物を着ていた。こぎれいな紺色のスカートと綿のブラウスを着た妹たちは、アメリカ映画で見る女子大学生のようだった。

妹たちは、誰が来たのかと顔を上げた。モダンなボブスタイルにした長い前髪の奥から色白の美しい顔が見えた。戦争は玉口家に多大な富をもたらした。値打ちのある書幅、何反もの布、一生かかっても着尽くせないほどの着物、黒塗りの箪笥、宝石、食器。一袋のじゃがいも、あるいは一羽の鶏と引き換えに先祖伝来の宝を手放した都会の住人たちの持ち物だ。だが、妹たちは都会の暮らしを恋しがった。新作映画、関西の商店、まばたきすらしない電飾。戦争には飽き飽きしていた。どこまでも続く緑の野原にも、農家での暮らしそのものにも。食うに困らず、住むところもあるが、灯油の臭いや騒々しい家畜、それに物価の話しかしない田舎くさい義兄には軽蔑しか感じない。アメリカの空襲で映画館やデパート、お気に入りの洋菓子店は焼けてしまったが、そういった都会の娯楽のきらびやかな残像がいまも二人を手招きし、不満をいっそうあおった。平凡な顔立ちをした献身的な長姉——昔は田舎に住む遠縁のいとこと結婚した姉を馬鹿にしたものだが、いまは自分たちの嫁入り道具として黄金や着物を支度してくれている——に毎日のように文句を言った。

玉口が咳払いをすると、二人は起き上がって忙しいふりをした。ハンスに小さく会釈をし、朝鮮人の女性の長いスカートの汚れた裾をじろじろと見て、こらえきれずに顔をしかめた。

ヤンジンは三人姉妹に深くお辞儀をしたものの、入口からなかには入らなかった。入るよう言われると思っていなかったし、実際、言われなかった。居間の入口から、背を丸めて台所仕事をしている女の後ろ姿が見えたが、ソンジャではなさそうだった。ハンスも台所の人影に気づき、玉口の妻に尋ねた。「台所にいるのはソンジャさんかな」

京子はハンスにまたお辞儀をした。この朝鮮人の男は自信過剰でどうも気に入らないが、夫がこれまで以上にこの男の力を必要としていることは知っていた。

「コさん、よういらっしゃいました。お会いできてとてもうれしいわ」京子は座布団から立ち上がり、妹たちになじるようなまなざしを向けた。その視線の鋭さに、二人はあわてて立ち上がって客にお辞儀をした。「台所にいはるのはキョンヒさんです。ソンジャさんは畑で苗を植えてはりますよ。どうぞおかけになって。何か冷たいお飲み物をお持ちしましょう」京子は末っ子の粂子《くめこ》に視線をやった。粂子は冷えたウーロン茶を取りにのろのろと台所に行った。

ハンスは内心の怒りを隠してうなずいた。ソンジャが働くのは当然としても、野外で畑仕事をさせられるとは予想していなかった。

京子はハンスのいらだちを察知した。「そやね、お母さんはお嬢さんにお会いになりたいでしょう。孝子《たかこ》ちゃん、お客さまをお嬢さんのところに案内してあげて」

三人姉妹の真ん中の孝子は、姉の指示に渋々従った。京子に逆らうと根に持たれて、仕返しに何日も無視される。ハンスはヤンジンに、孝子についていけばソンジャに会えると朝鮮語で伝えた。石敷きの玄関で靴を履いたとき、老女が発している饐《す》えた独特の臭いが孝子の鼻をついた。二日がかりの旅で臭いはいっそうきつくなっていた。いやだ、いやだ、不潔ね――と孝子は思った。老女とできるかぎり離れていたくて、急ぎ足で歩き出した。

粂子が台所から運んできた冷たいお茶を京子が茶碗に注いだ。姉妹はそれきりどこかへ消え、ハンスと玉口は居間で二人きりになった。

玉口は、戦況をハンスに尋ねた。

「そう長くは続かんやろう。ドイツは降伏目前だし、アメリカが本気を出してきたらこんな程度ではすまへん。日本はこの戦争に負ける。時間の問題や」ハンスの声は無念そうでもなければうれしそうでもなかった。「こんな馬鹿げたことは少しでも早《はよ》う終わったほうがいい。善良な若者にこれ以上の死者が出ないうちに」

「ええ、ええ、ほんまにそうですよね」玉口は肩を落とし、ささやくような声で応じた。日本に勝ってほしいのはやまやまだが、現実はハンスの言うとおりなのだろう。しかし、どうせ日本が負けるにしても、戦争がもう少し続いてくれたほうが玉口としてはありがたかった。さつまいもを発酵させて飛行機の燃料を作るという話も聞こえてきていた。もしそれが実現すれば、たとえ政府が買い叩いたとしても――ちっぽけな額であっても農家に支払いをすればの話だが――闇市のさつまいもの価格はいま以上に高騰するだろう。どの都市も食料とアルコールが足りなくて悲鳴を上げているのだから。あと一回でも二回でも収穫できれば、両隣の広い土地を買うだけの金がたまる。土地の所有者は高齢で、農業に関心を失いかけていた。この地域の南半分の土地を切れ目なく所有するのは、玉口の祖父の宿願だった。

ハンスが話を続け、玉口は我に返った。

「で、どんなものですかな、あの一家の様子は」

玉口は好意的にうなずいた。「よう働いてくれてありがたいですよ。あんなに働いてもろうて申し訳ないくらいですが、まあ、ご存じのとおり、男手が足りひんものですから――」

「働かなくてはならないことは本人たちもあらかじめ承知していたでしょうからな」ハンスはそれでいいのだとうなずいた。朝鮮人一家は部屋代と食事代を足した以上によく働き、玉口にしてみれば大もうけといったところだろうが、一家が過酷な扱いを受けているわけではないのなら、ハンスが口を出すことではない。

「今夜は泊まっていかれますか」玉口は尋ねた。「この時間からお帰りになるのはたいへんやろうし、夕飯はぜひうちで召し上がっていってください。キョンヒさんの料理は抜群にうまいですから」

孝子は老女を途中まで案内しただけだった。暗い広大な畑で腰をかがめている娘を見つけた瞬間、ヤンジンは長いスカートの裾をたくし上げ、体に巻きつけて脚を自由にすると、娘がいる方角に向けて力のかぎり走った。

あわただしい足音に気づいたソンジャは、苗を植えていた手を止めて顔を上げた。灰色がかった白い韓服《ハンボク》を来た小柄な女性が駆けてくるのを見て、くわを取り落とした。華奢な肩、後ろの低い位置で団子にまとめた灰色の髪、きっちりと長方形に結んだ短い上衣のひも。お母さん《オンマ》だ。でも、いったいどうして？　ソンジャは植えたばかりの苗を踏みつけながら母に近づいた。

「ああ、わたしのソンジャ。わたしのソンジャ。わたしのソンジャ」

母を抱き締めると、鎖骨がくっきりと浮き上がっているのが上衣の生地越しにはっきりと感じ取れた。母は縮んでしまっていた。

ハンスは急いで食事をすませ、ソンジャの一家と話をするために納屋に行った。ただ一緒に過ごしたかった。ちやほやされたかったわけではない。夕飯もソンジャたちと食べたいところだったが、玉口の感情を害したくなかった。食事のあいだもずっとソンジャとノアのことばかり考えていた。三人で食事をしたことはまだ一度もなかった。自分でもよく説明できないが、二人と一緒にいたいという思いは強かった。納屋に入るなり、キョンヒは玉口家の台所で二種類の食事を作ったようだとわかった。玉口一家には和食、自分たちには朝鮮料理。納屋には廃材を使ってキムがこしらえた座卓に油布を敷いた食卓があった。ちょうどソンジャが汚れた皿を片づけたところだった。ハンスが入っていくと、全員が一斉に顔を上げた。

家畜は日が暮れると静かになるが、まったく気配がしないわけではなかった。動物のにおいはハンスの記憶にあるより強烈だったが、しばらくいれば慣れて感じなくなる。朝鮮人一家は納屋の奥半分を住居として使っていて、家畜がいる手前半分とは干し草の山で仕切られていた。キムが板で間仕切りを作り、キムと子供たちは片側を、女たちは反対側を寝室にしていた。

孫たちにはさまれて床に座っていたヤンジンが立ち上がって頭を下げた。ここに来る道すがら、何度も何度もハンスに礼を言ったが、家族と再会したあとも、気恥ずかしそうにしている孫たちの手を握り締めて、ありがとう、ありがとうと繰り返した。朝鮮の老いた女らしく、ヤンジンの声は大きかった。

キョンヒはまだ母屋の台所にいて、夕飯の皿を洗っていた。それが終わると、客用の寝室でハンスの布団を整えた。キムは風呂場にしている納屋の裏の小屋で風呂を沸かしていた。ソンジャが母親とゆっくり過ごせるよう、キョンヒとキムが彼女の分の夜の家事を引き受けていたのだ。ハンスがなぜわざわざヤンジンを朝鮮から連れてきたのか、その理由をいぶかる者はいなかった。涙にむせぶヤンジンのかたわらで、ソンジャは、彼が自分の人生にいまも間接的に関わり続けている理由を探ろうとするかのようにハンスを見つめていた。

ハンスは干し草の大きな山に腰を下ろし、子供たちと向かい合った。

「晩ご飯はおなかいっぱい食べたかい」ハンスは簡単な朝鮮語で尋ねた。

ハンスの巧みな朝鮮語に驚いて、二人は顔を上げた。祖母を連れてきたこの人は日本人だろうと思っていた。身なりがいいし、玉口さんが丁重に接していたからだ。

「きみがノアだね」ハンスは少年の顔をよくよく眺めながら言った。「十二歳だったか」

「そうです」ノアは答えた。男の人は、高そうな服を着て、格好いい革靴を履いている。映画のポスターで見る裁判官や偉い人物のようだった。

「農家の暮らしはどうかな」

「楽しいです」

「ぼくはもうじき六歳になるの」モーザスが口をはさんだ。兄が誰かと話していると、かならず横から割りこむ。「ここに来てから白いご飯をたくさん食べてるよ。ご飯なら何杯だって食べられる。玉口さんはね、大きくなりたかったらもっとたくさん食べなさいって言うの。いもじゃなくて、ご飯を食べなさいって。おじさん、ご飯は好き?」モーザスはハンスに訊いた。「ノアとぼく、今日、これからお風呂に入るんだ。大阪にいたときはあんまりお風呂に入れなかった。燃料もお湯もなかったから。農家のお風呂のほうがぼくは好きだな。だって銭湯のお風呂より小さいでしょ。おじさんはお風呂、好き? お湯はすごく熱いけど、しばらく入ってると慣れるよね。いつまでも入ってると、指の先っぽがおじいさんみたいにしわしわになっちゃうけど」モーザスは目を見開いた。「でも顔はしわしわにならない。まだ若いから」

ハンスは笑った。折り目正しいノアと違って、下の子は人なつこい。のびのびしている。

「おなかいっぱい食べるのはいいことだ。安心したよ。二人ともとても働き者だと玉口さんから聞いた」

「ありがとう、おじさん」モーザスはもっとあれこれ質問したかったが、ハンスがノアに話しかけるのを見て口を閉じた。

「どんな仕事をしているのかな、ノア」

「弟と二人で、家畜小屋を掃除したり、餌をやったり、鶏の世話をしたりしてます。玉口さんが市場に行くときは一緒に行って、帳簿もつけてます」

「学校が恋しいかね」

ノアは答えなかった。算数の問題を解いたり、日本語で作文を書いたりできないのはさみしい。勉強しているときの静けさ——宿題をしているときは誰も邪魔しない——も恋しかった。ここでは本を読んでいる暇はなく、自分の本も持っていなかった。

「きみは勉強がよくできると聞いた」

「去年は学校の授業はほとんどありませんでした」

大阪にいたころ、学校の授業は取りやめになる日が多かった。ほかの生徒と違い、ノアは無意味な銃剣訓練や防空演習がいやでたまらなかった。ヨセプおじさんと離ればなれになるのは悲しかったが、都会の生活より疎開先での暮らしのほうがいい。ここにいれば安全と思える。この農家に来て以来、飛行機の音は一度も聞いていないし、防空壕に逃げこむ訓練の回数も格段に少ない。食べものは豊富でおいしかった。毎日、卵を食べ、しぼりたての牛乳を飲んでいる。夜はぐっすり眠り、朝は爽快な気分で目覚めた。

「戦争が終わったら、学校にもまた通えるさ。楽しみだろ」ハンスが尋ねた。

ノアはうなずいた。

そのころ自分たちはどうやって生活しているのだろうかとソンジャは思った。戦争が終わったら影島《ヨンド》に帰るつもりでいたが、母によると、影島にはもう何もないという。政府が下宿屋の所有者に税金を課し、所有者は日本人の一家に家屋を売却した。下働きの姉妹は満州の工場に働きにいき、それきり音信が途絶えた。ハンスが所在を突き止めたとき、ヤンジンは釜山在住の日本人貿易商一家に雇われ、物置部屋に寝泊まりしながら家政婦として働いていた。

ハンスは上衣のポケットから漫画本を二冊取り出した。

「おみやげだよ」

ノアは母に教わったとおり両手で受け取った。朝鮮語の漫画だった。

「ありがとうございます」

「朝鮮語は読めるかい」

「いいえ」

「これから勉強すればいい」ハンスは言った。

「キョンヒおばさんに教えてもらいながら読もうよ」モーザスが言った。「ヨセプおじさんはいないけど、次に会ったらびっくりするぞ」

「二人とも朝鮮語を読めるようにしておいたほうがいい。いつか朝鮮に帰ることもあるかもしれないからね」

「はい」ノアは言った。朝鮮に行けば落ち着いて暮らせるのだろうと想像していた。朝鮮でなら、自分は〝ふつう〟の一人になる。父が生まれ育った平壌は美しい町だと父から聞いているし、母のふるさと影島は、青緑色の海に囲まれていて魚がたくさん獲れる、静かな場所らしい。

「おじさんはどこの出身ですか」ノアは尋ねた。

「済州島《チエジユド》だ。きみたちのお母さんが生まれた釜山からそう遠くないところにある。火山島だ。みかんの産地でね。済州島の住人は神々の子孫なんだよ」ハンスは片目をつぶって見せた。「いつか連れていってやろう」

「ぼくは朝鮮には住みたくないよ」モーザスが叫んだ。「ずっとこの農家にいたい」

ソンジャはモーザスの背中をそっと叩いた。

「でもオンマ、みんなでずっとこの農家にいようよ。だって、ヨセプおじさんももうじき来るんでしょ」モーザスが訊いた。

そこに母屋での仕事を終えたキョンヒが入ってきた。モーザスは駆けていって漫画本を見せた。

「ねえ、読んで」

モーザスは、椅子代わりに使っている、たたんだ布団が積んであるところにキョンヒを引っ張っていった。

キョンヒはうなずいた。

「ノア、いらっしゃい。おばさんが読んであげるから」

ノアはハンスにさっとお辞儀をすると、キョンヒとモーザスに加わった。ヤンジンもそのあとを追い、食卓にはソンジャ一人きりになった。ソンジャが立ち上がろうとすると、ハンスはそのまま座っているようにと身振りで伝えた。

「そこにいてくれ」ハンスは真剣なまなざしで言った。「もう少しいてくれないか。きみの様子を聞かせてくれないか」

「わたしは元気です。お気遣いありがとう」ソンジャは震え声で答えた。「母を連れてきてくれてありがとう」言いたいことはまだまだあるが、うまく言葉にできない。

「お母さんの様子を知りたいと言っていたね。どうせなら来てもらったほうがいいだろうと考えた。日本での生活も苦しいが、いまの朝鮮はもっとみじめだ。戦争が終われば状況は上向くかもしれないが、安定するまでのあいだはよけいに悪化するだろう」

「どうして」

「アメリカが戦争に勝ったあと、日本がどういう行動に出るか予想がつかない。朝鮮からは手を引くだろうが、そのあと朝鮮を誰が統治する？　日本側についた大勢の朝鮮人はどうなるだろう。混乱が続くだろうね。さらに多くの血が流されるかもしれない。それに巻きこまれないようにしなくてはいけない。息子たちを巻きこまないようにしなくては」

「あなたはどうするつもり？」ソンジャは尋ねた。

ハンスはソンジャをまっすぐに見つめた。

「私自身や大事な人々の安全を守る。私が政治家なぞに自分の命を預けると思うか。いま政治を動かしている連中は何もわかっていない。時局を理解している人間は、政治に関心がない」

これを聞いて、ソンジャは考えをめぐらせた。たしかにハンスの言うとおりかもしれない。しかしハンスを信じていいのだろうか。両手で床を押して立ち上がったが、ハンスは首を振った。

「私と話すのはそんなに苦痛か。頼むから座ってくれ」

ソンジャは座り直した。

「息子たちの安全を守らなくてはならない。それはわかるね」

子供たちは漫画本に一心に見入っている。キョンヒは感情をこめて読んでいて、登場人物のおかしなせりふに、字が読めないヤンジンも子供たちと一緒になって笑っていた。漫画本を食い入るように見ている四人は、穏やかな顔ですっかりくつろいでいる様子だった。

「私が力になるよ」ハンスが言った。「金の心配はいらない。それに――」

「いまあなたの力を借りてるのは、ほかにどうしようもないからよ。戦争が終わったら、わたしが働いて息子たちを育てます。いまだって自分たちが食べる分くらいは――」

「戦争が終わったら、きみたちが住む家を探そう。子供たちに必要な金は渡す。本当なら学校に通っている年齢だ。牛の糞を片づけるのではなくてね。お母さんやお義姉さんも一緒に住んでもらうといい。お義兄さんにもよい仕事を紹介しよう」

「あなたのことを家族に説明できない」ソンジャは言った。ずっと嘘をつき続けているような罪悪感がある。ハンスはいったい何を考えているのだろう。彼女に欲望を感じているのではないはずだ。ソンジャは二十九歳の未亡人で、幼い子供二人を食べさせ、学校に通わせなくてはならない。年老いているわけではないが、どんな男性であれ、この年齢の彼女に欲望を感じる人はいないだろう。もともと美人というほどではなく、いまとなっては欲望をそそることもないはずだ。田舎くさい顔をした平凡な女なのだ。日焼けした肌はシミと皺だらけだった。体はずんぐりしてたくましい。少女時代に比べてずいぶん肉がついている。これまでの人生で、彼女を求めた男性は二人いた。しかしそんなことはもう二度とないだろう。ときどき、自分は耕作用の動物みたいだと思った。いつか使い物にならなくなる日が来る。その日が来るまでに、いつか母親がいなくなっても自分の力で生きていけるよう、息子たちを育て上げなくてはならない。

「あなたにも子供がいるでしょう」

「娘が三人」

「お嬢さんたちはわたしをどう思うかしら。わたしたちの関係を知ったらなんて言うと思う？」ソンジャは声をひそめた。

「私の家族ときみはまったく関係がない」

「そうよね」ソンジャはつばをのみこんだ。口が渇いていた。「いまの状況には感謝してる——仕事ができて、安全に暮らせる。だけど戦争が終わったら、新しい仕事を探して、子供たちや母を養っていくわ。これ以上は働けないっていう日が来るまで働くつもり」

ソンジャは立ち上がってもんぺについた干し草を払った。

息を震わせたまま、ハンスに背を向けて牛を見つめた。永遠の苦しみをたたえた黒い巨大な目。二人が話していたことに、ほかの四人は気づいただろうか。みな漫画本に夢中になっているようだ。ソンジャは右手で左手をそっとつかんだ。どれだけ洗ってもこびりついた土は落ちず、爪の周りは黒く汚れたままだった。

8

ハンスの予言は今回もはずれなかった。戦争はハンスが予想した以上に早く終わったが、しかし終結を決定づけた爆弾二発についてはさすがのハンスにも予想できなかった。障害物があったおかげで最悪の事態は免れたとはいえ、ヨセプがやっとの思いで通りに這い出したところに近くの木造家屋の壁が燃えながら倒れてきて、彼はオレンジと青の炎にのみこまれた。工場の同僚がヨセプを炎のなかから救い出したが、ハンスの部下がようやく探し出したとき、ヨセプは長崎のみすぼらしい病院にいた。

ハンスがアメリカの軍用トラックにヨセプを乗せて玉口の農園に送り届けたのは、長いセミの季節が終わって耳が痛いほど静かになった、満天の星の美しい静かな夜のことだった。最初にトラックを見つけたのはモーザスだった。小さくてすばしこいモーザスは竹槍を取りに豚小屋へ走った。一家は半開きの納屋の扉の前に立って、近づいてくるトラックを目で追った。

「ほら」モーザスがかたかたとうつろな音を立ててぶつかり合う竹槍を配った。母親、祖母、兄、伯母。竹槍は二本残った。キム・チャンホがちょうど入浴中だったからだ。モーザスは兄にささやいた。「おじさん《アジョシ》を呼んできて。武器を渡して」そう言ってノアにキムの分の竹槍を渡し、最後の一本を自分で持った。竹槍を握り締めて攻撃のかまえをする。モーザスはだぶだぶのもんぺの上に、小さな体には横幅が大きすぎるノアのお下がりの穴だらけのセーターを着ていた。六歳のわりにはひょろりと背が高い。

「戦争は終わったんだ」ノアは落ち着いた声で弟に言った。「きっとハンスおじさん《アジョシ》のところの人だよ。そんなもの下ろせって。怪我するぞ」

トラックが停まり、ハンスの下で働いている朝鮮人が二人、ヨセプを乗せた担架を下ろした。ヨセプは包帯をぐるぐるに巻かれ、鎮静剤で眠っていた。

キョンヒは竹槍から手を離した。竹槍は柔らかな地面に倒れた。キョンヒはよろめいてモーザスの肩につかまった。

ハンスが運転台から降りてきた。赤毛のアメリカ兵は運転席に座ったままだ。モーザスは兵士のほうを何度もうかがった。そばかすの浮いた肌は青く見えるほど白く、黄みがかった赤毛は燃えるようだった。悪い人には見えなかったし、ハンスおじさん《アジョシ》も警戒していない。大阪にいたころ、町内会の役員で、よく物資配給の責任者を務めていたハルさんは、アメリカ人は手当たりしだいに人を殺すから、アメリカ兵を見たらとにかく逃げるようにと近所の子供に言い聞かせていた。捕まるくらいなら自殺するほうがいいとも言っていた。運転席のアメリカ兵は、モーザスの視線に気づいて手を振り、まっすぐ並んだ白い歯をのぞかせた。

キョンヒはそろそろと担架に近づき、ヨセプのやけどを見るなり両手で口を覆った。新型爆弾のおぞましい被害は報じられていたが、ヨセプはきっと生きている、自分が知らないうちに死ぬはずがないとキョンヒは信じ、ヨセプのためにずっと祈り続けていた。ついにヨセプが戻ってきた。キョンヒはがくりと膝をついて頭を垂れた。彼女がふたたび立ち上がるまで、みなが静かに待った。風呂から戻ってきたキムでさえ泣いていた。

ハンスは声もなく涙を流し続けている華奢で美しい女に小さく会釈をすると、大きな紙包みと、アメリカから取り寄せた軍用サイズの塗布薬を手渡した。

「ここに薬が入っています。スプーンの先に粉薬をほんの少し取って水か牛乳で溶き、夜、寝る前に飲ませてやってください。それで眠れます。なくなったら次は手に入りませんから、少しずつ減らして、飲まなくても眠れるようにしてください。もっとほしいとせがまれるでしょうが、節約して使わなくてはならないといって断るように」

「中身は何ですか」キョンヒが尋ねた。ソンジャは義姉のそばに付き添ったが、黙っていた。

「ご主人に必要な薬です。鎮痛剤ですが、依存性があるから、飲み続ければ害になります。それと、包帯をまめに取り替えてやってください。殺菌してから使うように。使う前に布を煮沸《しゃふつ》するといいでしょう。予備がそこに入っています。皮膚が硬くなりかけているので、塗り薬を塗ってください。やれますね」

キョンヒはうなずいた。目はまだヨセプを見つめていた。彼の口から頬にかけての皮膚は、動物にかじられたように半分くらいなくなっている。ヨセプは家族のために全身全霊を尽くしてきた。家族を養うために働こうとして行った先で、このような目に遭った。

「ありがとうございます。わたしたちのために何から何まで」キョンヒはハンスに言った。ハンスは首を振っただけで何も言わなかった。それから、玉口と話すために母屋に行った。キム・チャンホもそのあとを追って母屋に向かった。

女三人と子供たちは、担架をかついだ男二人を納屋に案内し、空いた馬房にヨセプの場所を作った。キョンヒは自分の布団をそこに移した。

それからまもなくハンスと部下は、さよならも言わずにトラックで走り去った。

玉口は、農園で暮らす朝鮮人がまた一人増えても文句を言わなかった。ほかの朝鮮人が、自分たちの食い扶持に加えてヨセプの分まで働いたからだ。収穫の季節が迫っているため働き手を確保しておきたかった。朝鮮人一家の誰もまだその話をしていなかったが、遠からずこれまで働いた分の報酬を受け取って大阪に帰りたいと言い出すだろう。玉口は、彼らがここにいるうちに働けるだけ働いてもらおうと思っていた。一家には、好きなだけここにいてくれてかまわないと伝えていた。社交辞令ではない。こまごました仕事のために帰還兵を雇ってはみたものの、彼らは汚れ仕事に文句たらたらで、しかも外国人と一緒に働くのをあからさまにいやがった。たとえ朝鮮人一家の代わりに日本人帰還兵を雇えたとしても、ハンスがいなくてはさつまいもを市場に出せない。朝鮮人がいなくなっては自分が困るのだ。

運搬トラックは定期的に来ていたものの、ハンスはそれきり何週間も姿を見せなかった。ヨセプは苦しみ続けた。右耳は聞こえなくなっていた。いつも怒って怒鳴り散らしているか、苦痛のあまり泣いているかのどちらかだった。粉薬はすでになくなってしまったのに、ヨセプの容態はあまり改善していなかった。夜になると子供のように泣いたが、誰にも何もしてやれなかった。昼間は農園の仕事を手伝おうと、道具類の修理やさつまいもの選別をした。しかし痛みが激しくて働くのは無理だった。玉口は酒が大嫌いだったが、それでもヨセプを気の毒に思い、ときおり祝い事用の酒をヨセプに飲ませた。やがてキョンヒが毎日のように酒をもらいに来るようになって、玉口はこれ以上はやれないと断り、それは自分がけちだからではなく――事実、玉口は金を惜しむ人間ではなかった――自分の農園に飲んだくれがいるのは許せないからだと言った。

一カ月後、ハンスがやってきた。午後の日射しはほんの少しだけ和らいでいて、働き手はみな昼休みを終えて畑に戻り、午後の仕事に取りかかっていた。ひんやりと涼しい納屋で、ヨセプは一人、藁を詰めた布団に横たわっていた。

足音を聞いてヨセプは頭を持ち上げたが、すぐにまた藁の枕に下ろした。

ハンスはヨセプの前に大きな箱を二つ下ろし、布団のそばに置かれたベンチ代わりの厚い木の板に腰を下ろした。仕立てのよいスーツを着こみ、磨き抜かれた革の紐靴を履いたハンスは、納屋に充満した家畜の臭いや冷たい隙間風を気にする風もなく、くつろいだ様子だった。

ヨセプは言った。「あんたはあの子の父親なんだな。違うか」

ハンスはやけどで引き攣《っ》れたヨセプの顔をまじまじと眺めた。かつてなめらかだったあごはでこぼこの線を描いていた。ヨセプの右耳は堅い花のつぼみのように縮こまっている。

「だから何くれと世話を焼くんだろう」ヨセプは言った。

「そう、ノアは私の息子だ」ハンスは言った。

「あんたに借りができたな――俺たちには返しきれないかもしれない大きな借りだ」

ハンスは両方の眉を上げただけで何も言わなかった。どんなときもよけいなことは言わずにおくのが得策だ。

「だが、あんたにはあの子に関わる資格はない。父親としてあの子に氏《うじ》を与えたのは俺の弟だ。本人にはこのまま何も知らせずにおくのが一番だろう」

「私も氏《うじ》を与えることはできる」

「あの子にはもう名前がある。こんなことをするのは間違っている」

ヨセプは顔をしかめた。少しでも動くと痛みが走る。ノアの表情や物腰はイサクにそっくりだ――言葉を選びながらゆっくりと話すところから、食事を少量ずつ口に運ぶところも、口を閉じて静かに咀嚼《そしやく》するところまで。何をしていてもイサクそのままだ。時間が空くと、自分から古い学校の問題集を引っ張り出してきて書き取りの練習をした。ノアの実の父親がこのやくざ者だとはとうてい信じられないが、ノアの顔の上半分はハンスに生き写しだ。もう少ししたらノア自身もそれに気づくだろう。ヨセプはこのことをキョンヒにまだ話していないが、たとえキョンヒもすでに真実を察しているのだとしても、実の姉妹以上に仲のよいソンジャを守りたいと考え、その疑念をヨセプには打ち明けないだろう。

「あんたに息子はいないんだな」ヨセプはもう一つの推測を口にした。

「きみの弟さんは親切にもソンジャを救った。しかし、私はソンジャやノアの面倒を見

「ソンジャがそれを望んだとは思えない」

「私は面倒を見ようと言ったが、ソンジャは私の朝鮮の妻になるのを拒絶した。すでに大阪に日本人の妻がいたからだ」

仰向けに横たわっていたヨセプは納屋の天井を凝視した。梁と梁のあいだから不規則な幅に切り取られた陽光が降り注いでいる。その斜めの光の柱のなかを埃が漂っていた。やけどを負うまで、そのような小さなことに目を向けたことはなかった。誰かをこれほど憎んだこともなかった。そんな感情を抱いてはいけないとわかっていても、この男が憎い。高価そうな服、これ見よがしな靴。自信に満ちあふれ、何があろうと不敵なまでに動じない。こいつは痛みに苦しんでいないのだと思うと憎い。弟の息子を奪う権利はこいつにはない。

ハンスはヨセプの怒りを感じ取った。

「自分の前から消えろと言われた。だからいったんは離れたが、いつか戻るつもりだった。ところがいざ島をふたたび訪れると、彼女はいなくなっていた。すでに結婚していた。きみの弟さんと」

ヨセプは何を信じていいかわからなかった。イサクからソンジャの人となりについてほとんど何も聞いていなかった。イサクは、ノアの誕生の経緯は過去に葬り去るのが一番だと考えていたのだろう。

「ノアにかまうな。あの子には家族がいる。落ち着いたら、家族全員で必死に働いて借りを返す」

ハンスは腕組みをして薄い笑みを浮かべた。

「話のわからんやつだな。私は金を遣った。金できみの命を救った。きみたち全員の命を救った。私がいなければ、きみたちは全員死んでいただろう」

ヨセプは体の向きをわずかに変えた。痛みに思わず顔をしかめた。いまもまだ炎に焼かれているような気がする瞬間がある。

「ソンジャから聞いたのか」ハンスが言った。

「あの子の顔を見りゃわかるさ。それに、ここまであれこれ手間をかける理由はほかにないだろう。あんたは聖人君子にはほど遠いしな。あんたの目的くらい――」

ハンスは声を上げて笑った。ヨセプの率直さに敬意を表してのことだった。

「俺たちは祖国に帰るつもりだ」ヨセプはそう言って目を閉じた。

「平壌《ピョンヤン》はソ連の、釜山《プサン》はアメリカの統治下にあるんだぞ。そんな状況でも帰りたいか」

「その状況が永遠に続くわけじゃないだろう」ヨセプは応じた。

「飢え死にするだけだぞ」

「もう日本はうんざりだ」

「その状態でいったいどうやって平壌や釜山に帰るつもりだ。自分の足ではこの農園から出ることさえできないのに」

「まだ支払ってもらってない給料がある。よくなったら長崎に行って、未払い分を取り返す」

「新聞をまったく読んでいないんだな」ハンスはキムに持ってきた朝鮮語と日本語の新聞の束を箱から取り出し、ヨセプの布団の横に置いた。

ヨセプは新聞を一瞥《いちべつ》しただけで手に取らなかった。

「金はもらえないよ」ハンスは子供に言い聞かせるような調子で言った。「会社は絶対に払わない。絶対にだ。きみが勤務した記録はいっさいないし、きみには証明できない。政府は貧しい朝鮮人はそろって国に帰ってもらいたいと考えているが、旅費も手間賃も一銭たりとも払わないだろう。残念だな」

「どういう意味だ、それは。どうしてわかる」ヨセプは聞き返した。

「私にはわかる。私は日本を知っている」ハンスは内心でがっかりしていたような顔をした。成人してからの歳月の大部分を日本人と暮らしてきた。義理の父は、間違いなく関西でもっとも有力な金融業者だ。日本人はその気になれば病的なまでに強情になる民族だとハンスは自信を持って断言できる。それに関しては朝鮮人とまったく同じだが、日本人の頑固さは静かで、表からはわかりにくい。

「日本人に金を払わせるのがどれほどむずかしいか知っているかね。彼らは払いたくないと思えば絶対に払わない。時間の無駄だよ」

体がふいに熱を持ち、ヨセプはかきむしりたくなった。

「毎日、祖国に帰りたがる愚か者どもを満載した船が朝鮮に向けて何隻《なんせき》も出航する。だが、その倍の数の船が朝鮮を逃げ出した者を満載して戻ってくる。向こうには何も食うものがないからだよ。朝鮮に帰ってすぐにまた日本に戻ってくる者たちは、きみよりよほど切羽詰《せっぱ》まっている。一週間前のパンをもらうためにだって働くだろう。女たちは、食べものがなくなって二日ともたずに体を売る。腹を空かせた子供がいるなら、一日ももたない。きみが夢見ている祖国は、もはや存在しないんだ」

「両親が向こうにいる」

「いない。誰もいないよ」

ヨセプは顔の向きを変えてハンスの目を見つめた。

「私がなぜソンジャの母親だけを連れてきたと思う。私がきみや奥さんの両親を探せなかったとでも思うか」

「両親がどこでどうしているか、知らないくせに」ヨセプは言った。彼とキョンヒの実家からの便りが途絶えてもう一年以上がたつ。

「銃殺された。愚かにも平壌に居残った地主はみな銃殺された。共産主義者は、人にレッテルを貼るだけで中身は見ない」

ヨセプは両手で目を覆って泣いた。

それは必要な嘘だった。ハンスはためらいなくその嘘をついた。彼らの両親がまだ死んでいないとしても、いつか飢えて死ぬか、老いて死ぬのだ。本当に銃殺されたということだってありうる。共産主義国に占領された北の状況は悲惨だった。一カ所に集められ、殺され、まとめて墓に放りこまれた地主はおびただしい数に上《のぼ》る。ヨセプの両親の生死は確認できていない。彼らの行方を突き止めようと思えばできないことはなかったが、部下の命を危険にさらしてまでそうする必要を感じなかった。ヨセプの両親の命を救ったところで、使い道がない。ソンジャの母親を探すのは簡単だった。部下が二日調べただけで見つかった。もろもろの状況を鑑みれば、ヨセプやキョンヒの両親はすでにこの世にないことにしたほうが都合がよかった。ソンジャは無意味な義務感に駆られてヨセプやキョンヒについていくだろうからだ。いずれにせよ、ヨセプとキョンヒはもうしばらく日本にいるほうが安全なはずだ。ハンスは自分の息子が平壌に行くなど考えたくもなかった。

ハンスは箱の一つを開いて韓国焼酎《ソジュ》の大瓶を取り出し、栓を抜いてヨセプに渡すと、納屋を出て、支払いについて話し合うために玉口に会いにいった。

仕事を終えたソンジャがようやく納屋に戻ると、ハンスが待っていた。読書中の子供たちから遠く離れた納屋の奥で、飼料入れのそばに一人きりで座っていた。ヨセプはぐっすり眠っていた。キョンヒとヤンジンは夕飯の支度中で、キムはさつまいもの袋を貯蔵庫に運んでいた。ハンスから先にやあとソンジャに声をかけ、堂々と手を振った。もはや隠し立てするつもりはないらしい。

ソンジャはハンスの真向かいにあるベンチのそばに立った。

「座って、座って」ハンスが言ったが、ソンジャは立ったままでいた。

「玉口さんから聞いたんだが、きみの息子たちを養子にしたいそうだよ」ハンスは微笑みながら静かに言った。

「え?」

「きみが手放さないだろうと言っておいた。それなら一人だけでもとまで言っていたよ。気の毒な男だ。まあ、心配はいらない。強引に奪い取るのはさすがに無理だ」

「もうじき平壌に行くの」ソンジャは言った。

「いや、それはないだろうね」

「どうして」

「向こうにいる家族はみな死んでいる。キョンヒの両親。きみの義理の両親。みな土地を所有しているとの理由で銃殺された。政府が変わった直後にありがちな話さ。敵を一掃しておかなくてはいけない。地主は労働者の敵だ」

「そんな」ソンジャはとうとう腰を下ろした。

「悲しい結末だ。しかしどうしようもない」

ソンジャは実際的な考えかたをする人間だが、そのソンジャでもハンスの態度はふだん以上に冷酷だと感じた。彼を知れば知るほど、少女時代に自分が愛した男は、自分の頭のなかにだけしか存在しなかったのだと思い知らされる。自分が愛したのは幻にすぎない。

「それよりノアの教育をどうするかを考えるべきだ。大学入試向けの参考書を何冊か持ってきたよ」

「だけど――」

「朝鮮には帰れない。情勢がもっと安定するまで待つしかない」

「あなたに決める資格はないでしょう。子供たちの将来は日本にはないわ。いますぐは無理だとしても、もう少し安全になったら帰国します」

ソンジャの声は震えていた。それでも言うべきことは言った。

ハンスはしばらく黙っていた。

「のちのちどうするかは措《お》くとして、ノアに大学の受験勉強をさせるべきだ。もう十二歳だからね」

ノアの教育についてはソンジャも考えていないわけではなかったが、どんな準備をすべきかわからずにいた。学費をどうやって捻出《ねんしゅつ》する？　帰国の旅費さえ出せそうにないのだ。三人の女たちは、ヨセプには聞こえないところでしじゅうその話をしていた。お金を稼ぐ手段を探すにしても、大阪に戻ることが先決だった。

「ノアは日本にいるうちに勉強しておくべきだ。朝鮮の混乱は長引くだろうからね。それにすでに日本で優秀な成績を収めている。帰国するにしても、日本の一流大学で学位を取ってからだ。裕福な朝鮮人はみなそうしている――子供を留学させているんだよ。ノアが大学に合格したら、学費は私が負担する。モーザスの分も出そう。大阪に戻ったら家庭教師をつけて――」

「断る」ソンジャはきっぱりと言った。「お断りします」

ハンスは反論を控えた。ソンジャは強情だ。経験からそう学んでいた。ハンスはヨセプの布団のそばに置いた箱を指さした。

「肉と干物を持ってきた。アメリカから取り寄せた果物の缶詰やチョコレートも入っている。同じものを玉口一家の分も持ってきたから、分けてやらなくていい。下の箱には布が入っている。みな新しい服が必要だろう。はさみに糸、針も入っている」ハンスはそう付け加えた。それだけのものを持ってきた自分を誇らしく思った。「次回はウール地を持ってこよう」

ソンジャはどうしていいかわからなかった。感謝していないわけではない。それよりも、自分の人生が、無力さが、恥ずかしかった。陽に焼けた両手、汚れた爪で、櫛さえ通していない髪に触れた。こんな姿をハンスに見られたくなかった。自分はもう二度ときれいにはなれないのだとふいに思った。

「新聞も持ってきたよ。誰かに読んでもらうといい。私が言ったとおりのことが書いてある――いますぐには帰国できない。子供たちにつらい思いをさせるだけだ」

ソンジャはハンスと向き合った。

「ここに連れてきたときも同じことを言ったわね。今度も同じように言って日本にとどまらせようとしてる。子供たちのためだからとあなたが言うから、ここに連れてきたのに」

「私は間違っていなかっただろう」

「あなたなんか信用できない」

「怒りを私にぶつけるなよ、ソンジャ。八つ当たりしても何にもならない」ハンスは首を振った。「忘れたか。きみのご主人はきっと、息子たちを学校に行かせたいと言ったはずだよ。私は子供たちやきみのために最良のものを与えてやりたい。きみと私は――よい友人ではないか」ハンスは淡々と言った。「これからもずっと友人同士だ。これからもずっとノアがいるのだから」

ハンスはソンジャが何か言うかと思って待ったが、ソンジャの顔は閉ざされた扉のようだった。「そういえば、お義兄さんは気づいた。ノアのことだが。私が話したわけではない。自分で気づいたんだ」

ソンジャは片手で口もとを覆った。

「心配するな。何もかも大丈夫だ。大阪に戻りたいなら、キムに手配させる。私の援助を拒むとしたら、それは身勝手というものだ。子供たちの利益になることはすべてやるべきだよ。私なら、二人ともにさまざまな便宜を図れる」

ソンジャが答えようとしたとき、キム・チャンホが納屋に戻ってきて、あいかわらず読書に没頭している子供たちの前を通ってこちらに来た。

「兄貴」キムは言った。「お久しぶりです。何か飲み物でも持ってきましょうか」

ハンスは辞退した。

そういえば飲み物一つ出していなかったとソンジャは初めて気づいた。

「そろそろ大阪に戻るつもりなんだって?」ハンスがキムに尋ねた。

「ええ」キムは笑みをのぞかせた。ソンジャは動揺している様子だったが、いまは何も言わないことにした。

「おい」ハンスは納屋の反対の奥に向かって大きな声で言った。「どうだ、本はおもしろいか」

キムがこっちにおいでと二人を手招きし、子供たちが走ってきた。

「ノア、また学校で勉強したいか」ハンスは聞いた。

「はい。だけど――」

「学校に行きたいなら、すぐにでも大阪に戻らなくちゃいけないな」

「でも、この農園は？　朝鮮に帰る話は？」ノアは背筋を伸ばして言った。

「もうしばらく朝鮮には帰れそうにないが、それまでにその頭が空っぽになってしまっては困る」ハンスは微笑んだ。「私が持ってきた入試の本はどうだった。むずかしいか」

「はい。でも、解けるようになりたいです。辞書があるといいのかもしれません」

「さっそく手配しよう」ハンスは胸を張った。「きみは勉強をしなさい。私はきみを学校に行かせてやる。男の子は学費の心配などしなくていい。勉強に励む若い同胞を援助するのは、年を取った同胞の大切な義務だ。子供世代を支援しなくて、どうやって偉大な国家を築く」

ノアが輝くような笑みを浮かべ、ソンジャは何も言えなくなった。

「だけど、ぼくは農園にいたいな」モーザスが割りこんだ。「不公平だよ。ぼくは学校なんかもう行きたくない。学校はきらいなんだ」

ハンスとキムが笑った。

ノアはモーザスを引き寄せてお辞儀をした。それから納屋の反対側の奥に戻った。

おとなたちにこちらの声がきこえないところまで離れると、モーザスはノアに言った。

「ずっとここにいていいって玉口さんは言ってた。ぼくたちはもう自分の息子みたいなものだからって」

「モーザス、この納屋でずっと暮らすなんて無理だよ」

「ぼく、鶏が好きだ。今朝、卵を集めたときは一度もつつかれずにすんだよ。この納屋にいるとよく寝られる。キョンヒおばさんに藁を詰めた布団を作ってもらったし」

「いまはそう思っても、もう少し大きくなると意見が変わると思うぞ」ノアは分厚い入試問題集を何冊も腕に抱えた。「父さん《アッパ》なら、大学を出て教養のある人になってもらいたいって言っただろうな」

モーザスは喧嘩を挑むようにノアに体をぶつけた。ノアは笑った。

「ねえお兄ちゃん、アッパはどんな人だった」モーザスは居住まいを正し、真剣なまなざしを兄に向けた。

「背が高かった。おまえと似て色白だったな。ぼくみたいに眼鏡をかけてた。学校の成績がすごくよくて、本を読んで新しい知識を吸収するのが得意だった。勉強が好きだった。本を読んでいれば幸せなんだって言ってたよ」

ノアは微笑んだ。

「お兄ちゃんと似てるな」モーザスは言った。「ぼくとは似てない。ぼくは漫画なら好きだけど」

「漫画は本のうちに入らない」

モーザスは肩をすくめた。

「お母さん《オンマ》やぼくにいつも優しくしてくれた。よくヨセプおじさんをからかって笑わせてたよ。文字の書きかたや九九を教えてくれた。ぼくはクラスで一番に九九を暗記した生徒だった」

「お金持ちだった？」

「全然。牧師は金持ちにはなれない」

「ぼくは金持ちになりたい」モーザスは言った。「大きなトラックと専属の運転手がほしい」

「納屋に住みたいんじゃなかったのか」ノアは笑いながら言った。「毎朝、鶏の卵を集めたいんだろ」

「ハンスおじさん《アジョシ》みたいにトラックを持つほうがいいな」

「ぼくはアッパみたいな物知りになりたい」

「ぼくはいやだ」モーザスは言った。「それより金持ちになりたいよ。金持ちになって、オンマやキョンヒおばさんに楽させてやるんだ」

9

一九四九年　大阪

一家が大阪に戻ったあと、ハンスはキム・チャンホに鶴橋市場の商店から〝のれん代〟を集める仕事をまかせた。この金と引き換えに、ハンスの会社は商店に保護と支援を約束する。当然ながら、安からぬみかじめ料を進んで払いたい商店主などいなかったが、応じるほかなかった。金がなくて払えなかったり、愚かにも支払いを拒んだりすれば、ハンスの部下——キムとは別の男——が来て問題の解決に当たった。商店主にとってみかじめ料は長い歳月をへて定着した習わし、商売を続けるに当たって不可欠な固定費の一つとなっていた。

ハンスの代理として徴収に回る者は、大きな組織の代表者という役どころにふさわしい雰囲気を漂わせていなければならず、またハンスの下で働く者は、日本人であれ朝鮮人であれ、好ましからざる注目を無用に集めることのないよう、目立つ行動を避けなければならない。極度の近視のために分厚い眼鏡をかけている点をのぞけば、キム・チャンホはしごく感じのいい青年だった。謙虚で勤勉で、言葉遣いも丁寧だ。ハンスが集金をキムにまかせたのは、有能な上にどんな場面でも礼儀正しいからだった。キム・チャンホは醜い取引をくるむきれいな包装紙だ。

土曜の夜、キムはその週の集金を終え、六十の札束を一つずつまっさらな紙で包んで商店名を書き入れた。未収は一件もなかった。キムは停車中のハンスのセダンに近づき、降りてきたハンスに頭を下げた。運転手がまたあとで二人を迎えに来る。

「軽く飲もうか」ハンスは言い、キムの背中を叩いた。二人は市場の方角に歩いた。行き合う人々がハンスに会釈し、ハンスはそれに応じてうなずいた。ただ、誰に会っても足を止めることはなかった。

「新しい店に行こうか。きれいな女の子がそろってるぞ。納屋暮らしが長かった。女がほしいだろう」

キムは驚いて笑い声を漏らした。ふだんハンスがそういった話題を持ち出すことはない。

「あの人妻のほうに気があるんだろう」ハンスが言った。「私にはわかる」

キムは歩き続けた。どう答えていいかわからない。

「ソンジャの義姉だ」ハンスはまっすぐ前に視線を向けたまま言った。二人はせまい商店街を歩いていた。「美人だな。旦那はもうやれない。酒の量も増えている」

キムは眼鏡を取り、ハンカチでレンズを拭った。ヨセプに好感を抱いていたから、何も言い返せないことを残念に思った。ヨセプはたしかに酒ばかり飲んでいるが、悪い人間ではない。近所の住人はいまも彼に一目置いている。体の調子がいいと、ヨセプは子供たちの宿題を手伝ったり、朝鮮語を教えてやったりしていた。たまに古い知り合いの工場に出向いて機械の修理をすることもあったが、あの体では定職には就けないだろう。

「家の様子はどうだ」ハンスが尋ねた。

「あんなに住み心地のいい家は初めてですよ」

それは本当だった。「食事はうまいし、家は清潔だし」

「あの女たちには金を持って帰る男が必要だ。しかし、おまえが人妻のほうにずいぶんと入れあげているようなのが心配だな」

「兄貴、僕はやっぱり帰ろうって気になりかけてます。大邱《テグ》にではなくて、北に」

「またその話か。だめだ。それ以上何も言うな。おまえが共産主義者の集会に出席するのはかまわんが、祖国に帰ろうなどという戯言《たわごと》には耳を貸すな。民団（在日本大韓民国居留民団）の幹部も似たり寄ったりだ。ついでに言えば、北に帰れば殺されるし、南に帰れば飢え死にだ。誰もが日本で暮らしていた朝鮮人に反感を持っている。私は知っているんだ。帰るなら、私の支援を当てにするな。絶対にだ」

「指導者の金日成《キムイルソン》は日本の帝国主義に抵抗して――」

「キム・イルソンの信奉者どもなら知っている。なかには共産主義を本気で信じている者もいるかもしれないが、ほとんどは給料目当ての人間だ。上のほうの連中は絶対に帰国などしないぞ。見ていればわかる」

「でも、祖国のために何かしなければとは思いませんか。外国がよってたかって朝鮮を――」

ハンスは両手でキムの肩をつかみ、真正面から目をのぞきこんだ。

「ずいぶん長く女を抱いていないせいで頭が働かなくなっているらしいな」ハンスはに

やりと笑い、すぐにまた真顔に戻った。「いいか、私は朝連（在日本朝鮮人連盟）と民団の両方の幹部に知り合いがいる」――ハンスは馬鹿にしたように鼻で笑った――「連中をよくよく知っているんだ――」

「でも民団は、アメリカの操り人形にすぎない――」

ハンスは顔をほころばせた。青年の一途《いちず》さが微笑ましかった。

「おまえはいつから私の下で働いている」

「初めて仕事をもらったのは、十二歳か十三歳のときでした」

「私が真剣に政治の話をしたことが何度あった」

キムは記憶をたどった。

「一度もないはずだ。本音で話したことはない。私はビジネスマンだ。おまえにもビジネスマンになってほしい。その種の会合に参加するときは、自分の頭で考えろ。何が起きようと自分の利益の拡大を図れ。連中がだめなのは――日本人も朝鮮人も等しく――集団の利益を優先するからだ。だが、真実を教えてやろう。博愛的な指導者などこの世に存在しない。私がおまえを守るのは、おまえが私の下で働いているからだ。おまえが愚かな行動、私の利益に反することをしたら、そのときからおまえを守れなくなる。いいか、決して忘れるなよ。ああいう朝鮮人の集団の指導者は、ただの人間だ。つまり、頭の程度は豚と大して変わらないんだよ。そして人間は豚を食う。おまえが疎開していた農園の玉口は戦時中、さつまいもに法外な値をつけて飢えた日本人に売っていた。彼は戦時統制を無視した商売をし、私はその商売に手を貸した。玉口が闇市に品物を流していたのは金がほしかったからだ。私も金がほしい。玉口は、自分は尊敬に値するりっぱな日本人であるつもりでいるだろう。もしかしたら誇り高き愛国主義者を気取っているかもしれない。みなそんなものだろう。玉口は卑しい日本人だが、抜け目ないビジネスマンだ。私は徳の高い朝鮮人ではないし、日本人でもない。私が得意なのは金儲けだ。もしも全国民がサムライ精神を発揮したら、この国は崩壊するだろう。天皇だって自分のことしか考えていないさ。だから、会合に参加するなとか、どこかの集団に所属するなと言うつもりはない。しかし、これだけは覚えておきなさい。共産主義者はおまえのためなど考えていない。他人のためなど考えていないんだよ。連中が朝鮮の将来を考えていると思うのは愚か者だけだ」

「ふるさとをもう一度見たいと思うときがあるんです」キムは静かに言った。

「私たちのような人間にふるさとなど存在しない」ハンスがたばこを取り出し、キムはさっと火を差し出した。

もう二十年以上、ふるさとに帰っていない。母親は、キムがまだよちよち歩きの子供だったころに死んだ。小作農だった父もそれからまもなく死んだ。姉は弟のためにできるかぎりのことをしてくれたが、結婚したのち音信不通になり、キムは物乞いをして日々をしのいだ。北に帰って統一運動に参加したかったが、大邱を訪れて両親の墓参りをし、これまではお金がなくてきちんとやれなかった祭祀《チェサ》をしたい気持ちもある。

ハンスはたばこを深々と一服した。

「私は日本が好きでここにいるんだと思うか。まさか。好きでここにいるわけではない。

しかし日本にいるかぎり、先の予測がつく。貧しい暮らしを望む人間などいない。いいか、チャンホ、おまえは私の下で働き、食べるものや金に困らなくなった。だから理想を抱き始めた。それはふつうのことだ。愛国主義は理想の一つにすぎない。資本主義だって共産主義だって同じだ。しかし、理想を追い始めると、個人の利益はないがしろにされる。国を率いる連中は、理想にのめりこんだ者たちをいいように利用するだろう。おまえには朝鮮の問題を解決できない。おまえが百人いても、あるいは私が百人いても、朝鮮を修復することはできない。日本は半島から撤退し、入れ違いにソ連や中国、アメリカが来て、取るに足らない小国をめぐって争っている。おまえが行ったところで、そんな大国相手に戦えるか。朝鮮のことは忘れろ。手の届くものに目を向けるんだ。既婚のほうの女がほしいか。いいだろう。それなら、旦那から奪い取るか、旦那が死ぬまで待つか、二つに一つだ。それならおまえにもどうにかできる」

「彼女は旦那を捨てたりしませんよ」

「あの男は負け犬だ」

「いいえ。そんなことはありません」キムは真剣な声で言った。「それに彼女は、そう簡単に――」この話はもうしたくないと思った。ヨセプが死ぬまで待つのはまだいいとしても、誰かの死を願うとしたら、それは間違っている。キムには譲れない信条がいくつもある。その一つは、妻は夫に忠実であるべきというものだった。思うように働けなくなった夫を捨てるような女に、情熱を捧げる価値はない。

通りの突き当たりまで来たところでハンスは足を止め、地味なバーのほうに首を傾けた。

「いま女を抱きたいか、それとも家に帰って、他人の妻を想って悶々とするか」

キムはバーの入口を見つめた。それからハンドルを握ってドアを開け、ボスを先に通しておいて自分もなかに入った。

大阪の新しい家は以前の家よりいくらか広く、タイルと無垢材と煉瓦でできていて頑丈だった。ハンスの予言どおり、空襲はもとの家を跡形もなく焼いた。キョンヒは家の権利書を上等のコートの内張に縫いこんでいた。家を建て直そうとなったとき、ハンスの弁護士が市との交渉に当たってヨセプの所有権を認めさせた。疎開先を去るとき玉口から受け取ったまとまった金で、ヨセプとキョンヒはすぐ隣の土地も購入し、ハンスの建設会社に依頼して家を再建した。このときもヨセプは家の所有者を近所の人々に伏せた。どんなときも、実際よりも貧しいふりをするほうが賢明だ。新しい家の外観は、猪飼野の同じ通りに面したほかの住宅と区別がつかないほど似通っていた。キムも一緒に暮らすのがいいと家族全員の意見が一致し、ヨセプからその申し出を受けたキム・チャンホは断らなかった。ソンジャとキョンヒは上質な紙を壁に貼り、小さな窓には分厚く頑丈なガラスを入れた。ほんの少しだけお金をかけて暖かい布団や座布団を作り、朝鮮式の座卓を買って、食卓と子供たちの勉強机を兼ねるようにした。

家を正面から見ただけでは広めの簡素な家としか見えなかったが、なかに入ってみると、際だって清潔で整理整頓が行き届き、本格的な台所には夜間に手押し車を置いておく場所もしっかり確保されていた。屋外便所には台所の勝手口から出入りできた。ヤンジンとソンジャ、子供たちは、日中は居間兼食堂として使われる真ん中の部屋で眠った。ヨセプとキョンヒは台所脇の大きな物置部屋で、キムは玄関脇の一角をふすまで仕切った小さな部屋を寝室にした。七人全員が——三世代の家族と、家族の友人一人——が猪飼野のその家に暮らした。近隣の生活水準を考えると、一家の住環境は贅沢といえた。

バーで飲んだキムが夜遅くにようやく帰宅したとき、ほかの六人はもう床《とこ》に就いていた。ハンスがすこぶる魅力的な朝鮮人の女をキムにあてがい、キムはその女と奥の部屋に行った。終わったあと、キムは銭湯で一風呂浴びたいと思ったが、近所の銭湯の営業時間は終わっていた。屋外便所の前の流しでできるかぎり顔や体を洗ったが、女の淡いピンク色の口紅の油臭さは口のなかに張りついて取れなかった。

女は二十歳そこそこと若く、客と奥の部屋に行っているとき以外は、ウェイトレスとして働いていた。戦争と進駐軍による占領を経験した女は、同じバーで働くほかの女たちと同じたくましさを身につけ、その美貌のために男性経験は豊富だった。店ではジナと呼ばれていた。

金離れのよい常連客のために用意された奥の部屋に入ってドアを閉じるなり、ジナは花柄のワンピースを脱いだ。下着は着けていなかった。華奢ですらりとした体、ブラジャーの必要がない若い女特有の丸く盛り上がった乳房、飢えた田舎娘のように痩せた脚。ジナは彼の膝に乗って優しく腰をすりつけた。彼のものが硬くなると、濃い赤色の布団に彼を誘った。服を脱がせ、蒸しタオルを使って慣れた手つきで全身を拭い、口紅を塗った口で彼に避妊具を着けた。女を抱くのは久しぶりだった。商売女としか経験がなかったが、ジナほど美しい顔立ちと体をした娼婦は初めてだった。今夜は自分で金を出したわけではないとはいえ、ジナに高い値段がついているのは当然だと思った。ジナは彼をおにいさん《オッパ》と呼び、すぐに入れたいかと訊いた。キムはうなずいた。ジナの巧みさには舌を巻くしかなかった。チャーミングなのに、プロらしい。ジナはキムの胸をそっと押して仰向けに横にならせると、腰のあたりをまたぎ、一息に奥まで引きこんだ。額や髪にキスをし、彼の頭を乳房のあいだに押しつけながら腰を動かした。演技だったのかもしれないが、経験の浅さを装うほかの商売女とは違い、ジナは行為を楽しんでいるように見えた。口先だけ抵抗したりもしなかった。キムは言いようのないほど高ぶり、すぐに果てた。ジナはしばらく彼の腕に抱かれていたが、やがて立ち上がってタオルを持ってきた。体を拭いながら、彼をハンサムなオッパと呼び、またすぐ会いに来てね、ずっとおにいさんのウナギを思い出して待ってるからと言った。キムは朝までそこにいてもう一度ジナを抱きたいと思ったが、ハンスがバーで待っていた。そこでまた来ると約束した。

自室に戻ると、誰かが布団を敷いてくれていた。キムは糊のきいた清潔な綿布でくるんだ布団に横たわり、自分の体を覆った毛布をキョンヒのほっそりとした指がなぞる様を想像し、いつものように彼女と愛を交わす空想をした。既婚の女だ、セックスに驚いたりはしないだろうが、演技だったにせよジナが楽しんでいたように、キョンヒも行為を楽しむだろうか。楽しんだとして、彼は彼女をどう思うだろう。疎開先の納屋で暮らしていたころ、キムはいつも女性たちより先に眠りに落ちていた。それは好都合だった。いまごろヨセプはキョンヒを抱いているのかもしれないなどと考えたら、どうかしてしまいそうだったからだ。幸い、気配が聞こえてくることはなかったし、この家でもそれは同じだった。ヨセプはもう妻と同じ布団では眠らないだろう。それならば自分がキョンヒを愛してもかまわないはずだと思えたし、ヨセプを憎まずにすんだ。その意味で彼女はキムのものでもあった。ハンスは彼の気持ちに気づいた。自分がその気持ちを隠しきれずにいるからだ。彼女の優しげな顔、静かで優雅な動作をどうしても目で追わずにいられない。彼女と一緒になれるなら死んでもいいと思った。毎晩彼女を抱けたらどんなにいいだろう。焼肉店で一緒に働いていたころ、そして農園で二人きりになった瞬間、彼女を抱き寄せたい衝動を抑えるのにどれほど苦悶したことか。どうにかその衝動に打ち勝ったのは、キョンヒは自分の愛に応えないとわかっていたからだ。彼女は夫を愛している。彼女の神、イエス・キリストを愛している。キムは彼女の神を信じられない。そしてその神は、自分の信奉者に婚外の交渉を許さない。

キムは目を閉じた。薄いふすまを開けて入ってくる彼女を想像した。今夜の娼婦のように服を脱ぎ、彼のものを口に含むところを想像した。彼は彼女を引き寄せ、抱き締めるだろう。彼女と愛を交わし、自身の死を願うだろう。その瞬間、彼の人生は完璧に満たされるはずだからだ。彼女の小ぶりな乳房、真っ白な腹部や脚、陰のような茂みが目に浮かぶ。またしても股間のものが硬くなって、キムは静かに笑った。今夜の自分はまるで思春期の子供だと思った。何度やってもまだ足りない気がした。ハンスは、美しい娼婦を抱けば彼の心がキョンヒからそれるだろうと考えた。だが、それは間違っていた。心がそれるどころか、これまで以上に彼女がほしくて狂おしい。今夜、彼はひんやりとして心地よいものの味を知った。いま、同じものを風呂一杯分もほしくなった。そこに全身を沈めて熱を冷ましたかった。

キムは自分を慰めたあと、眼鏡をかけたまま眠りに落ちた。

翌朝、キムはほかの誰よりも早く起床し、朝食抜きで仕事に出かけた。その夜、帰宅途中で、駄菓子の手押し車を押す華奢な肩をした人影が行く手に見えた。キムは走って追いついた。

「代わるよ」

「あら、おかえりなさい」キョンヒはほっとしたように微笑んだ。「今朝みんなで心配してたのよ。起きたらもういなかったから。ゆうべも顔を見なかったし。今日はちゃんと食事をした？」

「平気さ。僕の心配なんかしなくていい」

見ると、飴を詰める袋が全部なくなっていた。「袋がないね。今日はよく売れたんだ」

キョンヒはうなずいてまた微笑んだ。「持っていた分はみんな売れたの。だけど、黒砂糖の値段がまた上がってしまって。次からはゼリーでも作ろうかしら。砂糖の量が少なくてすむでしょう。新しい作りかたを調べないといけないわね」キョンヒは立ち止まり、手の甲で額を拭った。

キムは彼女に代わって手押し車を押した。

「ソンジャは先に帰ったの？」彼は尋ねた。

キョンヒはうなずいた。不安げな様子だった。

「何かあったの、おねえさん」

「今夜、喧嘩にならないといいけど。このところ、ヨセプはみんなにきつく当たるでしょう。それに――」それ以上言いたくなかった。ヨセプの健康状態は急激に悪化していたが、不幸にも、やけどや怪我の恐ろしい痛みを感じずにすむところまではいっていない。ありとあらゆる些細なものごとが彼の神経を逆なでし、いったん怒り出すと抑えがきかなくなる。戦争前は怒鳴ったりなどしなかったのに、耳が遠くなったせいで話す声もむやみに大きかった。

「子供たちの学校のことで。わかるでしょう」

キムはうなずいた。ヨセプは、帰国の準備の一環として、子供たちを近所のコリア系の学校に行かせるようにとソンジャに言い続けていた。朝鮮語を話せるようになっておかなくてはならない。しかしハンスは正反対の主張をした。ソンジャは何も言えずにいるが、いまは帰国のタイミングとして最悪だと誰もが知っていた。

家に続く道は無人だった。日が沈んで、空はくすんだ灰色とピンク色の光を帯びていた。

「静かだと落ち着くわね」キョンヒが言った。

「そうだね」キムは手押し車のハンドルをそれまでより強く握り締めた。

団子に結った髪が幾筋かほつれ、キョンヒは耳の後ろに押しやった。長い一日を働いて過ごしたあとでも、キョンヒの表情は純粋さや明るさを感じさせた。それを汚すことは何ものにもできない。

「ゆうべ、学校のことでまたソンジャを怒鳴りつけたのよ。ヨセプに悪気はないの。痛みがひどいようだし。ノアは日本の学校に行きたがってる。早稲田大学を志望してるのよ。信じられる？　あんな大きな学校に行きたいだなんて」キョンヒは微笑んだ。大きな夢を描いているノアが誇らしかった。「ところがモーザスのほうは、学校なんて行かずにすませたいと思ってるの」キョンヒは笑った。「いつ帰国できるかはっきりしないけど、あの子たちも読み書きはできるようになっておかなくちゃ。あなたもそう思うでしょ」いつのまにか涙があふれていたが、なぜなのか自分でもよくわからなかった。

キムは眼鏡を拭くのに使っているハンカチをコートのポケットから出してキョンヒに渡した。

「世の中は思いどおりにならないことだらけだ」キムは言った。

キョンヒはうなずいた。

「きみは帰国したいの」

キョンヒは彼の顔を見ずに答えた。「両親が死んだなんて信じられない。夢のなかではまだ生きてるように見える。もう一度会いたいわ」

「しかし、いますぐは帰れない。危険だよ。状況がよくなるのを待って――」

「もうじきよくなると思う？」

「どうかな、僕らのことはきみも知っているだろう」

「どういう意味？」キョンヒは訊いた。

「朝鮮人のことさ。僕らは言い争ってばかりいる。誰もが相手より自分のほうが賢いつもりでいる。指導者がどんな人物であれ、権力を維持するには相当にがんばらないといけないだろうな」それはハンスの受け売りだった。ハンスが言ったことは当たっているからだ。とりわけ人間の最悪の一面を見ることにかけて、ハンスはどんなときも正しかった。

「じゃあ、あなたは共産主義者ではないのね」キョンヒが言った。

「え？」

「よく政治集会に行ってるでしょう。あなたが賛同するなら、共産主義もそう悪いものではないのかもしれないと思ったの。あの人たちは日本の政府を敵視していて、南北を再統一しようとしてる。そうよね？　だって、アメリカは朝鮮を二つに分けようとしてるわけでしょう。市場の人たちはいろんなことを言うけど、何を信じていいかわからない。ヨセプは共産主義者は悪だって言うわ。わたしたちの両親を銃殺したのは共産主義者だから。わたしの父は、誰にでも優しく接する人だった。いつもよい行いをしてたわ」

　両親がなぜ殺されたのか、キョンヒには理解できなかった。共産主義者は地主を残らず殺したのだろうか。父は三男だったから、所有している土地はちっぽけなものだった。キムがどう考えているのか、キョンヒはぜひ知りたいと思った。キムは正直な人で、世の中をよく知っている。

キムは手押し車の上に乗り出すようにしてキョンヒの表情を探った。安心させてやりたかった。自分に助言を求めているのだとわかる。それだけで、自分が重要人物になったような気がした。こんな女が一緒なら、政治さえどうでもよくなるのではないかと思った。

「共産主義にもいろいろあるの」キョンヒが訊いた。

「たぶんね。自分が共産主義者かどうかわからない。日本がまた朝鮮を占領することには反対だが、ソ連や中国に支配されるのもいやだ。アメリカにも。どうして朝鮮を放っておいてくれないのかと思うよ」

「でも、さっきあなたが言ったみたいに、朝鮮人は言い争ってばかりいるわ。口喧嘩をするおばあちゃん二人を想像しちゃう。村の住人が二人のそれぞれにもう一人の悪口を吹きこみ続けるのよ。仲直りしたいなら、ほかの人たちの言うことは忘れて、昔、仲がよかったころのことを思い出すしかない」

「朝鮮はきみを指導者にすべきだな」キムは家に向かって手押し車を進めながら言った。ほんの短い時間ではあっても、キョンヒと並んでいると幸せな気分を味わえた。ただし、その幸福感は欲望をよけいにあおり立てた。政治集会に出かけていくのは、家にいたくないからだ。彼女の近くにいるだけで苦しくてたまらなくなることがある。あの家で暮らしているのは、毎日、彼女を見ていなくてはいられないからだ。彼女を愛している。この状況は永遠に変わらないのだろう。この状況が続いたら頭がおかしくなりそうだ。

家までのわずかな距離をゆっくりと歩きながら、今日あったことをとりとめなく話した。満ち足りて、ぎこちなさはほんの少し和らいだ。彼はこのまま愛に苦悶し続けるのだろう。

10

一九五三年一月　大阪

お金のことが心配で眠れず、ソンジャは真夜中から起き出して売り物の黒飴を作り始めた。娘が布団にいないことに気づいたヤンジンは台所をのぞいた。

「このところほとんど寝てないじゃないの」ヤンジンは言った。「休まないと病気になりますよ」

「お母《オン》さん《マ》、わたしなら大丈夫だから。それより布団に戻ってて」

「もう年寄りだもの。睡眠時間は短くても平気なのよ」ヤンジンはエプロンを着けた。

ソンジャは収入を少しでも増やしてノアの学資の足しにしたかった。ノアは去年初めて早稲田大学の入試に挑んだものの、あと少しだけ点数が足りなくて不合格になった。家庭教師について数学の点数を伸ばせば次は合格できるとノアは確信していた。家庭教師の謝礼は法外なほど高かった。帳簿係として働いているノアが仕事を辞めて受験勉強に専念できるよう、ソンジャとキョンヒ、ヤンジンはもっと収入を得ようと努力していたが、食品を売った稼ぎとノアの給与を合わせて、生活費とヨセプの医療費をまかなうのがやっとだった。キム・チャンホは週ごとに家賃と食費を入れてくれている。キムは自分もノアの学費を貯めるのに協力したいと言ってくれたものの、家賃と食費以上の金を受け取るなとヨセプが禁じた。ヨセプはソンジャに、ハンスにノアの学費を出させてはならないとも言った。

「ゆうべはまったく寝ていないのね」ヤンジンが尋ねた。

ソンジャはうなずき、乳鉢と乳棒の音が響かないように黒砂糖の大きな塊の上に清潔な布をかぶせた。

ヤンジン自身も疲れきっていた。あと三年で六十歳になる。幼いころは、どんな状況であろうと誰より一生懸命働けるつもりでいたが、この年になるともうそうは思えない。近ごろは疲れやすく、気短になった。ちょっとしたことにも腹が立つ。年を取るとふつうは我慢強くなるものだが、ヤンジンにかぎっては怒りっぽくなった。客から値段のわりに量が少ないと言われたときなど、文句があるなら買うなと怒鳴りたくなる。このところ我慢ならないのは、娘の異様なまでの沈黙だった。肩をつかんで揺すりたくなった。

台所はこの家で一番暖かい。電球が安定した光を放っていた。天井からコードでぶら下がった裸電球二つが、くっきりと鮮明な影を壁紙に映している。それは、葉のない蔓に二つだけなったひょうたんを思わせた。

「あの姉妹はどうしただろうっていまも思うことがあるのよ」ヤンジンが言った。

「ドクヒとボクヒ？　仕事を見つけて中国に行ったんでしょう」

「あの二人がソウルから来た口の達者な女についていこうとしたとき、止めてやればよかった。でも二人とも、満州に行ける、お金が稼げるってうれしそうだったの。下宿屋を買い取るお金が貯まったらかならず帰ってくるって約束したのよ。とてもいい子たちだった」

ソンジャは姉妹の優しさを思い出してうなずいた。いまどき、あれほど純粋な人は見つからない。占領と戦争を経て誰もが変わってしまったように思えた。いま朝鮮半島で起きている戦争は状況をさらに悪化させているようだ。昔は情にもろかった人々が、一様に用心深く図太くなった。純朴さは、いまや小さな子供にしか残されていない。

「市場で聞いたのよ。工場の仕事に誘われて働きに行った女の子たちは、どこか別の場所に連れていかれて、日本兵相手にそれはそれは汚らわしい行為をさせられてるって」

ヤンジンはしばし黙りこんだ。いまもどういうことなのか理解しかねていた。「その噂は本当なんだと思う？」

ソンジャも同じ噂を聞いていた。またハンスからも、仕事を紹介すると言ってくる朝鮮人に注意するようたびたび言われていた。そういった朝鮮人は日本軍に雇われて、いい仕事があると嘘をつくというのだ。しかし母をいま以上に心配させたくなかった。ソンジャは黒砂糖をできるだけ細かくすりつぶした。

「あの子たちも連れていかれたんだとしたら。そんなことをさせられてるんだとしたら」ヤンジンは言った。

「オンマ、わたしたちには確かめようがないわ」ソンジャはささやくように言った。コンロの火をつけ、黒砂糖と水を鍋に入れた。

「きっとそうなんだわ。そんな気がするの」ヤンジンは一人うなずいた。「あなたのお父さん《アッパ》は——下宿屋がなくなってしまったと知ったらどんなに悲しむかしら。ため息が出る。しかも今度は朝鮮で戦争が起きて。いま国に帰ったら、ノアやモーザスを兵隊に取られてしまう。そうよね」

ソンジャはうなずいた。息子たちを兵士にするなど絶対にお断りだ。

ヤンジンは身を震わせた。台所の窓から吹きこんだ隙間風がかさついた茶色い皮膚を刺す。ヤンジンは窓枠の隙間をタオルでふさぎ、寝間着の上に着たくたびれた綿の上衣の前をしっかりと合わせてから、次の分の黒砂糖を砕き始めた。ソンジャは弱火にかけた鍋のぷつぷつと泡立つ底を見つめた。

鍋をかき回して、黒砂糖をカラメル状にする。大阪に比べると、釜山《プサン》ははるか遠い過去の土地に思えた。ふるさとにはもう二十年も帰っていないが、一家で暮らした影島《ヨンド》の岩だらけの風景は、ソンジャの記憶のなかではいまもありえないほど陽光にあふれてさわやかだ。イサクから天国について説明されたとき、ソンジャはふるさとの島を楽園に重ね合わせた。透き通った光が揺らめく美しい島。記憶にある朝鮮の月や星さえ、日本で見る冷たい月とは別物に思えた。現在の状況についてどれほどの不満を耳にしようと、ソンジャが思い描く祖国はいつも、父が丹精こめて手入れをしていた、緑色のガラスのような海のそばに建つ光にあふれた頑丈な家だった。広い庭ですいかやレタス、かぼちゃが育ち、露天市場に行けばおいしい食べものがいくらでも手に入った。影島にいたころは、そのすばらしさに気づかなかった。

祖国から届くニュースはどれも恐ろしいものだった。コレラ、飢餓、どんなに幼かろうと男の子と見ればさらっていく兵士。それに比べると、大阪での貧しい暮らし、ノアを大学に行かせるための資金を貯める涙ぐましい努力が贅沢に思えた。少なくとも家族全員がそろっている。明るい目標のために働ける。朝鮮での戦争は日本に特需をもたらし、人手が足りなくなるほど仕事が増えている。アメリカによる占領が続いているおかげで、砂糖や小麦が苦労なく手に入った。ヨセプはハンスからお金を受け取るなとソンジャに言い渡したが、手に入りにくい材料をキム・チャンホがコネを使って調達してくれたとき、ソンジャやキョンヒはどうやって手に入れたか彼にあえて尋ねず、ヨセプにはそれを伏せた。

金属の皿に広げた飴が冷めるのを待って、二人は手際よくきれいな四角に切っていった。

「たまねぎを切るのが下手ねといってドクヒによくからかわれた」ソンジャはそう言って口もとをゆるめた。「炊飯釜を洗うのに時間がかかりすぎて見てるといらいらするとも言われた。朝、わたしが床掃除をしてると、ドクヒはかならず言うのよ。床を拭くときはぞうきんを二枚使いなさいって。初めに箒で掃いてから、きれいなぞうきんで拭いて、そのあともう一度、新しいぞうきんで拭くのよって。ドクヒほどのきれい好きにはいまだに会ったことがないわ」そんな話をしていると、ソンジャに向かって指図をするとき、ドクヒの素朴な丸い顔がどんどん真剣みを帯びていく様子が目に浮かんだ。ドクヒの表情、物腰、声がどれも鮮明によみがえってきて、ふだん祈りを捧げることなどあまりないのに、ソンジャは胸のうちで姉妹のために神に祈った。二人が兵士に奉仕するために連れていかれたのではありませんようにと祈った。イサクはよく、一部の人だけがほかの人々よりずっと大きな苦しみを経験する理由は人間には理解が及ばないと言っていた。誰かが苦しんでいるのを見て、性急な結論に飛びついてはいけないと言った。なぜソンジャは救われ、姉妹は救われなかったのか。なぜ自分は母と一緒にこの台所にいて、祖国にいる大勢の人々は飢えに苦しんでいるのか。神は計画をお持ちなのだとイサクはよく言っていた。ソンジャはそのとおりなのだろうと考えていたが、いまあの姉妹のことを思うとき、それは慰めにならなかった。あの姉妹は、まだ幼かったころの息子たちよりもなお純真無垢だった。

ソンジャが作業の手を止めて顔を上げると、母は静かに涙を流していた。

「あの子たちはお母さんを亡くして、すぐにお父さんも亡くしてしまった。もっとしてやれることがあったはずなのに。嫁ぎ先を一緒に探した時期もあったの。だけど、うちにはお金がなかった。女は耐え忍ぶために生まれるのよ。わたしたちは耐え忍ばなくてはならないの」

母の言うとおり、あの姉妹はだまされたのだろう。いまごろはもう死んでいるに違いない。ソンジャは母の肩に手を置いた。母の髪はほとんど灰色になっていた。日中は頭の後ろの低い位置で昔風のお団子にまとめている。夜のいまは、細い灰色の三つ編みが背中に垂れていた。野外で働き続けて皺だらけになった卵形の褐色の顔、深い皺が刻まれた額や口もと。思い出せるかぎり、母はいつも誰よりも先に起床し、誰よりも遅く床《とこ》に入った。姉妹が下宿屋に来てからも、姉妹の妹のほうにも負けないくらいまめまめしく働いた。もともと寡黙な母は、年齢を重ねるにつれて少し口数が増えた。しかしソンジャのほうは、いまだに母にかける言葉をうまく見つけられたためしがない。

「オンマ、アッパと一緒にいも掘りをしたわよね、覚えてる？ アッパが育てた見事なおいも。大きくて、真っ白で、灰に埋めて焼くとものすごくおいしくて。あんなにおいしいおいもはあれきり食べたことがない――」

ヤンジンが微笑んだ。あれは幸福な時期だった。娘はフニを忘れていない。すばらしい父親だった彼を忘れてはいないのだ。ヤンジンは赤ん坊を何人も亡くしたが、ソンジャに恵まれた。いまも娘はこうしてそばにいる。

「少なくともノアやモーザスは安全だわ。わたしたちがここにいる理由はきっとそれね。きっとそう」ヤンジンはいっとき考えてからまた続けた。「そうね、わたしたちがここにいる理由はきっとそれよ」表情がぱっと明るくなった。「モーザスは本当におかしな子ね。昨日、将来はアメリカに移住して、映画で見たおとなみたいにスーツを着て、帽子をかぶるんだなんて言ってたわ。息子は五人ほしいんですって」

ソンジャは笑った。いかにもモーザスの言いそうなことだ。

「アメリカ？ オンマはなんて言ったの」

「五人の子供を連れておばあちゃんに会いに来てくれるなら、どこで暮らしてもかまわないわよって」

カラメルの香りに満ちた台所で、母と娘は、朝の光が家中にあふれるまで忙しく手を動かし続けた。

学校は最悪だった。モーザスは十三歳にしては背が高い。肩幅が広く、腕の筋肉は隆々としていて、学校の先生たちよりもたくましく見えるくらいだった。ノアが根気よく漢字を教えているにもかかわらず読み書きが学年相応のレベルに達しないため、十歳の生徒と同じクラスに入れられていたが、日本語を話す能力は同学年の生徒と変わらなかった。言葉を操る力はむしろ高いほうで、日々巻きこまれる年長の生徒との喧嘩では有利に働いた。数学の授業にはついていけたが、日本語の読み書きはまるでだめだった。教師から出来の悪い朝鮮人呼ばわりされ、モーザスはこの地獄から逃げ出せる日をじっと待っていた。戦争のために学校に通えない時期があったのにノアは高校を卒業し、仕事の合間を縫って大学の受験勉強を続けていた。外出するときはかならず入試問題集と、書店で買って何度も読み返した英語の小説のどちらかを持って家を出た。

週に六日、ノアはこの界隈に建つ家々のほとんどを所有しているほがらかな日本人、北条《ほうじょう》さんが経営する不動産会社で働いていた。北条さんは被差別部落出身者か在日コリアンなのではないかという噂もあったが、住民の大部分にとって大家《おおや》であるわけで、北条さんの出身についてとやかく言う者はいなかった。純粋な日本人ではないのではないかとの悪意ある噂を最初に流したのは、北条さんに不満を持った店子《たなこ》の一人だったが、北条さん自身は気にしていないようだった。経理係兼秘書として、ノアは北条さんの帳簿を完璧に管理し、役所宛の手紙を美しい日本語でしたためた。北条さんはにこやかで冗談好きな反面、家賃の取り立てに関しては容赦ない人物だった。給料は安かったが、ノアは不平を言わなかった。在日コリアンが経営するパチンコ店や焼肉店で働けばもっと高い給料をもらえただろう。しかしノアは、そういった業界で働くのはいやだった。日本人が経営する会社の事務職を望んだ。日本人の会社経営者の例に漏れず、北条さんも原則として朝鮮人を雇わない。だが、ノアの高校の恩師が北条さんの甥という偶然もあり、掘り出し物を見つける嗅覚に優れた北条さんは、甥のもっとも優秀な教え子を雇うことに決めた。

夜、ノアはモーザスの宿題を手伝ったが、無駄な努力だと二人ともよくわかっていた。モーザスには漢字を覚えようという気がまるでないからだ。辛抱強い教師であるノアは、算数や基本的な書き方を集中して教えた。ノアの忍耐は大したもので、モーザスが試験で赤点を取って帰ろうと叱らなかった。学校で在日コリアンがどれほど苦労するものかはよく知っている。ほとんどは途中で退学してしまう。モーザスにはとにかく学校を卒業してもらいたかったから、入試向けの勉強には重点を置かなかった。ヨセプおじさんや母親に、モーザスがどんな成績表を持ち帰ってても怒らないでやってくれと頼んだくらいだった。労働者として平均以上の技能をモーザスに持たせるのが目標なのだからと念を押した。もしもノアがそこまで懸命に、そして丁寧に勉強を教えてやっていなかったら、モーザスはいまごろ、近所の同年代の在日コリアンのほぼ全員が学校を辞めてやっているようなこと――くず鉄を集めてお金に換えたり、母親が家で飼っている豚に食わせる残飯をあさったり、場合によってはつまらない犯罪でたびたび警察の世話になったり――をしていただろう。

根っから勉強家のノアは、モーザスの家庭教師を務めたあと、辞書と文法書と首っ引きで英語を勉強した。学問に関してこのときだけは立場が逆転して、日本語や朝鮮語よりも英語に興味を持っていたモーザスは単語や熟語の試験官役を買って出て、ノアが語《ご》彙《い》を増やすのを手伝った。

いやな思いをするばかりの地元の学校で、モーザスは昼休みや休憩時間になるとほかの生徒に交じらずに一人きりで過ごした。同じクラスに在日コリアンはほかに四人いたが、その全員が通名を使い、とくにほかの在日コリアンがいる場で生まれ育ちについて話すのを拒んだ。モーザスはその四人が在日コリアンだと知っていた。すぐ近所に住んでいたし、四人の家族のことも知っていたからだ。四人とも十歳でモーザスよりも年下で、モーザスは軽蔑と同情の両方からその四人を避けた。

在日コリアンのほとんどは、少なくとも三つの名前を持っていた。モーザスは、パク・モーゼス（聖書の預言者モーセの英語読み）を日本風にした朴孟治《ぼくもうじ》を名乗っていて、学校の書類や住民票に載っている通名の坂東という姓を使うことはまずなかった。名が西洋風で、姓は誰が見ても朝鮮系、さらに住所は在日コリアンが多く住む地域のものだったから、モーザスの出自は誰もが知っていた。否定するだけ無駄だった。日本人の生徒はモーザスと関わろうとしなかったが、モーザスはもう気にしなかった。小さいころはいじめられると悔しかった。といっても、ノアの比ではなく、ノアはその分を勉強とスポーツでほかの生徒をしのぐことで埋め合わせた。始業前や放課後、年長の少年たちが毎日モーザスを嘲った。「国に帰れよ、くせえんだよ」相手が大勢だとみると、モーザスは黙って歩き続けた。しかしいじめっ子が一人か二人なら殴りかかり、相手に大怪我をさせた。

モーザスには自分が〝不良〟朝鮮人の一人になりかけている自覚があった。警察は、窃盗や酒の密造の容疑でちょくちょく朝鮮人を逮捕した。毎週、近所の誰かしらが警察の厄介になった。それは一部の在日コリアンが法律を破るせい、在日コリアン全員が悪いように思われるせいだとノアは言っていた。猪飼野のどの一角にも妻を殴る男がいたし、金さえ払えば特別サービスに応じると言われる酒場の女がいた。まじめに働いてよい行いをすることでしか在日コリアンの地位は向上しないとノアは言う。モーザスは、しかし、意地の悪いことを言ったやつらを端からぶん殴ってやりたいだけだった。猪飼野には、やたらに怒鳴り散らす醜い年配の女たちや、酔っ払って家の外で眠りこむ男たちがいた。日本人は在日コリアンが近所に住むのを好まない。不潔で、家のなかで豚を飼い、子供たちにはシラミがいるからだ。在日コリアンは、被差別部落出身者より下に見られているとも言われた。被差別部落出身者は純粋な日本人には違いない。学校の恩師はみな自分のことを好ましい在日コリアンと認めてくれたとノアは言っていた。成績が悪く、素行も不良な自分は、同じ教師たちから不良な在日コリアンと思われてもしかたがないとモーザスは納得した。

だからどうだというのだ？　十歳の同級生からあいつは馬鹿だと思われようと、別にかまわない。乱暴なやつだと思われたっていい。いざとなったらその同級生たちの歯を遠慮なく折ってやるつもりでいた。おまえらが俺をけだものと言うなら、けだものらしく嚙みついてやるだけだとモーザスは思った。好ましいコリアンになるつもりはさらさらなかった。そんなことをしていったい何の意味がある？

その年の春が来る前――朝鮮戦争が終結する数カ月ほど前、モーザスのクラスに京都から転校生が来た。十一歳で、もうじき十二歳になる外山春樹《そとやまはるき》は、見るからに貧しい家の子供だった。制服はすり切れ、靴もぼろぼろだった。痩せっぽちで、近眼でもあった。小さな三角形の顔をしていた。ふつうなら同級生にすんなり溶けこめたはずだが、不運にも春樹の家は、在日コリアン街と日本人貧困層の集住地区との境界線となっている通りにあると誰かがばらしてしまった。本当は違うのに、春樹は被差別部落出身者らしいとの噂はあっというまに広まった。まもなく、春樹にひしゃげたメロンみたいな頭をした弟がいることも知れ渡った。日本人ではあるが、春樹の母親はもっといい家を借りようとしても借りられなかった。日本人の大家はみな、あの家族は祟《たた》られていると決めつけたからだ。春樹には父親がいない。大戦中に戦死したのならまだしも、春樹の弟が生まれたとき、父親は赤ん坊を一目見ただけで家を出ていったのだ。

モーザスとは違い、春樹はほかの生徒たちとうまくやっていきたいと思っていて、クラスに溶けこもうと必死だった。しかし社会的な序列の最底辺に属する生徒でさえ春樹を避けた。春樹は病気にかかった動物のように扱われた。リーダー格の生徒の尻馬に乗る教師たちも春樹と距離を置いた。春樹は、新しい学校は京都で通っていた学校とは違うだろうと期待していたのに、ここでもやはり受け入れてもらえないことを思い知った。

昼休み、春樹はいつも長いテーブルの端のほうの席に座った。黒っぽいウールの制服を着たほかの生徒たちが隙間なく並んだ黒いとうもろこしのように席を空けずに座っているなか、空席が二つ、まるで目に見えない括弧《かっこ》のように春樹を囲んでいた。いつも一人で座るモーザスは、転校生がときおり生徒のグループに話しかけようとしているのを近くのテーブルから観察していた。むろん、春樹に返事をする生徒は一人もいなかった。

そんな状態がひと月ほど続いたころ、モーザスは男子便所でついに春樹に話しかけた。

「おまえさ、なんであいつらに好かれようとすんの」モーザスは訊いた。

「そやかて、それしかないやん」春樹は答えた。

「うせやがれって言ってやりゃいいんだよ。一人でも別にかまへんやん」

「そんなん言うて、そっちこそいつもひとりで楽しいんか?」春樹は訊いた。モーザスをへこませてやろうとしたわけではなかった。クラスに溶けこむ以外の選択肢があるのかどうかを純粋に知りたかっただけだ。

「あのな、周りから好かれんでも、自分が悪いわけじゃないねん。うちの兄貴が言うとった」

「お兄ちゃんがおるんや」

「ああ。北条さんって知っとるやろ、大家の北条さん。あそこで働いとる」

「あの眼鏡の若い人?」春樹は尋ねた。北条さんは自分の家の大家でもあった。

モーザスはにっこり笑った。近所でちょっとした有名人の兄はモーザスの誇りだった。誰もが兄には敬意を払う。

「そろそろ教室に戻るわ」春樹は言った。「遅れたら怒られるし」

「ほんま意気地がねえな」モーザスは言った。「先公に怒鳴られたからって何やねん?唐木《からき》先生なんか、おまえ以上の意気地なしやで」

春樹の喉がごくりと鳴った。

「なんならさ、昼休み、俺と一緒に座ってもええで」モーザスは言った。自分からそんな風に誘うのは初めてだったが、クラスの馬鹿どもに春樹が話しかけて無視されるところは二度と見たくなかった。春樹が必死になっている姿を見ていると、なぜか自分までいたたまれない気持ちになる。

「ほんまに？」春樹が顔を輝かせた。

モーザスはうなずいた。その後、おとなになってからも、二人は友達になったこの瞬間を決して忘れなかった。

（下巻に続く）

単行本　二〇二〇年七月　文藝春秋刊

文春文庫

定価はカバーに表示してあります

パ チ ン コ 上

2023年 7 月10日　第 1 刷

著　者　ミン・ジン・リー
訳　者　池《いけ》田《だ》真《ま》紀《き》子《こ》
発行者　大沼貴之
発行所　株式会社 文 藝 春 秋

東京都千代田区紀尾井町 3-23　〒102-8008
TEL 03・3265・1211㈹
文藝春秋ホームページ　http://www.bunshun.co.jp
落丁、乱丁本は、お手数ですが小社製作部宛お送り下さい。送料小社負担でお取替致します。

印刷製本・凸版印刷

Printed in Japan
ISBN978-4-16-792074-6

（　）内は解説者。品切の節はご容赦下さい。

2050年の世界
英『エコノミスト』編集部（東江一紀・峯村利哉　訳）
英『エコノミスト』誌は予測する
バブルは再来するか、エイズは克服できるか、SNSの爆発的な発展の行方は……グローバルエリート必読の「エコノミスト」誌が、20のジャンルで人類の未来を予測！（船橋洋一）
エ-9-1

ちょっとピンぼけ
ロバート・キャパ（川添浩史・井上清一　訳）
二十年間に数多くの戦火をくぐり、戦争の残虐を憎みつづけ写しつづけた報道写真家が、第二次世界大戦の従軍を中心に、あるときは恋をも語った、人間味あふれる感動のドキュメント。
キ-1-1

米中もし戦わば
ピーター・ナヴァロ（赤根洋子　訳）
戦争の地政学
米国と中国が戦争に至る確率は七〇％以上——。米中貿易戦争を仕掛けた異色の大統領補佐官が説く、アジアの未来。トランプの対中戦略は、全てこの本から読み取れる。（飯田将史）
ナ-4-1

世界を変えた14の密約
ジャック・ペレッティ（関　美和　訳）
現金の消滅・熾烈な格差・買い替え強制の罠・薬漬け・AIに酷使される未来——英国の気鋭ジャーナリストが世界のタブーを徹底追及。目から鱗、恐ろしくスリリングな一冊。（佐藤　優）
ヘ-9-1

ダライ・ラマ自伝
ダライ・ラマ（山際素男　訳）
ノーベル平和賞を受賞したチベットの指導者、第十四世ダライ・ラマが、観音菩薩の生れ変わりとしての生い立ちや、亡命生活などの波乱の半生を通して語る、たぐい稀な世界観と人間観。
ラ-6-1

フラッシュ・ボーイズ
マイケル・ルイス（渡会圭子・東江一紀　訳）
10億分の1秒の男たち
何故か株を買おうとすると値段が逃げ水のようにあがってしまう…。その陰には巨大詐欺と投資家を出し抜く超高速取引業者〝フラッシュ・ボーイズ〟の姿があった。（阿部重夫）
ル-5-3

後悔の経済学
マイケル・ルイス（渡会圭子　訳）
世界を変えた苦い友情
「人間の直感はなぜ間違うか？」。この命題を突き詰めてあらゆる学問の常識を覆した二人の心理学者。彼らの共同研究は、やがて経済学にも革命を齎す。天才たちの足跡と友情。（阿部重夫）
ル-5-4